# 未来：因你而在（上）

鲜橙◎著

北京燕山出版社
BEIJING YANSHAN PRESS

**图书在版编目（CIP）数据**

未来：因你而在. 上 / 鲜橙著. — 北京：北京燕山出版社，2018.10

ISBN 978-7-5402-5132-1

Ⅰ. ①未… Ⅱ. ①鲜… Ⅲ. ①科学幻想小说－中国－当代 Ⅳ. ①I247.5

中国版本图书馆CIP数据核字（2018）第095255号

**未来：因你而在．上**

---

著　　者：鲜　橙
责任编辑：李瑞芳　刘朝霞
封面设计：蜀　黍
出版发行：北京燕山出版社有限公司
社　　址：北京市丰台区东铁匠营苇子坑路138号
邮　　编：100079
电话传真：86-10-65240430（总编室）
印　　刷：三河市冀华印务有限公司
开　　本：880 × 1230　1/32
字　　数：232千字
印　　张：9.75
版　　别：2018 年10月北京第1 版
印　　次：2018 年10月北京第1 次印刷
书　　号：ISBN 978-7-5402-5132-1
定　　价：42.00 元

# 目录

contents

# 目录

contents

# 楔子

“就是她？”贝寒看向玻璃墙幕后那个略显局促的女人，身材瘦小，四肢纤细，留着黑色齐耳短发，因低垂着头，大半的面孔被头发遮住了，只露出一个小巧白皙的下巴。贝寒的唇角微不可见地抿了抿，冷然道：“抱歉，我的战队不需要这样的人。”

“要也得要，不要也得要，这是总司令部的命令。”懒散的声音从宽大办公桌后响起，说话的是个青年，深棕色短发，一身与贝寒同样制式的黑色军装，领口的风纪扣却敞开着，显出几分不羁。

贝寒转头看他，剑眉微扬。

两人之间显现出一组立体影像来，青年不紧不慢地解释：“莫莉，女性，二十一岁，母星回归岛原住民，黑洞实验唯一能恢复意识的存活体，在参加实验之前只提了一个要求，如果她能幸存下来，就要进入星际舰队天狼战队。”

“那可真不幸。”贝寒语带讥诮，抬眼看了看那影像旁显示的各项数据，眉头不觉微皱，片刻后似是突然想到了什么，问那青年军官，“黑洞实验成功了？”

“天知道算不算成功了！就醒过来这么一个，生理机能倒是没什么大问题，不过……”青年抬手，指尖轻敲自己的太阳穴，笑道，

“这里，解离性失忆，失去了过去所有的记忆，重塑了新的人格。不过好在智商减退不大，这是唯一能叫研究中心那些人感到欣慰的。”

贝寒瞥一眼那屏幕上的数据，唇角微微勾起：“119？就这样的智商，还真没什么好减退的。”

青年也跟着微笑，说道：“也不能这样说。你知道，回归岛的居民避世而居，拒绝一切科技进步，他们连生殖方式都还保持着母体孕育，你不能对他们有太高要求。据说，这样的智商在原住民里已经算是很优秀的了。”

贝寒不语，神色淡漠地打量隔壁房间里的女人。

那青年又劝道：“带回去吧，雷奥说这女人精神力应该非常好，黑洞实验中那么多实验体，能醒过来的就她一个。而且，她可是稀有的回归岛人，全联盟也没有几个。”

贝寒打断他的话，不冷不热的：“既然精神力好，那就叫她去机甲战队，来我这里做什么？”

“因为你这里最安全。”青年笑笑，又无奈地摊手，“再说，这姑娘失忆之前可是要求去你的天狼战队的。”

贝寒沉默片刻，这才终于松口：“好吧。”

青年面上露出满意之色，摊在靠椅上的身子终于坐直了些：“多谢，那今天先到这里，回头有时间，约你格斗。”他的身体开始渐渐变虚，就在影像几乎完全淡去时，却忽地又重新清晰起来，“哦，忘了告诉你，回归岛原住民都很保守，如果你对她产生了兴趣，千万请注意表达方式，以免产生不必要的误会。”

青年说完这话，饶有趣味地看着贝寒，等待他的反应。不料贝寒转头扫他一眼，却是淡淡点头，应道：“好。”

“好无趣的人！”青年轻笑一声，影像这才复又淡去。

第一章

# 失忆少女

“叮咚”一声脆响把莫莉从沉思中惊醒，她下意识地抬头看去，严丝合缝的金属门无声地往两侧滑开，一个军装男子阔步从外走入，直到她身前约一米处才停下，微微低下头，凝眉打量她。

莫莉心中一突，竟忘记了从椅子上起身，只坐在那里与他对视。他二十七八岁，面容英俊，身姿挺拔，穿一身贴身裁制的黑色军装，银色的金属扣子从领口一直扣到底，整个人仿若一把刚出鞘的剑，寒气逼人。

看到莫莉久无反应，男子的剑眉敛得更紧了些，薄唇微启：“莫莉？”

莫莉这才猛地回神，神色慌张地站起身来，应道：“是。”

男子没再说话，微微眯了眼睛，上下打量莫莉。

莫莉有些紧张，不自觉地挺了挺腰背，试图叫自己能显得更镇定一些。像是看穿了莫莉的故作镇定，男子往后退了两步，离得她稍远了一些，淡淡说道：“我是贝寒，天狼战队的指挥官，今天来接你过去。”

他说完，不等莫莉回应，转身向外走去。

莫莉愣了一愣，急忙从后追了上去，紧跟着他出了房间。

走廊很长，地板、墙壁，以及头顶上的天花板，似乎都是用金属制成的，泛着冰冷的光泽。贝寒人高腿长，步伐稳健有力，黑色军靴踏在地板上，每一步迈出去都似有尺子标着，不差分毫。莫莉有些跟不上他的脚步，走两步跑两步，直到追进电梯，这才得以喘口气。

贝寒回首扫她一眼，直接按了顶层的按钮，过得片刻，忽地问道："为什么坚持要进天狼战队？"

莫莉抿了抿唇，沉声答道："一心向往。"

"一心向往？"贝寒转头看她，诧异扬眉。

莫莉被他英俊的面孔晃了一下，回过神后急忙点头："是，很向往。全联盟的人都知道天狼战队是星际舰队的王牌军，凡是军人，无不向往。"

贝寒轻轻地扯了扯唇角，没再说什么。

莫莉心中不禁犯嘀咕，生怕自己说错了什么话。其实，她压根儿就不想进什么天狼战队，可在"继续留在研究中心做小白鼠"与"进入天狼战队"两个选择之间，看起来还是后者更好一些。

当然，这也是原本的"莫莉"在进行实验前留下的唯一要求，无论实验结果如何，只要她还活着，就要进入天狼战队。莫莉在熟悉这个世界之后，曾试图修改这一志愿，却被告知这协议的效力级别极高，便是她自己也无权修改。

电梯在研究中心顶层停下，走出来便是一个小型起落场，停着几架大小不一的飞行器。贝寒带着莫莉径直往一架标有"天狼"字样的飞行器处走，行至半路，正好遇到另一架飞行器从空中降落。

舱门打开，从内出来一个穿银灰色飞行服的男子，身材修长瘦削，结实有力，很是引人注目。看到贝寒与莫莉两人，男子脚下略顿了顿，转而向他们这里走了过来。

"嗨！咱们的联盟英雄，真是好久不见了。"男子将头盔摘下，单臂抱在身侧，咧嘴向着贝寒露出一个轻慢的笑容，又道，“真是抱歉，贝寒将军，我的休假还未正式结束，就不向您行军礼了。”

贝寒不言，只站在那里冷冷地看着那男子。

男子不以为意地笑了笑，目光又落到贝寒侧后方的莫莉身上，面上的神色忽地严肃了许多，问莫莉道：“这是要去天狼战队了？可办好正式手续了？”

莫莉在研究中心待了月余时间，一直被限制着行动自由，平时能接触到的人员极少，这男子恰恰就是其中的一个，研究中心的负责人之一，雷奥上校。

莫莉点头：“是的，上校，已经办好了。”

“请叫我雷奥，莫莉小姐。”雷奥微笑，这笑容和莫莉以往见到的十分不同，有些风流，又有些轻佻。他不紧不慢地走近莫莉，轻笑着问道，“不知我是否有这个荣幸，可以在下个假日邀请您共进晚餐？”

在莫莉的印象里，雷奥上校是个很敬业，也很严肃的人，她还是第一次见到他这样不正经的模样，一时不觉有些错愕。

“我能把您的沉默当作默许吗？”雷奥又笑了笑，扫一眼旁边漠然不语的贝寒，倾身过去凑到莫莉的耳边，轻笑道，“请您相信，我一定会让您度过一个完美的夜晚。”他说完，慢慢地直起身来，温热的唇在莫莉的脸侧若即若离地擦过，追问道，“可好？”

莫莉没有想到他会突然说出这样的话来，既紧张又尴尬：“雷……雷……雷奥上校！我……我……”

“她拒绝。”贝寒突然冷冷地插话，说完，不再理会雷奥与莫莉，大步向着自己的飞行器走去。

莫莉如同抓到了救命稻草，向着雷奥歉意地笑了笑，追着贝寒跑了过去。

飞行器上等待着飞行人员和贝寒的副官，莫莉刚刚扣好安全装置，前面驾驶舱的副官已回过头来，询问贝寒道：“将军，是否可以起飞？”

贝寒冷然点头：“走吧。”

飞行器平稳地升起，然后加速冲出研究中心顶空的无形屏障，很快进入了预定的飞行轨道。

莫莉安静地坐在座椅上，小心而谨慎地打量着飞行器内的构造，空间不大，格局简单，前舱有一名副官和两名飞行人员，后面就她与贝寒两人。而贝寒自从下达了起飞的命令后，就一直靠在座椅中假寐。

莫莉正暗暗打量着他，不料他却突然睁开了眼，转头向她看了过来。莫莉吓得忙移开了视线，心中十分紧张，下意识地舔了舔发干的嘴唇。

贝寒收回了淡漠的目光，说道：“很抱歉，刚才没有经过你的同意就替你拒绝了雷奥上校的邀请。”

莫莉有点跟不上这位冷面长官的思路，僵了一僵后才答道：“不，是我要谢谢您，我本来也是要拒绝的。”她怕贝寒再误会她与雷奥的关系，思量了一下，又解释道，“雷奥上校以前不是这样的人，他平日里很严肃正经的。我也不知道他今天是怎么了，可能是在与我开玩笑吧！”

贝寒眉头微微地皱了下，转头看了莫莉一眼，才又说道：“星际舰队内有条令，严禁同一部门的指战人员发生亲密行为，尤其是上下级之间。所以，雷奥上校并不是在与你开玩笑，他只是比较有职业操守。”

因为有职业操守，所以当莫莉关系还在研究中心时，那家伙要保持严肃正经，一旦确定莫莉脱离了研究中心，他就再不用严肃正经了。

莫莉反应过来贝寒话里的意思，突然有些傻眼，不知该怎么去接他的话。

贝寒把她这一反应理解成她对舰队法纪知识性的缺失，直接吩咐位于前舱的副官："尤利安，给她补一下舰队内部条令。"

"是，将军。"尤利安应声，修长的手指在操控板上跳跃了几下，一本厚厚的虚拟书凭空出现在莫莉眼前。尤利安回过身来看莫莉："这是您需要了解的有关条令。"

莫莉迟疑了一下，问道："这是……联盟星际舰队法？"

"其中的一部分。"尤利安出言更正，"内容不多，希望您能在到达基地之前看完。"

莫莉在研究中心时已接触过类似的虚拟图书，虽然有些用不习惯，却也算勉强会用。只是这些人嘴里出来的诸如"不多""不难""看一下"等话却是万万不能信的。

没办法，智商上的巨大差距，叫他们对这些词语有了不同的理解。莫莉只能期望着自己勤能补拙，又或是自欺欺人地想，她可以抛弃智商这一短板，转而和这些人去拼情商，拼运气，或者……节操。

好吧，虽然这些东西她拥有得也不算多。不过，人总要学会扬长避短。

从本质上来说，莫莉一向是个乐观开朗且积极向上的姑娘。

飞行器在既定航道上平稳地前行，船舱内很安静，身旁的贝寒一直在闭目养神，再没理会过莫莉。倒是前舱的尤利安曾有一次回过头来看她，关切地询问道："可有什么问题？"

莫莉不知道他为什么会突然来问这个，茫然摇头："哦，没有。"

尤利安向她温和地笑笑，又说道："那还请加快阅读速度，我们马上就要进入战队基地了。"

莫莉下意识地扫了一眼页码，很好，五百多页的内容，只剩下四百多页就看完了……她不得不求助地看向尤利安，压低声音问道：“上尉，我可不可以另外找个时间来学习这些条令？呃……你知道的，我是回归岛人，还不习惯这样的阅读方式。”

尤利安感到有些为难，可莫莉的表情实在是叫人看着心生不忍，他迟疑了一下，转而去请示贝寒，问道：“将军，您看……”

贝寒睁开眼看过来，先扫了一眼莫莉怀里的虚拟图书，又看向莫莉，语气平淡地问她：“莫莉小姐，你的智商真的达到119了吗？”

在这个平均智商已超140的世界，这样的问题毫无疑问是对莫莉的羞辱。莫莉愣了一下，顿时窘得涨红了脸。幸好贝寒没再说什么过分的话，他转过身去，单手撑在座椅扶手上，支着下颌望着舱外瑰丽的星空出神。

莫莉看模样是个又白又嫩的软妹子，可性子却有些要强，甚至有点一根筋。她忍了又忍，还是没能忍住，于是从自己座椅上站起身来，径直走到贝寒身边站定，唤道：“将军。”

贝寒闻声回过头来，神色淡漠地看向莫莉。

莫莉鼓起勇气说道：“将军，我刚刚在舰队内部条令里看到，舰队内所有指战人员，不论军衔、职务，都不可对他人进行人身攻击，包括言语侮辱、暴力侵犯等。”

“嗯，背得不错。”贝寒轻轻颔首，“然后呢？”

莫莉咬了咬唇，继续说道：“所以，您不能因为我的智商就在言辞上对我进行侮辱，就像，我不能因为您，因为您……”

她竭力地想从贝寒身上找出一处缺陷来举例，却悲哀地发现，这人实在是太过完美了，以至于她想“侮辱”他都找不到地方。

贝寒还在扬眉看她，反问她：“因为我什么？”

莫莉的勇气已快用尽，顿感紧张，不自觉地舔了舔嘴唇，强撑着答道："没什么，我只是想说，智商并不能代表一切，也不能决定一切。"

贝寒默默地看她两眼，不慌不忙地坐正了身体，淡淡说道："有两件事需要说明一下。第一，我刚才并未对你进行人身攻击，只是客观地表达我的疑问。从你的阅读速度来看，我有理由对你的智商测试结果持怀疑态度。"

这明显是在狡辩！莫莉心中愤愤。

贝寒面无表情，继续说道："第二，舰队条令中有明确的说明，咬或者舔舐嘴唇的动作，带有强烈的性暗示，与人近距离接触时，请尽量避免此类动作。哦，这个说明在第492页，我想你可能还没有看到那里。"

莫莉先是错愕，随后便是羞窘，以及难以遏制的愤怒。为了压抑情绪，她又习惯性地咬紧了下唇，却很快意识到这样不对，赶紧又松开了，只用力抿紧了嘴唇。

贝寒的视线从莫莉的唇上划过，漠然问她："还有别的问题吗？如果没有，请回到座位上坐好，飞行器很快就要穿越基地的磁场屏障。"

说话间，飞行器舱体已经开始隐隐摇晃，莫莉一时顾不上再和贝寒理论，忙走回到自己的座位处坐好。一阵猛烈的颠簸过后，舱外的光线骤然变亮，星际舰队天狼战队的基地毫无预兆地出现在莫莉眼前。

这是一个极为庞大的建筑群，以黑、银两色为主，呈五芒星的形状延展开来。从高处远远看去，整个基地犹如一片广袤的神域，静穆地悬浮在太空之中。

这一幕太过震撼，莫莉呆呆地望着舱外，半晌没有反应。

飞行器在基地的中心位置降落，贝寒起身往舱外走去，人到舱门处步子略略顿了下，冷声吩咐尤利安："送她去新训部。"

尤利安带着莫莉从飞行器内出来，换乘了一辆小巧的磁悬浮车，送她去位于基地西北的新训部。天空中不时地有各式各样的飞行器掠过，尤利安主动出声解释道：“那些都是在执行军务，基地里有规定，除非是执行军务，否则，所有指战人员都不得占用空中航道。”

比起冷漠自大的贝寒，尤利安给莫莉的印象要好了许多，他长着一张少年般的漂亮脸蛋，唇形微微上翘，脸上仿佛永远都带着温柔的笑意。这样的人很容易叫人心生亲近之意，莫莉忍不住询问他道：“上尉，我要去的新训部是什么地方？”

尤利安微笑着答道：“您知道的，天狼战队虽然和其他舰队一样同属联盟军总司令部下属的星际舰队，但却是作为一个独立军种执行训练作战任务。我们有两个战舰联队和三个特别行动队，所有的指战人员都是从各大舰队中选拔而出。可即便这样，这些新进人员也没有资格直接进入作战部队，他们要先进入新训部，经过三个月的淘汰期，最后考核合格后才会根据个人特点，被分入战舰联队，或者是特别行动队。”

莫莉问道：“那新训部就是新兵训练的地方了？”

“可以这样理解，很多人都说那里是基地最残酷的地方，有‘炼狱’之称。不过也还好，只要坚持三个月下来就可以了。”

莫莉听完，顿时沉默下来。

她曾看过实验前签署的那份协议，上面明确写着她要在天狼战队待满三年，不允许基地以任何理由将她退回原部。这将意味着莫莉极有可能要在这个最残酷的新训部待足三年，别人是在“炼狱”里待上三个月就行，而她，却要三十六个月……

当然，如果她有本事通过考核，也可以逃离“炼狱”。不过，以她自身的资质来看，要正式成为天狼战队的一员，这无异于痴人说梦。唉，也不知道之前那位“莫莉”姑娘对天狼战队到底有着怎样的执念，竟然会签下那样一份协议。

面前的人生简直一片黑暗，不见半点星光，莫莉勉强地向尤利安咧开嘴角笑了笑，没了谈话的兴趣。

天狼战队的新训部占了“五芒星”整整一个西北角，尤利安车开得不快，十多分钟后，车子才从一个黑洞洞的大门拐入，径直驶入了地下停车场。

新训部长官听闻莫莉是来受训的，用挑剔的目光将她上下打量了一番，有些不耐烦地问尤利安：“新学员都已经入训半个月了，又从什么鬼地方冒出来这样一个？我们新训部是垃圾收集器吗？”

尤利安不卑不亢地说道：“贝寒将军命我将她带到您这里来，如果您有异议，可以直接向贝寒将军反映。”

既然是贝寒的命令，自然是没法再把人给退回去的，新训部长官只得抱怨道：“那好吧，既然是贝寒将军的命令，那我只能服从，虽然我十分不理解将军为什么会要这样一个人。”

尤利安好脾气地笑笑，又礼貌地和莫莉说了再见，这才转身离开。

房间内只剩下了长官与莫莉两个人，长官将莫莉晾在一边，自己低下头去处理军务。过了一会儿，基地内部的智能系统提示说已接收到莫莉的个人信息，长官这才停下了手上的工作，抬头扫了两眼她的资料，然后有些阴阳怪气地问道：“竟然还是个少尉？”

莫莉的军衔确实是少尉，虽然全是因为参加了黑洞实验才破格提升的。她答道：“是，长官，我是少尉军衔。”

长官轻蔑地撇了撇嘴角，不过却也没有说什么，只从外边叫了士兵进来，吩咐道：“带莫莉少尉去H分队，编入队内参加正常训练。”

很快，莫莉就被送去了另一座银白色的大楼，一个年约四十岁的女军官用激光器往她右腕上打了一枚硬币大小的印记，不冷不热地说道：“莫莉少尉，这是你在新训部的身份标识，记录着你所有的个人资料，以及日后的受训信息。从现在起，你的军衔已经失效，你是联盟天狼战队新训部第216期学员，编号TL002385617。”

“谢谢。”莫莉道谢，抬起手腕仔细端详了一下那和二维码有些类似的图案，又问那女军官道，“请问我接下来要做什么？”

女军官往一侧偏了偏头：“那边上楼，智能系统会指引你去你的房间，以及告诉你接下来做什么。”

莫莉无奈，只能转身往走廊里走去，待进了电梯，却不知道自己的房间在哪个楼层，正犹豫间，就听得有声音问道：“您好，女士，请问您需要帮助吗？”

第二章

# 初来乍到

莫莉被这突然冒出的声音吓了一跳，迟疑了一下，答道："我要去自己的房间，可是不知道它在哪里。"

那声音说道："请出示您的个人身份。"

莫莉想了想，试探着抬高了手腕，露出刚刚得到的那个身份标识，就听见那声音说道："莫莉你好，欢迎你进入新训部，我是基地智能系统常在，你的房间在12楼C区035室，请跟我来。"

在智能系统的指引下，莫莉一路顺畅地走到了自己房间，这是一间面积大约十平方米的房间，带有独立的小卫生间，里面陈设很简单，有点像普通的单身宿舍，只多了一些不知名的电器设备。

"常在"的声音已经换到了屋顶上的扬声器里，它将屋内的设备以及用途简单介绍了一番，最后说道："您的作训服大约会在半个小时后送来，现在距离晚饭时间还有一小时二十分钟，请先稍事休息，到时前往餐厅用餐。请问，您还有什么问题吗？"

"没有了，谢谢。"莫莉答道。

"那就不打扰您休息了，有需要可以随时吩咐我，再见。"

智能系统的电子音终于消失，莫莉莫名地松了口气，试探地在床边坐下，瞧着并无什么别的动静，这才放任自己仰面躺倒在床上。她从早上起床折腾到现在，其实早已经是又累又饿，可就是到了现在，她的精神依旧是不敢有丝毫的放松。太过先进的科技，叫她感到十分没有安全感。

常在，常在，听这名字就是一直都在的意思嘛，倒是方便了，可是隐私呢？难道这里的人都没有隐私一说吗？莫莉有些发愁，不禁长长地叹了口气。

她在床上躺了不过三五分钟，便咬着牙爬了起来，冲进卫生间里洗了一个“原始”的热水澡，刚把头发吹干，就听见壁柜处响起了提示音。莫莉试探地打开柜门，见里面已经挂上了几套不同样式的作训服，下面有几双靴子，靴筒高矮不一。

这一次的电子音是个温柔的女音：“莫莉女士，这是您的作训服，请查收。”

莫莉刚才从“常在”那里知道了壁柜的使用方法，伸手在一旁的扫描器前晃了一下右手腕，一个衣架上的红色指示灯就自动亮了起来，像是在提醒莫莉取出这一套。

莫莉看得很惊讶，按照提示将这一套拿了出来。这是一整套衣服，里面是贴身的内衣裤，外面是一套紧身的墨绿色衣裤，也不知是什么材质的，穿在身上既舒适又合身，样式极为简洁，除了腰间有一条仿皮质的黑色腰带之外，再无其他装饰。

门后便是三维立体衣镜，莫莉左右照了照，对衣服的上身效果很是满意。就这样一耽搁，很快就到了晚饭时间，她提了那双同样有标识的黑色矮靴出来穿上，依照“常在”的交代去餐厅用餐。

餐厅在斜对面一栋稍矮的建筑里，很大，至少能容纳千人同时用餐。莫莉进去的时候，里面已经零散地坐了一些人，穿着大多和莫莉一样，看不到卖餐的窗口，也看不到端着餐盘走动的人。

莫莉步子稍顿，不动声色地看了片刻，找了一张无人的长桌坐下，又仿照着别人的动作，将手腕处的身份标识对准桌面上的扫描口，待那小小的显示灯从红转绿，这才收回了手，安静地坐在那里等待。

大约三分钟之后，桌面发出小小的一声提示音，桌板正中的金属板低陷了下去，再升上来时，已是多了一个尚冒着热气的餐盘。

菜色很丰盛，闻起来味道也不错。莫莉十分意外，选了筷子正要用餐，身边突然有人用惊讶万分的声音问道："莫莉？真的是你？你真的来作战队了？"

莫莉闻声转头看去，问话的是个二十来岁的年轻女孩，个子高挑健美，有着一头浓厚的亚麻色短发，长相十分甜美，此刻正瞪着圆圆的杏核眼，惊愕地看着自己。

莫莉并不记得自己有见过这个女孩，有些迟疑地问道："请问您是？"

女孩面上的惊愕之色更浓，叫道："莫莉，我是米亚啊，我们去年在第三舰队见过面的！你不记得了？我们分在同一组参加的体检和测验，我们两个都是第一名，我是正第一，你是倒第一。"

莫莉之前有看过自己的简历，她的确是参加过联盟第三舰队的新兵选拔，只可惜因为身体素质不过关，在第一轮就被淘汰了下去。

她很快反应过来，赶紧做出了恍然大悟的模样，为了表示吃惊，还有意用手掩了嘴，说道："哦！米亚，你是米亚！对不起，你变化很大，漂亮太多了，我一时都没有认出来。"

没有女人会拒绝赞美之言，米亚对莫莉的话深信不疑，笑着问道："是吗？我把头发剪短了，怎么样？这个样子是不是更酷？"她挨着莫莉坐了下来，又回头招呼身后的同伴："泽恩，我们坐在这里吧。"

那是个神色冷淡的青年，闻言坐在了两人对面。

"肖泽恩，我中学时的同学，也是在第三舰队的战友。"米亚向莫莉介绍同伴，说完又兴冲冲地和肖泽恩说道，"哎！泽恩，你知道吗？莫莉来自回归岛，她可是回归岛人哦！”

肖泽恩兴趣缺缺的样子，只向莫莉略略点了点头，没有说话。

“回归岛？母星上的那个回归岛吗？”另有一个低沉悦耳的声音突然从旁边响起。莫莉转头去看，一个面容俊秀的男子已经贴着她的另一侧坐下，自我介绍道：“你好，我是许辰宇。”

米亚在一旁笑着补充道：“我们H分队第五组的组长大人。”

肖泽恩瞥了许辰宇一眼，面无表情地问他：“你今天晚了两分钟，果然是体力不行了吗？”

许辰宇不以为意地笑笑，没有理会米亚与肖泽恩两个，只转过头上下打量着莫莉，问她道：“你也是来受训的学员？为什么之前从没有见到过你？”

这个问题是莫莉早就准备好的，因此答得不慌不忙：“我今天才到，本来是没有资格来这里受训的，全是由于出自回归岛的缘故，这才得到了舰队总司令部的特批。”

黑洞实验是有关“时空穿越”的实验，属于联盟高度机密，莫莉也签署了保密协议，提也不能提，所以只好从她的出身上做文章。幸亏“回归岛”这三个字本身就极有分量，她这样的回答，丝毫没有引起众人的怀疑。

米亚心直口快，说道：“这样啊！我刚才还奇怪，你连第三舰队都没能进去，怎么就能通过天狼战队的选拔呢！”

这话听得莫莉无语，不知该怎么答这话，只能尴尬地笑笑。

不料米亚又说道：“可是，莫莉，以你的条件，如果不能得到贝寒将军的特批，会很快就离开这里的。”她似乎并不是在挤对莫莉，而是真心在为她担忧。

莫莉不能提自己那份变态的协议，只好答道：“我想只要坚持下去，总能够有所收获。”

这话说得很是励志，米亚不禁大力地拍了一下莫莉的肩膀，赞道：“好样的！莫莉！”

她这一掌的力道极大，差点儿将莫莉拍到桌面上，亏得许辰宇在旁边伸手扶了一下，这才没将脸砸进餐盘中。米亚被吓了一跳，连忙道歉道：“哦，莫莉，对不起，我不是故意的。”

莫莉半个肩膀都是痛的，勉强地摆了摆手：“没事。”

许辰宇将扶着莫莉的手收了回去，温和地笑了笑，提醒道：“米亚，莫莉是回归岛人，她的身体素质可能要差些。”

莫莉忙接话道：“是的，是我自己的原因，和米亚没关系。”

对面一直沉默的肖泽恩突然出声说道：“这样的身体素质，格斗对抗时会被打个半死。”

此话一出，桌面上顿时一片死寂。米亚力气是大，可这一巴掌若是落在别人身上，也不至于像莫莉这样狼狈。莫莉强自笑了笑，有意调节气氛，玩笑道：“是啊，哈哈，不会真的被打死吧？”

肖泽恩面容淡漠：“不会，新训部医疗室的设备是全联盟最先进的，只要你还没有脑死亡，五天之内就能叫你恢复健康。”

莫莉的笑顿时僵在了唇角。

许辰宇伸手轻轻地拍了一下她的后背，笑着安慰道：“不用太担心，这样的真人对抗的格斗练习也不会很多的。”

“嗯，一周才有一次。”肖泽恩点头表示认同，又补充道，“所以，顶多也就是一周死上一次。”

非常好，一周一次，五天恢复健康，还耽误不了下一次被揍。莫莉看着面前的餐盘，脑子里不由自主地在算着这三年一共有多少个星期，她要被打上多少次才能从这里离开。

可能是看出莫莉脸色不好，米亚干笑了两声：“莫莉，也没有那么糟糕，你总会进步的，不会一直被打个半死的。”

莫莉真心相信米亚说这话是出自好意，转头向她露出一个极为勉强的微笑：“谢谢。”

这会儿的工夫，众人的餐盘都已经被送了过来，分量不一，菜色各有不同。米亚喝了一口类似蔬菜汁的饮料，忍不住抱怨道：“又是这个口味！难道我的身体就一直需要这些东西吗？那机子是不是该淘汰了？测算结果真的准确吗？”

新训部学员吃什么是不能由自己选择的，进入餐厅时通过的“安检门”其实是一台生理检测设备。人经过那里时，它会检测出你身体的各项生理数据，然后传送给智能系统，智能系统再根据每个人的身体情况，配制出营养均衡的个人套餐。

不远处的一名男学员对米亚的话深有同感，探过身子来插言道：“我希望那机子能再升级一下，最好能提取到脑电波，提高个人意愿的权重。”

米亚接道：“还不如直接给大家服用营养剂，我真是受够了这些东西。”

曾有过一阵子，人们服用各种营养剂以替代正常的饮食。这种补充体能的方法简单又快速，不过很快就被联盟禁止了，因为长期服用营养剂会造成肠胃的萎缩，进而导致人体消化系统的退化。生物学家指责说这不是人类的进化，而是灾难。所以，除战时外，联盟军内一律不许士兵用营养剂代替传统饮食。

对于这一切，莫莉还不太了解，可能是由于刚刚到来什么都感到新鲜的缘故，她觉得这配餐味道还不错，就是肉类制品太多了些，叫她有点吃不消。

新训部的晚饭时限是半个小时，算是这些学员一天中最为悠闲的一段时间，白天的各种体能训练都已过去，晚上只剩两节有关文史之类的课程，没什么压力。米亚对莫莉的新奇劲很快就过去了，开始和人谈论下一个假日的基地假面舞会。

米亚问许辰宇："组长大人，你说这一次贝寒将军有没有可能参加？"

"我想不会，因为还从未有过贝寒将军参加假面舞会的记录。"许辰宇说话时总是带着微笑，语速不快不慢，声音也很温和，令人感觉十分舒服，"如果你想着利用舞会和他春风一度，我劝你还是打消这个念头。"

米亚闻言有些失望，像个小姑娘一般用手托了腮，叹道："他为什么不去？难道他连正常的生理需求也没有？可是为什么我每次看到他，不论离得多远，都能感受到他身上那浓烈的雄性荷尔蒙气息？他那么有魅力，叫我看他一眼都忍不住浑身发热。"

莫莉一直在安静地听他们说话，听了米亚这大胆露骨的话，顿时被饮料狠狠地呛了一口。周围的人都奇怪地瞥她，许辰宇问道："莫莉，你没事吧？"

莫莉强自忍住了咳嗽，眼圈却是有些泛红，忙答道："没事，没事。"

她红着脸埋下头继续吃饭，过了一会儿，实在忍不住好奇心，壮着胆子凑近许辰宇，小声问他道："我想问一下，基地条令里不是严禁同一部门的指战人员发生……呃……亲密行为吗？为什么，为什么……"

许辰宇先是愣了愣，随即就笑了，解释道："无论到了哪里，条令都是死的，人是活的。虽然说是同一部门的人不能发生亲密行为，可也不过是为了避免战友之间发生纠纷。而且，这同一部门可大可小，可以说成是我们第五组，也可以说是新训部，最大了才是基地。只要你不去给长官找麻烦，长官对这种事情也是睁一只眼闭一只眼。"

许辰宇又道："而且，这规定本来就是和宪法相抵触的，如果真计较起来，是违宪的。”

莫莉听得一愣一愣的，半张着嘴，傻了一样。

许辰宇看她这模样，不觉笑了：“据说回归岛的风土人情都和联盟十分不同，可能你会有些不习惯。”

“还好。”莫莉勉强应道，停了一停，又忍不住问道，“那假面舞会是怎么回事？”

许辰宇还没回答，米亚已是抢着说道：“哦，莫莉，这是基地里唯一的乐子，主要就是为了给大伙儿减压。”

米亚兴致勃勃地给莫莉介绍假面舞会，简单说来，这就是一个隐藏了全部个人信息的舞会，可以叫人毫无顾忌地放纵自己。大家使用特定的机器给自己易容，除了性别，其余的一切特征都可以被暂时改变，发色、肤色甚至五官。所以，在第二天离开的时候，没有人知道昨夜里和自己共度春宵的情人是谁。

莫莉听得目瞪口呆，暗道这里果然是三观不正、节操尽碎的地方！

米亚还在对贝寒从不肯参加假面舞会的事情耿耿于怀，抱怨道：“我真想给舰队司令部写信，投诉贝寒将军不能以身作则，与部众同乐。”

莫莉假装没听到，低下头专注地用勺子刮盘子里的食物残渣。

餐厅里的人已经陆陆续续地离开，许辰宇笑着打断了米亚的话：“快些吃饭，晚上还有课呢。”

米亚匆忙扒了几口饭，把餐盘一推，站起身来，叫道：“我吃好了。”

许辰宇又转过头来问莫莉道：“你要不要和我们一起去上晚课？还是等到明天再开始正式受训？”

莫莉想自己资质本来就不好，怎么也该有个笨鸟先飞的样子，连忙点头道：“去上课吧。”

“那好，第一节课是人类史，我们在教室等着你。”许辰宇笑着说道。

此时离上课还有一段时间，大家基本上都要回宿舍休息一下。莫莉和许辰宇等人住在不同的楼层，在电梯口与他们分了手，独自往自己宿舍走。

走廊内不时地就能看到指示灯，莫莉又觉得自己认路，于是就没叫出“常在”来，只沿着记忆的路慢吞吞地往前走着。在转过一个拐角，马上要到达她的宿舍时，突然一只强壮的臂膀从后圈住了她的腰肢，一把将她扯进了一扇黑洞洞的门内。

# 第三章

## 节操尽失

莫莉受惊过度，一时竟是失声，只觉得一阵天旋地转，身体已是被人用力地抵在了门板上，热乎乎的气息直喷到她的颈侧，就听得一个低沉沙哑的男声贴在她耳边说道："嘿！宝贝，你可是迟到了。"

莫莉头皮发紧，想也不想地抬起膝盖向着男人的裆部顶了上去。她动作极为迅速，不料那男人反应更快，手掌往下一压，已是挡住了莫莉的膝盖，然后趁机把莫莉的腿往一旁打开，用身体紧紧地压住了她。

他低声调笑道："我的小猫咪，要玩一些刺激的吗？不是说好了要扮成女教官的吗？怎么打扮成女学员了？"

莫莉又惊又惧，心脏跳得如同擂鼓，死命地往外推着男人的胸膛，口中高声威胁道："你放开我！不然我就要喊人了！"

男人闻声明显一愣，下一秒钟就松开了莫莉。

房间内的灯骤然大亮，莫莉的眼睛稍稍适应了一下，这才看清楚面前这个只穿了一条单裤的男人，高大，强壮，宽阔的肩，瘦削的腰，再往下，长裤遮掩处还有一团可疑的鼓起。

对方也在打量莫莉，待看清她的模样，立刻往后退了一步，有些尴尬地说道："呃，真是抱歉，小姐，我认错人了。"

莫莉下意识地以手掩胸，戒备地看着他。

男人额前的发丝有些长，遮挡了他有些狭长的眼睛，他瞧着莫莉不出声，向她咧嘴笑了笑，再次道歉道：“小姐，请您原谅我，我真不是故意冒犯您。”

莫莉不知这人的话是真是假，她脑子里现在已是烧得一塌糊涂，有愤怒，也有羞辱，当然更少不了惊惧。她冷冷地看了男人一眼，转身去摁房门的开关。谁知那男人却赶在她之前遮住了那开关，同时闪身挡住了门口。

莫莉又惊又怒，厉声喝道：“你走开，让我出去。”

男人的面容却意外地冷静下来，说道：“当然，我会放您出去，但是您得答应我，权当此事从未发生过。小姐，请您相信，我不是有意侵犯您，我只是认错了人。”

莫莉想了一想，点头应道：“好。”

男人低头仔细地看了看莫莉的脸，忽地笑了笑，唇角上勾起一抹狡猾，道：“不，您在骗我。您并没有原谅我。”

莫莉恨得牙疼，用力抿了抿唇，忽地大声叫道：“常在！常在！”

智能系统“常在”却是没有半点反应，莫莉正惊疑间，就听得那男人说道：“小姐，这是我的房间，在这里，常在只听从我的指令。”男人像是看出她没什么攻击性，放松了身体，抱着怀斜倚在房门上，唇角上噙着一丝淡淡的笑，十分肯定地说道，“小姐，您是新来的。”

莫莉强自镇定地回望着他，色厉内荏地说道：“我正式警告你，请你让开。”

男子并不理会莫莉的话，他上下打量了一下莫莉：“您是新来的学员，是被特批进入新训部的？因为什么？应该不会是因为身体素质。难道是技术人才？或者因为出身？”

他竟然把她的身份猜得八九不离十！

莫莉心中对他更是戒备，闻言只冷冷地看着他，抿唇不语。

“哦，请别用这样的目光看着我，我没有恶意。”男子笑了笑，又道，“我猜您住得离我不远，隔壁那个房间吗？那里像是还没有人住。这么说来我们还是邻居，虽然认识的方式不太美好，不过，这也可以看成是一场令人难忘的误会，不是吗？”

莫莉盯着他：“你到底想说什么？”

男子回望着莫莉，深棕色的瞳仁深不见底，他收起了嬉皮笑脸，说道：“我叫林挚，是新训部第216期学员，我不希望因为一个误会，就被人投诉而被迫退出作战队。我需要得到你的保证。”

这人怕她出去后投诉他！莫莉脑子飞快地转动着，大胆地直视着他，答道：“我已经答应过了，是你不肯相信我。”

男子轻轻挑眉，似笑非笑地问道：“是吗？”

莫莉压下心中的厌恶，故意做出无奈的神色：“你既然知道我是刚刚进入新训部的，就该明白我和你同样不希望招惹麻烦。既然刚才的事情是个误会，你也已经向我道歉了，我没有理由再揪着不放。”

这话似乎说动了男子，他又沉默地看了莫莉两眼，这才往旁边闪开了身体，让出后面的开关。为了打消他的疑心，莫莉先向他笑了笑，这才伸手去摁那开关，不想还未等到她触碰到，门外却突然响起了门铃声。

屋内两个人同时一僵，待回过神来，莫莉急忙去触那开关，可那林挚的速度更快，一把抓住了她的手腕，将她用力往后一掀，摁向身后的壁柜。莫莉的身体撞在金属柜门上，痛得她闷哼了一声，下一秒钟，林挚重又欺身而上，将她压制住，低声笑道：“小姐，请不要着急出去，先等一等，可好？”

莫莉暗中咬了咬牙，应道：“好。不过请你先放开我。”

这一回林挚没有为难她，痛快地往后退了一步，松开了莫莉。门铃还在响着，莫莉用手揉着胀痛的手腕，斜了林挚一眼，问：“怎么，不打算开门吗？”

林挚伸手摁了下房门开关旁边的一个绿色触控，那原本黑色的房门颜色迅速变淡，不到三秒钟的时间，竟就变成了透明玻璃一般。门外的情形被看得一清二楚，一个身穿教官制服的娇小女子立在门外，正微皱着眉头看向门板，面庞竟真的和莫莉有几分相似。

莫莉吓了一跳，惊疑不定地看向门外。

瞧到她脸上的神色，林挚也有些意外：“怎么，你竟然不知道房门是可以从内部透视的吗？”

莫莉不想在这男人面前显露自己的无知，于是只抿紧了唇，没有回答。

林挚不以为意地笑笑，向着门外偏了偏头，解释道：“小姐，你现在可以相信我的确是认错人了吧？外面的女士才是我今天要等的人。这里靠近走廊的尽头，平日里很少有人会来，而且在基地里，像你们这样身材娇小的女性极少，所以，我以为是她故意改变了装束，来增添刺激性。你知道的，角色扮演是很有意思的事。”

他说得这样坦然，莫莉听得却是无语，她垂了垂眼帘，说道：“好吧，我接受你的解释。现在，你可以放我离开了吧？”

不料林挚还是摇头：“不行，我的女伴还在外面，现在开门，会叫她产生不必要的误会。我想你也不希望发生什么难堪的场面，是不是？”

莫莉不得不承认他说的话有些道理：“那怎么办？”

林挚轻笑道：“等她离开。”

屋内沉默下来，莫莉与林挚两人都没再说话，只透过透明的房门看向外面的女子，等着她的自行离开。那女子又摁了两下门铃，见仍是无人应答，脸上露出些不耐烦的神色，却是仍不肯离开，只靠在对面的墙上等候。

莫莉抬手看了看腕表，虽然知道这房子的隔音效果好得令人发指，却依旧是下意识地压低了声音：“她为什么还不走？”

林挚英俊的脸上露出一丝苦笑，答道：“因为我从不失约。”

莫莉忍不住瞪了他一眼，低声讥诮道：“这真是个好品质。”

林挚笑笑：“谢谢夸奖。”

又等了一会儿，外面的女子还是没有要走的意思，林挚也有点熬不住了，转头看向莫莉，与她商量道：“这样吧，你先去卫生间里藏一下，我把她放进来，等她不注意的时候，你寻个机会偷偷溜出去。”

这简直是个糟糕透顶的主意，莫莉暗道，可不等她表示反对，林挚已是一把将她推入了卫生间，打开了房门。外面一个娇滴滴的声音抱怨道：“林！你在做什么？为什么这么久都不开门？我还以为你没回来呢。”

那声音很快就从门外换到房内，莫莉知道那女人一定是进了屋子，如果现在从卫生间里走出去，那更是有嘴说不清了，她急忙闪身躲在了卫生间的门后，吓得连大气都不敢出。

卫生间的房门并未关紧，林挚低沉的笑声很清晰地传了进来：“宝贝，我刚才在卫生间，没能及时给你开门，真是抱歉。”

女人又不满地抱怨了几声，突然间，像是被人堵住了嘴，一下子就消了声。

莫莉不知道外面发生了什么，正奇怪间，就见林挚的手从卫生间的门缝里悄无声息地伸了进来，向着她勾了勾手指。她迟疑了一下，大着胆子打开了门，转头顺着林挚手臂伸过来的方向看过去，顿时惊住了。

林挚和那女人就在门外，他故技重施，用身体将那女人抵在墙壁上，手把女人的眼睛罩得严严的，口中诱哄道：“宝贝，咱们这回玩点儿刺激的，好不好？”

话是对着女人说的，他的眼睛却看向了莫莉，另一只手空出来向她指了指门口，示意她赶快离开。莫莉紧张地咽了一口吐沫，轻轻地抬起了脚，蹑手蹑脚地往门口走。

林挚瞧莫莉看懂了他的意思，竟然还向她无声地笑了笑，然后就低下头去，亲吻怀里女伴的颈侧，暧昧地问道：“怎么样，宝贝？”

女人咻咻地笑，手搭上他的肩膀，问：“哦？怎么个刺激法？”

因着那过道有些狭小，莫莉不得不从林挚的背后绕过，她心里暗骂着“狗男女”，屏住了呼吸，侧着身子，做贼一般往门口的方向挪动。眼看着就要绕过去时，不想那女人却突然抬起了腿去勾林挚的腰。

地方本不宽裕，莫莉差一点就碰到她的脚尖，吓得立刻就停住了，一动也不敢动，眼睁睁地看着那女人的手摸到林挚的腰间，摸索着去解他的皮带，娇笑着问道：“林，你今天可是耽误了不少时间，剩下的时间还够用吗？”

林挚一手牢牢地遮住女人的眼睛，另一只手沿着她动人的曲线上下滑动：“可是你先迟到的，怨我吗？”

女子辩解道：“我也不想的，林，你不知道，今天基地突然系统联查，我只得等那些人走了，才敢把你门外的走廊监控关掉，又赶回房间换了衣服，这才迟到的。”

林挚口中低声应着，见莫莉在他身后半天没有动静，回头奇怪地看了过去。莫莉忙向他指那女人的腿，示意留下的空隙太小，她过不去。林挚微微愣了愣，随即就恶劣地笑了，竟然不理会莫莉的求助，只转过了头去，继续和女伴说那些下流的情话。

莫莉急得脑门直冒汗，她咬了咬牙，索性低下身来，避过那女人高翘着的脚尖，从地上往外爬去，一直爬到门口，这才小心地直起身来，去摁房门开关。

房门悄无声息地打开，她在走出之前，又忍不住回头看了一眼，不想却和林挚的视线对了个正着。他的唇凑到女伴的耳边，眼睛却盯着莫莉，里面满是戏谑，用莫莉也能听到的声音叫道："宝贝……"

莫莉不由自主地打了个冷战，再顾不上别的，忙转身往外跑去，一口气冲进了自己房间。可恶，真是无耻又下流的一个男人！她忍不住低声咒骂了几句，又觉得后怕不已，想了一想，试探着叫道："常在？"

"常在"回应得很快："莫莉，有什么事吗？"

它语气不同于初次见面时的客气，比上一次随意了许多，很人性化的设计。

莫莉没好意思提自己刚才的遭遇，只是说道："我想要去上课，可是不知道路，你能陪我去吗？"

"当然，这是我的荣幸。请在出门时携带耳机型通讯器，以便于我们更顺畅地交流。""常在"提醒道。

有"常在"的陪伴，莫莉胆子大了不少。不过，她路过林挚房间门口时还是有些紧张，下意识地挺直了脊背，就连步子都迈得有些僵硬，直到转过了那个拐角，才暗暗松了口气。

可能是因为晚间需要上课的缘故，教学楼离着住宿大楼并不远，莫莉按着"常在"的指引走了一会儿，就到了另外一座五边形的建筑外。"常在"在耳机里说道："您晚上的第一节课是人类史，课长约一个小时，教室在3楼009房间，还需要我陪您进去吗？"

四下里已能看到陆陆续续赶来上课的学员，莫莉心中稍定："不用了，谢谢。"

"那好，祝您上课愉快，再见。"

“好的，再见。”莫莉客气应道。

她提步往教学楼内走，按照指示牌找到人类史教室，刚一进门，就听得有人高声叫道：“莫莉，坐这边吧。”就见教室后方，米亚正举高了手向她示意，在她身旁，许辰宇微抬着下颌看向自己，唇边上有着温和而友好的笑意。

在这样全然陌生的环境中，有人肯接纳你进入他们的小团体，这显然是件极为幸运的事。莫莉心中一暖，面上不禁也露出了笑意，走过去在米亚旁边的座位上坐下，问道：“可以随便坐吗？”

“当然，只要在课桌上扫一下你的身份码就可以。瞧，就这样！”米亚热情地做着示范，将手腕上的身份识别码在桌面上的感应器前扫过，桌面上方几个按键随即亮了起来。米亚指了指讲台，“你的信息将被传送到教官那里，他会知道你这门课的所有信息，包括出勤情况、课堂表现、测试成绩等。”

真是先进！莫莉心中赞叹不已，她仿照米亚的样子，将自己的身份信息扫进了课桌内，低下头来开始摸索那几个按键的功能：有用于查询课业资料的，有向教官提问的，有拒绝回答问题的，甚至，还有提示“请勿打扰”的按键！

莫莉叹为观止，忍不住指了最后那个按键问身旁的米亚：“连这个也可以？”

“可以。”身旁的米亚不知什么时候换成了许辰宇，他向着莫莉笑了笑，解释道，“如果你认为自己不需要教官的授课，可以使用这项功能，它会在你的周围设置一个屏蔽罩，屏蔽掉教官的声音。”

莫莉有些意外，看了看许辰宇，以及和他交换了位置的米亚，奇道：“扫入个人信息后，也可以更换位子吗？”

许辰宇应该是一个很好脾气的人，说话前总先习惯性地翘一翘嘴角：“可以更换的，只要授课还没有正式开始。”

面对许辰宇，莫莉还有些拘束，不知道话题怎么继续下去，就只向他笑了一笑。

许辰宇忽地问道："从那里出来，是不是很不适应外面的生活？"

莫莉有些不明白他的话："嗯？"

许辰宇笑笑，解释道："我是说回归岛。我曾经接触过一些有关回归岛的资料，听说那里还保留着一千多年前的生活习惯。你刚从回归岛出来时，是不是很不适应外面的世界？"

莫莉早就丢失了之前的记忆，根本不知道该如何回答许辰宇的话，只好含混答道："还好吧，总会慢慢习惯的。"

换到斜前方的米亚突然回过头来，问许辰宇道："组长，你对回归岛很感兴趣？"

许辰宇点头："嗯，有一段时间很着迷。还曾经回过母星，想进回归岛去看一看。不过，回归岛有一项冷酷无情的规定，那就是人的一生只能做一次选择。如果你选择了进入回归岛，那么就永远不能再出来。与之对应的，如果你降生在回归岛，选择出来的话，以后就再也不能回去了。"

"所以，"他说着转头看向莫莉，温和地笑了笑，"莫莉，你一定是位既坚强又勇敢的姑娘。要知道人类习惯群居，离开旧有的生活环境，义无反顾地进入一个全新而又陌生的社会，这需要很大的勇气。"

可惜这个坚强勇敢的姑娘并不是现在的她，莫莉被许辰宇赞得有些脸红，有些不好意思地说道："你过奖了。"

米亚乐呵呵地插话道："莫莉，你不用谦虚了。你不知道的，组长看人很准，他的超感官知觉是最棒的！"

莫莉闻言，不觉诧异地挑眉："超感官知觉？"

许辰宇笑笑，解释道："也就是第六感。"

这个词莫莉倒是知道，第六感就是指能通过正常感官之外的管道接收信息，是一种部分人认为存在的能力。

“组长的第六感很厉害，肖泽恩的智商值最高，而我，身体素质没的说，单人无辅助格斗新训部第一。”米亚伸出手指挨个给莫莉介绍，最后又问她道，“你呢？莫莉，你有什么特长？”

莫莉已被这几个人打击成渣，呆愣愣地看了米亚片刻，问道：“反射弧特长，算吗？”

米亚和许辰宇愣了一愣，不禁都笑了起来，只有肖泽恩还面无表情，认真答道：“不算，这是你的劣势。”

米亚伸手去拍肖泽恩的肩膀：“肖泽恩，不要这样，学着幽默点。”

肖泽恩回过头去，没再说话。米亚偷偷地用手指在太阳穴那里转了个圈，和莫莉小声说道：“大脑开发过度的人，都有些……你知道的！”

米亚向着莫莉耸了耸鼻子，露出一个调皮的笑容。

莫莉觉得这个女孩子真是可爱，高挑健美的身材，漂亮的脸蛋，这样有本事，偏偏性格还这样随和开朗，真是个上天的宠儿！

“不要被米亚的外表骗了。”许辰宇看了眼莫莉，像是看透了她的心思，笑着说道，“她的性子很火暴的，尤其是在格斗场上，稍不小心就能要人性命。”

莫莉十分惊讶：“真的？”

# 第四章

# 地狱模式

许辰宇笑笑，点头道：“就在上一场格斗对抗，米亚这丫头就对人下了死手。幸亏对方也很出色，硬扛住了，这才没出大事。”

米亚闻言撇嘴，抱怨道：“如果那小子没本事，我也不会打失了手，不过，他那人也太讨厌，我一看到他那张可恶的脸就想揍他，竟然还敢在格斗场上调戏我，我后来没投诉他性骚扰，就算是够大度的了。”

不知怎么的，听着米亚这话，莫莉眼前突然闪过了林挚那张带着点邪气的眉眼，一时不觉有些发愣。身旁的许辰宇见她出神，解释道：“那件事责任不在米亚，的确是林挚那人做得不好。”

听到这个名字，莫莉心中一惊，就在这时，就听得米亚冷哼了一声，道：“瞧！那小子来了。”

她抬头往门口看过去，果然就见林挚正从外面进来。他已经穿上了和众人一样的作训服，强壮结实的肌肉被衣服遮挡，显得人比在房间时瘦削了许多，少了几分孔武粗壮，多了一些清俊。

莫莉没想到林挚竟然也会在此处上课，再次见到他，难免有些不自在。她匆匆瞥了他一眼，赶紧垂下了眼帘，过得片刻，又不禁抬头偷偷去瞄，不料却和林挚的视线撞了个正着。

林挚咧嘴向她笑了笑，竟就向着她这里走了过来。

“嗨！莫莉小姐。”林挚在离莫莉不远处停下，面上挂着礼貌得体的微笑，仿佛与先前那个无耻之徒是截然不同的两个人，“请容许我重新介绍一下自己，我是林挚，您好，认识您十分荣幸。”

莫莉见识过他是怎样无耻的，更记得他盯着自己说那些下流话时的模样。她压制着自己的情绪，不冷不热地回应道：“抱歉，我并不想认识你。”

这话说得毫不留情，没给林挚留半分面子。

许辰宇等人俱是微微一怔，有些诧异地看着莫莉与林挚两人。

林挚面不改色，依旧带着浅笑，不慌不忙地说道：“那很遗憾，我们已经认识了。”

米亚的性子急，为人又仗义，瞧着莫莉与林挚之间的情形，猜出他们定是有什么过节，于是站起身来，向着林挚冷声说道：“怎么，想要来找事吗？有种和我去格斗场解决。”

“米亚小姐，您误会了。”林挚勾起唇角，轻笑道，“我只是过来和莫莉小姐打个招呼，顺便，找个位置坐下来上课。”他说着，转身在过道另一旁的空位坐下，将自己的身份码扫入课桌内，然后又回过头看侧后方的莫莉，笑着问道，“我坐在这里，您不介意吧？”

莫莉用力地抿了抿唇，没有说话。

米亚忍不下气，又要站起身来，却被许辰宇轻声喝住了，他抬头看向林挚，温和地笑了笑，替莫莉回答道：“没关系。”

林挚也向他笑笑，这才回过了身去。

米亚一脸气愤地瞪着林挚的背影，许辰宇看向莫莉，轻声问道：“怎么，你和林挚有什么过节吗？”

莫莉真不知道该如何回答这个问题，那场尴尬事她是提都不想提的，可她满打满算来到这个基地才不过半天，之前又和林挚不认识，想找个借口都不好找。莫莉微垂着眼帘沉默，不知不觉中，又习惯性地轻轻咬住了下唇。

许辰宇的眸光似是深了下，默默看她两眼后才又叫道：“莫莉？”

莫莉抬眼看他，还以为他是在等着她回答刚才那个问题：“哦，也不算什么过节，就是刚才吃完晚饭后回去的时候，在走廊里不小心和他撞了一下，起了点争执。”说到这里，她又有些不甘心，补充道，“这人心胸狭小，很记仇。”

说来也是凑巧，她刚说完这话，不远处的林挚竟回过头来，勾着唇角似笑非笑地瞥了她一眼。莫莉不觉有些心虚，暗道自己刚才说话的声音很低，林挚不该听到才是。

“不用害怕。”许辰宇向她笑笑，说道，“在这个基地，是不会发生欺负新人的事情的。基地法令很严格，没有人敢去那样做。而且，”他停了一停，又道，“你还有我们。”

莫莉闻言十分感动：“谢谢。”

说话间，身穿衬衣窄裙的女教官已经从外面进来上课，本来三三两两聚在一起交谈的学员停止了闲聊，各自寻找座位坐下。可能是受气氛的影响，莫莉莫名地有点紧张，连忙端正了坐姿，两眼直视前方，静候着教官开始授课。

女教官授课一板一眼，每讲完一个章节，都会给学员留出三五分钟的时间，叫大家自己阅读章节内容，然后再由她来提问。

“这种方式可以提高你们的阅读能力，同时锻炼记忆力，大脑只有在使用中才能得到进一步的发展。我是坚决反对把信息存储芯片直接植入大脑的，来自外力的干预只会破坏大脑本身的平衡，叫人类慢慢变成只能依赖电子与机械的科技怪物。人类需要的是进步，是优化，而不是被改造。”

莫莉一边要竖着耳朵去听女教官的话，另一边还要分出神来翻看课本，一心两用对她来说实在是太难了，更别说每个章节的内容足有三四十页，只给几分钟的时间，怎么可能看得完！

她抬头扫了一眼周围，发现其他人皆都不急不忙地翻看着课本，神态很是轻松。不过，他们翻看书页的速度却是很快，基本上就是一页翻过来，随意地扫了一眼，然后就又去翻下一页，连她身边的许辰宇也是这样。

许辰宇发现莫莉在打量自己，侧头看向她，轻声问道："怎么了？"

莫莉摇了摇头没有说话，回过头去继续看自己的书，过得片刻，却又忍不住转过头来问许辰宇道："请问，你们翻书这么快，都仔细看过内容了吗？"

她这个问题似乎叫许辰宇感觉意外，他挑了挑眉毛，轻轻点头："是的，都看过了。"

莫莉简直就要被这些人打击死了，苦着脸说道："我读不了那么快，我的阅读速度和你们的一比，简直就像是乌龟在爬！"

许辰宇不觉笑笑，安慰她道："其实大部分人也都只是看个大概意思，知道它在讲些什么就够了，毕竟像肖泽恩那样的人是极少数。"

"肖泽恩能过目不忘？"莫莉问道。

"呃，不只是过目不忘，"为了不影响他人，许辰宇将身体靠近了莫莉一些，压低声音答道，"这样来说吧，同样的阅读速度，他不但能一字不差地记住，就连每个字使用的频率以及曾出现过的地方，他都能记住。"

莫莉听得咂舌，真想感叹一句："好变态呀！"

前面的米亚像是与莫莉心有灵犀，回过头来低声道："很变态，是不是？这家伙简直就不是人类！"

莫莉差点儿就重重点头表示赞同，强行忍住了。

因为忙乱紧张，时间就觉着过得格外快，在这堂课快要结束时，教官给出了一个简单的课堂测试，是道小论述题，题目是“你如何评价二十四世纪末人类与高智能机器人之间的战争”。

莫莉有点抓瞎，她的记忆都丢掉了，鬼才知道这场发生在二十四世纪的战争是怎么回事！她有心作弊，偷偷去瞄一眼旁边许辰宇的答案，可却又脸皮薄、胆子小，最后只好低下头憋出来一句万金油答案来：这是一场极为残酷的战争！

战争嘛，就没有不残酷的。

第一节课后只有十分钟的休息时间，紧接着就是第二节课——武器发展简史。

如果说第一堂课还叫莫莉感到紧张忙乱，那么这节课她就直接傻眼了，既看不懂，也听不懂。很好！连紧张忙乱都感觉不到了！她听天书一样听帅哥教官讲了几分钟，咬了咬牙，干脆放弃了听讲，自己静下心来从课本的第一页开始一点点地啃起。

也不知过了多久，旁边的许辰宇用手轻轻杵了杵莫莉的胳膊，提醒她道：“莫莉，下课了。”

莫莉这才发觉帅哥教官已经走了，教室里其他的学员也都在准备离开。米亚从座位上站起身来，伸了一个大大的懒腰，嚷嚷道：“天啊！总算结束了，我讨厌像个傻瓜一样坐在这里听课。”

几个人收拾了东西往宿舍走，电梯到达莫莉所住的那层楼时，许辰宇突然伸手挡住了电梯门，问莫莉道：“需要我送你过去吗？”

莫莉明白许辰宇的好意，可她不能总依赖别人的帮助，总要学会自己去面对困难。她向许辰宇笑了笑：“谢谢，但是不用了。”她说着，又抬手指了指一直挂在耳侧的通讯器，“我有这个就可以了。”

许辰宇没再坚持，只淡淡一笑，收回了手。

待电梯门合上继续上行，莫莉才转身往自己的宿舍走去，她叫了“常在”出来，与他边走边聊，直到进入她自己的宿舍，都没有再看到林挚的身影。莫莉总算放松了戒备，询问“常在”有关新训部的各项纪律与要求，又问道：“上课时用的那些书籍，我可以带回宿舍里读吗？”

“可以，不仅是上课时使用的书籍，我还可以帮您联通基地的图书管理系统，只要是在保密级别以下的资料，您都可以借阅。不过，从您的情况来看，我认为您首要担心的不该是这类文化课程，而是明天即将面对的体能训练科目。”

莫莉僵了一僵：“明天会有哪些体能训练？”

“肌群的力量训练，身体协调性训练，超重力环境下的耐力训练，各种障碍穿越训练，以及无辅助的个人格斗训练等。每个新学员要经过为期一个半月的体能训练，然后才能进入下一期的战术培训。”

莫莉听得傻眼，呆呆地坐在床边愣神。

“常在”无法体会莫莉此刻的焦虑与悲观，他的音调一如既往地平缓悦耳：“这些体能训练的强度都很大，提醒您早点儿休息，保持体力。”

莫莉怔怔地点点头：“好的。”

“您还有什么吩咐吗？”

“没有了。”

“那好，晚安。”

“晚安。”莫莉仰面躺倒在床上，欲哭无泪，明天可以装死吗？可以吗？

第二天早上才刚刚五点一刻，“常在”就开始叫莫莉起床：“在早饭之前有两个小时的体能训练，从五点三十分开始，您到训练场至少需要五分钟，所以您现在还有十分钟的个人时间。”

莫莉不敢耽搁，连忙从床上爬了起来，光着脚跑去了卫生间洗漱，待穿戴利索，临出门前，又忍不住低声问“常在”道：“常在，训练场上发生过学员因训练强度过大而猝死的情况吗？”

“常在”答道：“自2993年起，基地再没发生过非战斗减员的情况。”

既然不会死，那还怕什么？

莫莉用力握拳，又深深地吸了口气，快步往门外走去。不知是不是凑巧，她走过隔壁门口时正好遇到林挚出门，他穿了一身和莫莉同款的作训服，短袖紧身上衣，黑色皮带，宽松的军裤，裤脚全都扎进军靴里，一眼看去，比昨天更添了几分痞气。

林挚看到莫莉，似是也有些意外，扬了扬眉，勾唇笑道：“早安，莫莉小姐，真是巧。”

莫莉没有理会他，只匆匆地往外走去。

早训是在室外，联盟的星外基地大多模拟母星环境，这个时候，训练场上空的天色已经开始变亮，就如莫莉之前见惯了的每一个清晨一样。

匆匆赶到的学员已经开始列队，莫莉粗粗扫了一眼，看到了队列里的许辰宇和米亚他们。不过这个时候她可不敢跑过去和他们打招呼，她径直跑到队列前面，在那个教官模样的女人面前站好，高声报告道：“报告长官，新训部第216期学员，编号TL002385617，莫莉向您报到。”

教官手中已有莫莉的资料，闻言上下打量了她一眼，冷声说道：“入列。”

莫莉转身往队列里跑去，站在了队尾。

新训部每期学员有一千多人，分作了八个分队，莫莉所在的H分队便是最后一个分队，有近二百名学员。这些人在经过三个月的训练淘汰后，只有一百人能够进入基地的作战队，其余的人则会被退回原部。

五点三十分整，早训正式开始，第一个科目就是耐力与承受力的训练，两倍重力场下的负重长跑。这一项训练对于莫莉来说毫无悬念，两倍重力相当于她身上又背了一个自己，刚一踏上特制的跑道就差点儿被压得跪倒在地上。

跑道是传统的四百米，许辰宇他们一共在她身边路过了十二次，米亚看起来最轻松，一直跑在最前面，每次经过莫莉身边时，都会停上一停给她鼓劲。

刚开始时，米亚喊："莫莉！快跟上！你能行的！"

跑到一半时，米亚的话就换成了："莫莉，站起来，你能行的！"

到最后，米亚已经放弃了叫莫莉站起来的打算，只大声地给她鼓劲："莫莉，坚持住！再往前爬一段吧！"

莫莉咬牙，又艰难地向前爬了半米。

后面传来低声的嗤笑，紧追上来的林挚忽然在她身边停了下来，弯下腰去一把将她从地上拽起来，扛到了肩上。

莫莉惊得叫了一声，怒道："你放下我！"

林挚笑道："莫莉小姐，我是在帮你啊，一会儿教官可是要在对面训话，以你这样的速度，明天这个时候也爬不过去。"

许辰宇从后面追上来，冷声制止林挚道："林挚，放下莫莉。"

林挚停也不停，转头向着许辰宇匪里匪气地笑："为什么要放下她？是要等着她自己爬过去，还是换你来背她？如果是要她自己爬，那简直是不可能完成的事情，而如果只是换你来背她，那就更没必要了。我们都是相亲相爱的好队友，不是吗？"

起点到终点不过才有几百米，莫莉之前自己又爬出了几十米，剩下的距离一会儿就到，林挚把莫莉扔到终点，拍了拍手，笑道："莫莉小姐，你真是该向我说一声谢谢。"

莫莉几乎要吐血，不知道是被摔的，还是被重力压的。她趴在地上，半句话都说不出来。女教官的黑色皮靴突然出现在她的眼前，一个冷冰冰的声音从莫莉头顶响起："需要叫医疗人员吗？"

莫莉性子里的那股子倔劲上来了，她奋力地抬起头来，看向女教官那面无表情的脸，答道："不用，谢谢。"

"那就站起来！"女教官厉声说道。

莫莉咬紧牙关，挣扎着从地上爬了起来。女教官盯着她看了片刻，这才转身离开。接下来的训练更是残酷，二百个俯卧撑，三百个仰卧起坐，一百米障碍穿越来回二百趟……莫莉最后还是被许辰宇他们送去了新训部医疗室。

医疗室的主管医生是个看起来很年轻的姑娘，她将莫莉安置在仪器床上，柔声说道："没有什么大问题，你只需要闭上眼睛，睡上一小觉就好了。"

莫莉身下的床慢慢启动，沿着轨道滑入一个密封的空间内，她感觉到自己的身体似乎越来越轻，唯有脑子越来越沉，很快，她的意识就沉入了一片黑暗之中。

再醒过来时，莫莉身上的痛感全都消失了，和早上刚刚醒来时的感觉没什么区别。她心中一惊，猛地坐起身来，发现自己还是在医疗室，那个叫东真纪的女医生向着她微笑："你的身体现在还无法承受如此大强度的训练，我会向你们教官建议适当减弱你的训练强度，循序渐进。"

莫莉低声道谢，又问："我现在可以离开了吗？"

女医生笑着说道："当然可以，现在正好是午餐时间，你应该先去就餐，然后回房间好好休息一下，下午的训练不要去了，我会给你请假。"

莫莉点头应下，独自出了医疗室，却没有去餐厅吃饭，而是直接回了宿舍。她现在满心的沮丧和悲观，情绪很是消沉。虽然她对新训部的生活早已有准备，可是却没想到会这样艰难。而且，还要在这里待足三年，既不能通过选拔，又不能选择退出。

如果日复一日地重复这样的生活，莫莉突然觉得，她的精神可能会先于身体崩溃。

她一直在宿舍里躺着，本来晚饭也不打算去，可是“常在”却自己跳了出来，提醒道：“莫莉，你已经两顿没有进食，如果再饿下去，你的健康就会受到影响，我将自动向基地报告你的情况。”

莫莉无奈，只能从床上爬了起来，正想要换过衣服去餐厅，门铃却突然响了起来。她走到门口去看，发现门外站的是第五组的组长许辰宇。

“嘿！你没事吧？看你下午没去训练，还以为你仍在医疗室，东真纪却说你中午就已经离开了。”许辰宇关切地看着莫莉，又道，“大家都很担心你，就叫我过来看一下。”

莫莉摇头，答道：“我没事，正要去餐厅吃饭。”

许辰宇认真地看了她两眼，这才微微笑了笑，道：“那一起去吧。”

莫莉点头，回房间换过衣服，和许辰宇一同前往餐厅用餐。路上，许辰宇突然说道：“莫莉，不要给自己太大压力。你不是做不到，只是还不习惯。”

“嗯？”莫莉有些意外，转过头看向许辰宇。

许辰宇继续说道：“在没有外界干预的情况下，任何物种的进化都是极为缓慢的，经科学研究，回归岛的人和联盟的人在生理上并没太大的差别，所以，从理论上来讲，基地的训练强度你完全可以承受，只是需要时间来适应。”

看到莫莉面上的惊诧表情，许辰宇不觉微微一笑：“莫莉，我不会读心术，我只是第六感很好，能感觉到你的消沉和沮丧。但是，请别放弃，也许有一天，你会做得比我们所有人都好。”

莫莉停住了脚步：“组长，你在和我开玩笑吗？”

许辰宇缓缓敛了笑意，认真地看着莫莉，轻声说道：“不，我不是在开玩笑，我甚至有一种预感，你将是我们所有人的救世主。”

第五章

# 狭路相逢

莫莉默默地看了许辰宇一会儿，忍不住笑了起来，她回过头继续往前走去，步子一反之前的滞重，变得轻松了许多。过了一会儿，她突然笑着回过头去，大声说道："组长，谢谢你。虽然明知道你是在安慰我，可是你的话还是鼓励了我。放心，我不会放弃的，我会坚持下去的！"

许辰宇并未说什么，只微笑着看了看她。

两人很快就走到了餐厅，米亚他们饭已经吃了一半，见到莫莉过来纷纷与她打招呼，林挚就坐在不远处，莫莉迟疑了一下，还是走到他的桌前，向他郑重说道："早上的事情，谢谢你。"

林挚歪着头看她，似笑非笑地问道："莫莉小姐，您说什么？我没听清楚。"

莫莉忍下脾气，提高声量将刚才的话又重复了一遍。林挚这才咧嘴向她笑了笑："您太客气了，莫莉小姐，我们都是队友，不是吗？而且我们住得那样近，更应该友爱互助，相互关照才是。"

莫莉没说什么，直接回到了自己的桌边。

米亚替她抱不平："那样的人不用理他，用拳头叫他闭嘴最好。"

肖泽恩冷冷插嘴道："那是你，莫莉没有本事用拳头叫他闭嘴。

她连早训都通不过，你还想叫她上格斗场吗？”

米亚想到莫莉早上的表现，认同地点头：“还真是。”

莫莉无奈苦笑，不理会他们的谈论，低下头认真地吃自己的饭。

此后的日子里，莫莉成了医疗室的常客，即便是训练强度已经大幅度减弱，依旧不是她的身体所能承受的。最开始是在早训后就会被送过来，再后来，这时间慢慢向后推移，待到假期前的最后一天，她竟已是能坚持到下午的训练了。

这一天晚课结束后，米亚一把拉住了莫莉，兴冲冲问她道：“莫莉，你明天晚上要不要和我们一起去假面舞会？”

刚才学习的是飞行器设计原理，莫莉脑子里都快成了一团糨糊，听了米亚这话半天反应不过来：“假面舞会？”

米亚冲莫莉挤了挤眼睛，用胳膊揽住了她的肩膀，嘿嘿笑道：“哎呀，不要装啦，莫莉，难道你都不觉得寂寞吗？去吧，找个帅哥，聊一聊天，喝一喝酒，然后再和他度过一个充满激情的夜晚，你会忘记所有的疲惫和消沉的。”

许辰宇也在一旁微笑着看莫莉，说道：“没有米亚说的那么夸张，不过这样做的确可以叫人释放压力，纾解烦闷。”

莫莉听了这话就忍不住脸红，尴尬得不知道说什么好。

米亚还在等着莫莉的回答，追问道：“去不去，莫莉？”

莫莉脸上火烧火燎的，动用了幸存的全部脑细胞，终于找到一个借口拒绝米亚的好意：“哦，不行，我想趁着假期去图书馆查些资料，补一补课。你知道的，我资质太差，跟不上你们的进度。”

米亚听了有些失望，不过也对莫莉的选择表示了理解：“好吧，你的确需要补课。”她又转头去问许辰宇，“组长要去舞会吗？”

“我也不去了。”许辰宇直接答道。

米亚奇道：“为什么？你又不需要像莫莉一样补课。”

“可我需要给莫莉补课。”许辰宇说着，微笑着看向莫莉，问道：“莫莉，不知道我有没有这个荣幸来为您效劳？”

“呃？”莫莉有些呆愣，反应了一下，连忙摆手道，“不用的，我自己看书就好，不用麻烦你。”

“只是因为不想麻烦我吗？”许辰宇向着莫莉弯唇微笑，并不理会她的拒绝，直接问道，“那我的回答是不算麻烦，我很乐意。明天你什么时候方便？我过去接你。”

他这样的态度，叫莫莉觉得如果自己再拒绝下去就有些矫情，于是回答道：“看你的时间吧，我几点都好。”

许辰宇沉吟了一下：“九点可好？”

莫莉点头，应道：“好。”

不想第二日许辰宇却很意外地迟到了，莫莉在宿舍等了他近半个小时，他这才匆匆赶过来，穿一身黑色立领军装常服，身姿挺拔地站在门外，满是歉意地解释：“早上起来感到有些不舒服，去了趟医疗室，耽搁了些时间。”

莫莉瞧他面色确实不大好，连忙问道：“怎么了，严重吗？”

“没什么，已经好了。”许辰宇微笑着摇头，上下打量了莫莉两眼，赞道，“莫莉，你穿这身衣服很好看，非常性感。”

莫莉身上穿的也是黑色军装，不过却是女式的，收腰的制服短上衣配着包臀的短裙，硬朗中透着女性特有的柔媚，很漂亮的款式，最关键的是还能遮掩她身高上的不足，只凸显出她身材的娇小和玲珑有致。

她的确是瘦，但是胸和臀部却都不算小，甚至因为腰肢太过纤细，反倒衬得这两处地方有些惹眼。

莫莉之前有照过镜子，也知道效果不错，甚至还因为这衣服有点太显身材，想要换回平时穿的作训服。可“常在”说节假日里就应该穿军装常服，她不想自己与众不同，这才没有换下这身衣服，没想到引来许辰宇这样露骨的夸赞。

她有些脸红，扯了扯嘴角，厚着脸皮说道：“谢谢。”

幸好许辰宇后面没有再说什么过火的话。两人乘电梯直下到地下停车场，许辰宇选了一辆小巧的磁悬浮车，绅士地替莫莉打开了车门，说道：“图书馆在基地中心区域，离这里有些远，我们开车过去。”

车子从新训部开出，行驶了一段时间才进入了基地的中心区域。穿过一个小广场时，许辰宇指着对面的一座椭圆形建筑，向莫莉介绍道：“这里就是举行假面舞会的地方，米亚他们晚上会来这里。”

莫莉禁不住好奇，仔细看了两眼。

许辰宇又笑道：“到了晚上会很漂亮。莫莉，你真是该来玩一玩的。这里只不过是一个给大家放松的地方，可以喝酒，跳舞，或是与人聊天，感觉不错。”

这话并不能打动莫莉，她只是浅浅一笑，没有搭话。

许辰宇也笑了笑，将车子停在一栋黑色的大楼前：“就是这里了，下车吧。”

车子被基地智能系统自动收入地下停车场，许辰宇带着莫莉径直走进大楼，穿过空荡荡的大堂，拐入左侧的走廊：“图书馆里的人很少，大家一般都通过‘常在’来调阅电子书籍，很少有人会来这里查阅纸书。”

没有人？莫莉脚步微顿，难怪她听不到什么人声，就连脚步声听起来都有些空旷，原来竟是没人来！

许辰宇已是走到了一间藏书室外：“为了保持馆内的安静肃穆，‘常在’在这里是被屏蔽的，访客需要手动查询自己所需的信息，这也是大家不愿意来这里的缘故，虽然纸类书籍翻起来的手感更好。”

他站在虚拟屏前看了几眼，向着里面偏了偏头："有关飞行器的书籍大都在这里，还有些文史类的在三楼，我想可以改天再去。"

莫莉没有反对，走在许辰宇前面进入藏书室。进了门才发现，这间藏书室竟然极大，屋顶挑得很高，一排排高大的书架整齐地排列着，往远方延伸出去，一眼似看不到头。她被这情景震呆，立在门口半天没有动地方。

许辰宇轻声问道："想不到吧？我刚来时，也想不到能在星外战队基地看到这样的图书馆。"

莫莉轻轻点头："很意外，也很震撼，想不到会在这里看到这么多纸质书籍。"

"这还要感谢贝寒将军，据说他很喜欢收集这些。"许辰宇笑了笑，叫莫莉去侧面的阅览台等候，他按照图书索引找了几本有关飞行器的书籍过来，放在莫莉身前的桌面上，笑着问道，"我们现在开始？"

莫莉已经很久没有见过这类纸质书籍，摸着那光滑的纸页，心里颇多感慨，沉默了片刻后，才抬头回应许辰宇道："好吧。"

许辰宇在莫莉身旁坐下，伸手取过一本书来，开始从最基础的空气动力学讲起，他的声音不大，缓慢而又清晰，显然是在照顾莫莉的接受能力。偌大的藏书室内，好像只他们两个人，莫莉最初时还略有尴尬，可很快就被许辰宇讲解的内容所吸引。

因着专注，时间过得很快，当许辰宇突然合上她面前那本书时，莫莉还有些反应不过来，疑惑地抬头看他。

许辰宇笑着解释道："休息一下，吃过午饭再继续吧。"

莫莉这才意识到已过了午饭时间，连忙站起身来："抱歉，我忘记时间了。"

幸好吃饭不用再回新训部，靠近图书馆的地方就有一个餐厅，虽然是基地指挥部的军官餐厅，节假日里却也对其他人员开放。莫莉跟着许辰宇去那里用餐，很意外地遇到了尤利安，那个送她去新训部的年轻副官。

尤利安见到莫莉也有些惊讶，笑着打趣她道：“莫莉小姐，你是来参加假面舞会的吗？是不是来得太早了点？”

莫莉对这个人的印象还不错，闻言笑着摇头，解释道：“我来图书馆查些资料。”

尤利安正欲再与莫莉说话，旁边有别的军官走过，大力地拍了一下他的肩膀，叫道：“尤利安，你这小子！我当你还得在医疗室的治疗舱里闷几天呢，没想到这么快就活蹦乱跳了。真是够厉害的！怎么样？这回能够受到总司令部的嘉奖了吧？到时候要记得请客啊！”

尤利安谦逊地微笑，说道：“只不过是一次普通的战斗，没什么的。”

“这可不是普通的战斗！”军官出言纠正，脸上流露出敬佩之色，又道，“你们可是攻陷了改造人的第四大据点！只用一个战舰联队和两个特别行动队，短短两个小时就结束了战斗，贝寒将军又创造了一个奇迹，他是联盟的荣耀！”

莫莉听了个糊涂，她回到许辰宇身边坐下，低声问道：“他们在说什么？战队最近有打仗吗？改造人又是怎么回事？”

许辰宇刚刚点完了餐，闻言答道：“你真该去好好补习一下人类史。改造人最早起源于二十六世纪，科学家协会的一部分人试图用动物的基因来改造人类，以推进人类自身的进化。可惜这种改造产生了许多怪物，由此可见，这样的进化是违反自然规律的，最终极可能把人类引向灭亡。”

莫莉听得入神，不禁问道：“后来呢？”

“实验很快就被禁止了，可这时已经有许多人被成功改造过了。

不同于实验失败的那些怪物，他们的外貌和普通人类并无区别，只是基因具有潜藏的不稳定性。为了避免人类的基因受到污染，这些人被强制打上了印记，以便与普通人类区别开来。”

许辰宇见莫莉听得极为认真，说得更加仔细：“这就是改造人的由来。没有人愿意被当作怪物对待，改造人也是这般。他们混入人群，结婚生子，导致携带这些基因的人类越来越多，有些人生出来就有特能，有些却被生成了怪物。当时的联盟政府为了确保人类基因不再被污染，选择了驱逐这些改造人，不料几百年下来，这些改造人非但没有消亡，反而渐渐壮大起来了，上个世纪的时候，还建立了自己的帝国——迪沃帝国。”

“于是就有了战争，是吗？”莫莉忍不住问道。

许辰宇点头：“据说改造人大都生性残暴，喜好冒险，他们各具特能，经常混入人类居住地从事绑架、刺杀等行当。大概在两个月前，联盟的一个星外民住基地遭到了袭击，有证据显示就是改造人做的，这一次贝寒将军率军袭击改造人的第四大聚集地华伦特，应该也是为了施行报复性打击。”

饭菜很快就被送了上来，两人边吃边聊，一顿饭吃完，莫莉才将联盟与改造人之间的恩怨了解了个大概。

许辰宇最后总结道：“其实，所有的战争都起于对生存空间的争夺。自上个世纪起，科技的发展就进入了停滞时期，人类向宇宙拓展的速度变慢，在有限的空间内，生存资源的争夺变得更为激烈，人类和改造人的战争已是不可避免。”

莫莉听了很是有些怅然，以至于下午补习时都连连走神，许辰宇还当她是累了，停下来和她说道：“如果累了，就去休息一下，今天就先到这里。”

“呃？”莫莉回神，想了一想，应道，“好的。”

许辰宇扫了一眼时间，又问她道："真的不去舞会吗？那里马上就要开始了。"

"不去了。"莫莉连忙摆手，将面前的书籍都收整在一起，放回到旁边的自动收纳车上，"组长，我想去楼上借几本人类史的书回宿舍看。"

许辰宇也随着她站起身来，好脾气地应道："好，我陪你过去。"

莫莉却不好意思这样麻烦他，连忙说道："我自己过去就好。你可以在外面等我，或者先去餐厅那里，今天麻烦了你一天，我来请你吃饭吧。"

这里的人显然更尊重对方的意愿，许辰宇听莫莉这样说，没有再坚持："那好，我在外面的广场等你。"

莫莉点头，与许辰宇一同出了藏书室，两人在大堂分手，许辰宇往外走去，而莫莉则转身沿着步行梯上了三楼，去寻找文史类藏书的分区。她的记忆力和方向感都还不错，虽然走廊有些曲折，还是一路顺遂地找到了地方。

只是没有想到这个地方会这样安静。

比起楼下的那个藏书室，这里要小了许多，书架的排列也更为密集，灯光从屋顶上打下来，只能照亮书架的上半截。底下的光线有些暗，莫莉蹲在地上瞧了半天，才把自己需要的书一一挑了出来。

莫莉站起身来打算离开，不知道是不是因为起身太猛，她眼前突然有些发黑，人下意识地往前踉跄了一步，怀里的书都稀里哗啦地掉在了地上。她连忙扶住了身旁的书架，立在那里缓了片刻才恢复过来，赶紧蹲下身去拾地上的书。

有脚步声由远及近，莫莉还以为是许辰宇等得不耐烦了过来找她，抬头与来人说道："抱歉，组长，我……"

她的话突然从中断掉，蹲跪在那里，抬着头愣愣地看着那人。

来的人并不是许辰宇，他的身材比许辰宇更高大一些，也穿着一身黑色军装，因为背光站着，面庞一时有些模糊，叫人看不清楚，只觉得他面色该是极冷漠的，整个人都透出一股凛冽的寒意。

莫莉本能地感觉到了危险，不由自主地往后瑟缩了一下，静寂中，就听得男子突然出声道："需要帮忙吗？"

他的声音略显低沉沙哑，礼貌中却又透着淡淡的冷漠。

"哦，不用，谢谢。"莫莉回过神来，手忙脚乱地将那几本书从地上拾起，一股脑儿地抱入怀中，站起身来有些紧张地看向那个男人。

此处是一排书架的深处，她身后不远就是墙壁，若想离开，只能从男子所在的这一侧走出去，可地方狭小，几乎不能容两人错身而过。莫莉正迟疑着，那男子已是先行往后退了一步，侧身让开了路。

瞧他举止这般绅士，莫莉既觉意外又觉庆幸，连忙抱着书往外走。待走过那男子身边时，却突然闻到了一阵淡淡的酒气，不知为何，她心中莫名一慌，怀里的书就有些抱不住，其中一本忽地滑落了下来。

莫莉低低地惊呼了一声，下意识地抬腿去接那本书。那男子反应比她要快了许多，手臂往下一捞，瞬间就接住了那本下落的书。他随意地看了看那书皮，又扫了一眼莫莉怀里的其他书籍，淡淡地问道："你对人类史很感兴趣？"

过道就一臂多宽，两人靠得极近，他的声音仿佛响在莫莉的头顶。四下里的酒气随着他的气息渐渐浓郁，醇厚而凛冽，熏得人昏昏欲醉。莫莉的心跳不受控制地加快，一时竟觉得口干舌燥。

男人还在等着她的回答："嗯？"

人在紧张之下，总是会做出习惯性的动作，莫莉舔了舔干涩的唇，假作镇定地答道："是的，刚听说战队攻陷了改造人的第四大聚集地华伦特，所以对改造人的历史比较感兴趣，想借回去看一看。”

男人正要把手中的书递还给莫莉，闻言动作一顿：“改造人的历史？”他唇角微扬，发出一声冷冷的讥笑，语气中带着几分嘲讽，“一个没有未来的种族，还谈什么历史？！”

莫莉并不认同他这句话。许是呼吸中的酒气激起了她心底的勇气，她大胆地抬起头来，看向身前的陌生男子，坚定地说道：“历史是未来的基石，只有抛弃历史的种族才会没有未来。”

这话似乎叫男子感到很意外，面容上露出明显的愣怔神色。

莫莉突然觉得他有些眼熟，似曾相识的感觉，可她又十分肯定，她并没见过这个人。他长得极好，剑眉飞扬，眼眸深邃，挺直的鼻梁下是微微抿起的唇，唇形完美，颜色稍有些黯淡，可配着那坚毅的下颌，却生出一种异样的性感。

是的，性感！不知怎的，莫莉心中突地冒出这个词来。她脑子里又闪出了米亚说的那句话：每次看到贝寒将军，我都有一种扑上去的冲动，压倒他，撕开他那扣得严整的军装领扣，咬上他的喉结……

突然间，她竟然也有了这种冲动！这荒谬的念头叫莫莉感到震惊而羞惭，她真的是疯掉了，才会有这样疯狂的念头！

面前的男子微微眯了眼，打量了莫莉片刻，唇角忽地弯起，露出了一丝嘲弄的笑。

莫莉觉得他定是窥破了自己丑陋的心思，所以才会露出这样的微笑来。面对着他可以洞察一切的目光，她几乎窘得无地自容，慌张地避开了他的视线。

男子将手中的书轻轻地丢在莫莉的怀里，莫莉心中一松，忙低声说了一句“谢谢”，正要低头离开，不料男子的手臂却挡在了她的身前。她惊愕地抬头，就听那男子轻佻地问道：“对我有感觉，是吗？”

# 第六章

## 无耻之徒

“呃？”莫莉一时有些反应不过来，傻愣愣地看着他。

男子微勾着唇角，笑容中透着讥诮：“难道不是在渴望我的身体？”

莫莉被他这无耻而大胆的话惊呆了，她愕然地看着他，心中只觉羞怒异常，义正词严地斥责道：“请你自重！请让开！”

男子低声嗤笑，非但没有撤回手臂，反而倾身贴近了莫莉，低下头在她颈侧轻轻地嗅了嗅，不屑地嘲弄道：“都动情了，却依旧嘴硬，真是虚伪的人类啊！果然越是血统纯正，就越是虚伪。”

莫莉先惊后怒，再也忍耐不住脾气，伸出手去用力推他，口中骂道：“无耻！”

不料他看似懒散，站得却稳，莫莉的手推上去就像是推到了一堵墙，非但没有将他推动分毫，自己反倒不受控制地往后栽去，狠狠地撞上了身后的书架。她的后脑被磕了个正着，痛得眼前顿时一黑，眼泪差点儿都下来了。

紧接着，她腰间一紧，人还未反应过来，就已被他扯了过去。

他单臂紧揽住她的腰肢，另一只手却不紧不慢地将她怀中的书一本本地抽出，好整以暇地放回到书架上去，然后低头问莫莉道：“人类基因到底优越在哪里？嗯？莫莉小姐，你能告诉我吗？”

他的声音舒缓低沉，浑身上下却透露出冷漠又危险的气息，一如刚刚出现时。

莫莉眼前还一阵阵地发黑，勉强才能保持着大脑的冷静。

他知道她的名字，那应该是认识她的，可她却对他没有任何印象。要么，就是她真的没有见过这个人，要么，就是他的外貌已伪装过了。伪装过的外貌，浓郁的酒气……他是来参加假面舞会的人吗？

“长官。”莫莉尽量往后闪避着身体，暗中仔细地观察着他的神色。他虽然没有佩戴肩章，可对她称呼他为“长官”没有丝毫的不适，可见他不该是新训部的学员。

“请您先放开我，好吗？”莫莉沉声问道。

男子挑了挑眉梢，手臂却没有丝毫的放松，显然是不肯答应莫莉的请求。

莫莉抿了抿唇，继续说道：“以您的条件，舞会里会有许多漂亮姑娘愿意和您亲近，您不该在这里骚扰我。这里是图书馆，虽然屏蔽掉了‘常在’，可进馆的人都有记录，就算我现在不知道您是谁，事后也可以查到您的身份。”

她的威胁并未起到作用，他收紧手臂，将两人的身体贴合得更紧了些，不以为意地问她：“然后呢？”

莫莉伸手阻拦，却被他将双臂背到了身后。她尽力镇定着，冷声说道：“我会向基地控告您，按照基地法令，您会被驱逐出作战队，同时处以三年以上的刑期，以及更长时间的化学阉割。”

“嗯，背得不错。”他淡淡称赞，又问，“还有吗？”

莫莉双唇微微战栗，发出的声音带着不可抑制的颤音：“长官，您在犯错。”

隔着薄薄的衬衣，莫莉几乎感受到了男子胸膛的震动，他轻声嗤笑，表达自己的不屑：“我知道，可我不在乎。”

两人体能上的差异，叫莫莉所有的挣扎都如同儿戏。她很快就醒悟了这一点，立刻停止了挣扎，用仅存的一点点镇定，思考着该如何逃离这个险境。她该设法拖延时间，许辰宇还在图书馆外等着她，如果长时间等不到她，他可能会过来找她。

就在这时，藏书室的门似是突然被人打开，莫莉精神一振，想也不想地张口呼救。可男人的动作比她更快，仿佛只一瞬间，他的手掌便掐住了她的喉咙。莫莉不知他的手指摁住了何处，她只觉得眼前阵阵发黑，莫说挣扎呼救，便是意识都要离她远去。

朦胧中，她听见许辰宇似是往里面走了一段距离，却在不远的地方停下了脚步，轻声唤了几声她的名字，得不到她的回应就转身离去了。脚步声越来越远，莫莉的心一点点往下沉，意识却一点点地恢复。

终于，面前的男人松开了他的手掌：“你的同伴走了。”

事到如今，莫莉最后一丝希望也没了，可她依旧不愿放弃，如果没人来救她，那她就要自救！首先，她需要离开这个隐秘的地方，到有可能被人发现的地方去。莫莉紧张地屏住了呼吸，颤声央求他道：“不要在这里，好吗？”

男子诧异地挑了挑眉，他抬起了她的脸，默默打量片刻，忽然讥诮地笑了，问道：“你说什么？”

莫莉眼珠转了转，结结巴巴地答道：“换个地方，我们出去，另外找一个舒适的地方，好不好？”她尽量地放松僵硬的身体，借以表明自己的诚意。可她实在是太过紧张，又下意识地去舔自己的唇。

男子眸色深了几分，他松开了对她的钳制，伸手绕到了她的身后，稍一用力就将她整个人从地上托了起来。莫莉迟疑了一下，顺从地展开双腿圈住了他劲瘦结实的腰，双手也环上了他的脖颈。

“去外面吧。”她慌张地说道。

他扯了扯唇角，却不肯挪动脚步，只将她放在了书架的横梁上，淡淡地问道：“你很渴望我的身体，是吗？”

这已是他第二次问这个问题，足见他对这个问题的执着。

莫莉暗自咬着牙，硬着头皮回答道：“是的。”

他的手从她的裙边滑入，一寸寸地往上探来。她心跳如鼓，生生地将尖叫压在了喉咙里，央求他道：“去阅览台那里，好不好？”

“不好。”他冷硬地回答，在莫莉有所反应之前，却忽地撤回了手，松开了对她的压制。莫莉立时从书架上滑落了下来，双腿一软，几乎栽倒在地上。他站在那里，居高临下地看她，嘲弄道：“莫莉小姐，你这具干扁的身体实在引不起我丝毫的兴趣。”

这剧情转折太快，以至于叫莫莉都傻在那里没了反应。

“刚才只是开个玩笑，请别介意。”男子恶劣地勾了勾唇角，绅士般向她点头致歉，“我只是想看看你到底能有多虚伪而已，你明明渴望我的身体，可却……”

如果说在前一刻莫莉心中还满是恐惧，这一刻，她心中却是充满了愤怒。之前有多恐惧，此刻就有多愤怒。开玩笑？这一切都是这浑蛋在和她开玩笑？故意吓唬她，用那样的行为来误导她，然后再加以羞辱？

莫莉死死地盯着他，声线僵硬得几乎没有起伏：“和我开玩笑？”

“怎么，你很失望吗？”他弯起唇角，嘲弄地轻笑。

这句话彻底激怒了莫莉，她就像是一头被惹急了的小豹子，完全忘记了畏惧，不顾一切地向他扑了上去，挥拳往他脸上打去。男子微微一愣，伸手抓住了她的两只手腕。双手被困，莫莉越发恼怒，一口恶气没处发泄，竟想也不想地探头往他咽喉上咬了过去。

这么可恨的人，干脆咬死他吧！

男子没防备她会有如此举动，微微怔了一下才侧头躲闪。莫莉一口扑了个空，唇紧擦着他的颈侧划过，若不是一双手腕被他攥住，整个人都要扑到他身上了。男子将莫莉的手腕提高，冷声讽刺道：“就如此急不可耐吗？”

莫莉被他这句话呕得差点儿吐血，偏偏又被他挟制着够不着他，暴怒之下，恶向胆边生，竟抬脚狠狠地向他踹了过去。男子的反应很快，侧身轻松地避开了她这一脚，不过，脸上颜色却是变了。

他欺身而上，强硬地将她抵在书架前，低下头来，用冷漠的声音缓缓问道：“莫莉小姐，你这是恼羞成怒了吗？”

他的胸膛很硬很冷，尤其是那一颗颗银色的金属纽扣，隔着衬衣印在莫莉的胸前，凉意森森。这股子透骨的凉意却无法叫莫莉头脑冷静下来，从他口中出来的那恶劣的话叫她胸中怒火烧得更旺。

莫莉人虽然长得秀气小巧，平日里脾气看起来也有些软和，可骨子里却是个极为倔强好狠，冲动起来命也不要的姑娘。而且她也看出来了，眼前这人并不是真的想把她怎样，他只是想要羞辱她而已。

她发狠地瞪着眼前的男子，咬着牙一字一句地说道：“你以为你是谁？我呸！”

男子闻言微微眯了眯眼，打量了她片刻，突然低下头来含住了她的唇。莫莉身子骤然一僵，下一秒就张开嘴凶狠地向他咬了过去。男子并不惧怕，手指轻轻一捏她的下颌，就迫使她松开了口。她的挣扎徒劳无功，就连叫骂声都变成了唇齿之间的支吾。

这样的近身厮打，于年轻男子来说，非但构不成威胁，反而更激起了他的血气。他的身体很快就发生了变化，那变化太过明显，以至于叫莫莉瞬间就从愤怒中冷静下来，清醒地意识到自己正在做蠢事。

她顿时被吓住了，傻在那里，连挣扎都停下了。

男子将她压在书架上，声音暗哑地说道：“莫莉，你的智商还真是……”

莫莉欲哭无泪，再顾不上愤怒，赶紧向他服软，结结巴巴地解释道：“长……长官，你听我解释，我……我知道你只是在耍我，想看我笑话，所以，所以……”

男子没有理会莫莉，稍稍离开了她的身体，只用额头抵着她的额头，敛着眉眼缓慢地吸气吐气。莫莉猜他可能是在控制自己，吓得一动也不敢动，甚至连呼吸都屏住了，再不敢逞强斗狠。

他却突然又贴紧了她，唇凑到她的耳边，哑声道：“以前有做过吗？”

莫莉整个人都僵了，大脑根本转不动。

他向前逼近，似是已经有些控制不住自己：“你是不是第一次？嗯？”

莫莉这一回真真切切地感受到了危险，她顾不上回答他的问题，只哆嗦着说道：“长官，请您克制一下，我知道您并不是真的想侵犯我。请您冷静。”

显然男子也很想冷静下来，可是他前两天才经历了一场战斗，心中血气正盛，晚上又喝了酒，和莫莉近身厮打……这么多因素凑在一起，叫最为克制冷静的军人也失去了控制。最为关键的一点，莫莉战斗力实在太差，她所有的反抗都像是欲迎还拒。

“闭嘴！”男子突然有些不耐烦起来，他猛地将莫莉抱起，放在书架的横梁上，欺身过去。

莫莉僵了一下，再次奋力挣扎起来，双手用力往外推着他的肩膀，见徒劳无功，索性就低头咬上了他的颈侧。男子这一次没有躲开，任由她咬着自己，却在她的耳边哑声说道：“别怕，我不动你。”

这话说得莫莉一愣，理智稍稍回归，发现他果然对自己没有再进一步的举动。

莫莉松开了嘴，下意识地想要低头去看他在做什么。他却一把将她的头摁在了自己肩上：“闭眼！”他的声音暗哑得不成样子，话尾带着隐隐的颤音。莫莉心中莫名一慌，不敢再动，就这样僵直着身体趴在了他的肩头，紧紧地闭上眼，听着他的呼吸在自己耳边渐渐粗重急促。

男子的身体绷得越来越紧，在最后关头，猛地将莫莉从身上推起，仰着头迎上了她的唇。莫莉觉得自己的整个世界都已经被他罩住，脑中只余一片空白……也不知过了多久，他才慢慢地离开了莫莉的唇，将她放到了地上，背过身去清理自己。

莫莉又惊又怕，腿软得几乎站立不住，倚靠着身后的书架才勉强立住了。

过得片刻，男子才又回过身来，他已是恢复了最初的冷静克制，看了莫莉两眼，突然问道：“我帮你？”

莫莉现在整个脑子都是乱的，根本就跟不上他的思维，闻言连话都答不上来。他没再问，上前将莫莉重又从地上抱起，像刚才那般放在了书架横梁上。莫莉不禁又气又急，忍着哭问道：“你又要做什么？”

男子垂着眼帘，淡淡说道：“我帮你解决。”

莫莉僵了一僵，慌忙去挡他的手，急声叫道：“不要，你放开我！”

他抬眼看她，低声说道：“别那么虚伪。”

莫莉被他这话羞得满脸通红，恨不能找个地洞叫自己能钻进去，又或是干脆杀了眼前这人，一了百了。她僵硬了片刻之后，忍不住落泪。男子有些意外，终于停下了动作，静静地注视着莫莉的眼睛。

莫莉用手胡乱地抹了抹眼泪，红着眼睛看他，一字一句地说道：“这不是虚伪，是不想，真的不想。我也许无法控制生理上的反应，可内心却明确地告诉我，我不想要。在我的心中，这是彼此相爱的情人之间才能做的事情，它是神圣而甜蜜的，而不是欲望的发泄。”

她的泪越擦越多，到后面已是压不住哽咽，可面容却越发坚毅，坚持着把话说完：“你刚才问我人类到底优越在哪里，我现在告诉你，人类的优越就在于他们能用情感控制自己，而动物不能。”

男子的眼中有了一丝讶异与震动，他慢慢撤开了身体，将莫莉放了下来，见她站立不住，还伸手扶了她一把。莫莉有些厌恶地甩开了他的手，微侧过身抖着手整理自己的制服。他没再碰她，往后退了一步，哑声道：“对于刚才发生的事情，我感到很抱歉，对不起。”

莫莉没有回应他的道歉，只抱紧了双肩低着头蜷缩在那里。

这是弱者在受到伤害后的惯常表现，脆弱而又戒备，仿佛一双手臂护住胸口就能保护了自己。男子抿了抿唇角，没再说什么，他稍稍站立了片刻，一步步地往书架外退了过去。脚步声渐渐远去，最后终于消失在了门口的方向。

莫莉僵了片刻，直等确定那人是真的走了，这才猛地惊醒过来，慌慌张张地从书架间奔出，拼命地往门口跑去。藏书室的门被她大力地推开，走廊里依旧是寂静无人，莫莉不敢停顿，一直跑下楼冲出图书馆大门，这才收住了脚步。

图书馆大门正对着的就是广场，此刻人来人往的颇为热闹，和寂静的图书馆里相比，简直就像是另外一个世界。

莫莉有种劫后余生的感觉，急促的呼吸，激烈的心跳，叫她不得不用手撑住了膝盖，弯下腰来大口喘息。直过了好一会儿，她的情绪才平稳了些，想起去衣兜里摸通讯器，不料却摸了个空。

莫莉一愣，她记得出门时明明是把通讯器带在了身上的，难道是在刚才的近身搏斗中弄丢了吗？现在怎么办？没有通讯器就无法在公共场合召唤“常在”，而许辰宇又不知现在何处，她难道要走回新训部吗？

她咬了咬牙，走回去就走回去！

行车道上不时有悬浮车来往，更多的是擦身而过的行人。莫莉现在极为忌讳与人近身接触，每每遇到路人，都会早早地躲开。可就在她又一次侧身避让迎面走来的男军官时，另一侧肩头却突然被人从后面摁住了。

莫莉悚然一惊，本能地沉肩躲避，一回身就看到了一张陌生中又透着几分熟悉的面庞。

第七章

# 草木皆兵

“嗨，莫莉小姐，没认出来吗？”男子意外于莫莉的反应，低下头来看她。他抬手抚上自己的下颌，嘴角上挂着痞痞的笑，又问道，“真的认不出来？林挚，我是你最讨厌的那个林挚。”

经他这样一说，莫莉才察觉他的五官其实改变不大，只是眉峰挑得更高了些，眼尾处斜飞往上，细细的画笔勾勒出若隐若现的幽蓝色花纹，随着光线的变幻泛出流离的光芒，藤蔓般勾连缠绕着，一直绵延进了发鬓中。

这样妖魅的眼妆，再配上染成了银白色的短发，叫他变成了华丽而放荡的妖，全无了平日里的阳刚硬朗。

见莫莉直愣愣地看着他，林挚先是讶异地挑了挑眉毛，嘴角上就露出了坏笑：“怎么？被我迷住了吗？”

莫莉依旧沉默不语。他这样的装扮，显然是从舞会里出来的。可他的女伴呢？为什么不见他的女伴？他这样风骚放荡的人，为什么会独自一人从舞会上出来？在这里遇到她，是巧合还是有意？

林挚似是瞧出莫莉有些不对劲，上前一步，伸过手来轻拍她的脸颊：“嘿！莫莉？”

“你别碰我！”莫莉失控地大喊，用力地挥开了林挚的手。待看到林挚脸上的惊愕，她这才意识到自己反应过激，嗫嚅了一下，有些困难地解释道，“抱歉，我只是不喜欢别人碰我，很不喜欢。”

林挚收起了吊儿郎当的神情，微皱着眉头看莫莉：“你怎么了？”

莫莉不想和他说图书馆里发生的事情，只敷衍道：“没事，我只是感到有些累，我要回去了，再见。”

可林挚好像并不想就这样放她走，他往前追了两步，伸出手来抓莫莉的手臂，却又在半路就收回了手，只追问她道：“莫莉，到底发生什么事情了？”

莫莉不肯回答，转身急急地往前走，可还没走几步，林挚就绕到了她身前，挡住了去路。他们两个的对峙引来四周不少人的目光，若是平时，莫莉也许会觉得尴尬，可此刻，众人的关注却只叫她感到安全。

“你让开！”莫莉冷声说道。她本就不喜欢林挚这个人，眼下更是对他的纠缠不休感到厌恶。

林挚摊开双手，向着她无赖地笑了笑，夸张地叫道：“哦，莫莉小姐，请千万不要误会我的好意，我只是担心您，您该看看自己的脸色，简直像鬼一样苍白。”

莫莉不知道自己脸色如何，但是想一想也知道好不了。“多谢你的关心，不过我不需要。请你让开。”

林挚并没有让开，他微微侧头看了看莫莉的耳畔，发现她没有戴着通讯器，言语间更无顾忌。“莫莉，以你呆板保守的性格，你不是会来参加这种舞会的人。那么，你来这里做什么？”他收了脸上的嬉笑，抬眼看了看不远处的图书馆，“你去图书馆了？在里面遇到了什么事情？你刚才的反应显示出你现在非常厌恶异性的碰触。”

“不用你分析我！”莫莉有一种被人戳穿伪装的尴尬与慌张。她往旁侧走了几步，再一次尝试着绕过面前的林挚。

林挚毫不理会她的恼怒，忽地轻声问道：“你在里面遇到侵犯了？”

这话叫莫莉的身形一僵，她停下了脚步，抬起头死死地盯着林挚。

林挚神色平静地看着她，继续说道：“莫莉，如果真的发生了这种事情，你该做的不是逃避，而是勇敢面对，向基地提起控告，你知道基地各处都有监控，要抓他很简单……”

“我没有！”莫莉打断了他的话，她试图使自己表现得镇定，可双手还是不由自主地在体侧紧握成了拳。她费了好大力气才叫自己松开了紧扣的齿关，用冷漠的声音说道，“你误会了，我很好。”

林挚停住了话，静默地打量莫莉。

莫莉僵直着脖颈，逼着自己与他对视，毫不相让。

片刻之后，林挚的唇角慢慢勾起，放荡与不羁重新回到了他的身上，他用放肆的目光上下打量着莫莉，戏谑道：“我现在也觉得是自己误会了，就你这样的身材，怎么可能会有人看得上！”

莫莉暗暗咬牙，不理会他的话语，只问道：“现在你可以放我离开了吗？”

林挚轻笑着点头，终于肯侧身让开道路，可就在莫莉从他身侧走过时，他却突然笑着问她道：“正好我也要回去，我们搭伴？”

他分明就是故意纠缠，莫莉简直忍无可忍，正要与他翻脸时，突听得不远处有人高声唤她的名字。她循声望去，行车道上停了一辆敞篷的悬浮车，穿着军装的尤利安坐在车上，微笑着看她：“嗨，莫莉小姐，真是巧，我们又遇到了。”

像是抓到了一根救命稻草，莫莉抛下林挚，快走几步赶到尤利安车旁：“你好，上尉。”

尤利安笑着问她道：“莫莉小姐，您是来参加舞会的吗？”

“不是，我正打算回去了。”莫莉摇头，迟疑了一下，又道，

“上尉，可以请您帮个忙吗？我需要一辆车子，可是我忘记带通讯器了，不知该怎么向基地申请。”

尤利安听她说到这里不由得失笑，往车内偏了偏头：“不用申请了，上车吧。真是巧，我正好有事要去新训部，可以让你搭个顺风车。”

莫莉闻言大喜，她现在只有两个愿望，一是尽快离开这里，二就是摆脱林挚的纠缠，于是也顾不上与尤利安客气，简单地向他道了一声“谢谢”，直接打开车门上了车。

尤利安又看了一眼路边的林挚，低声问莫莉：“那是你的同伴吗？要不要一起走？”

“不用！”莫莉的回答干脆利落，毫不犹豫。

尤利安闻言，向着林挚礼貌地点了点头，启动了车子。悬浮车驶出去很远，莫莉忍不住回头去看，就见林挚仍站在那里，双手插兜，姿态懒散。看到她回头，他向她露出了一个意味深长的微笑，唇无声地张合，像是在对她说着什么。

莫莉回过身去，思忖了很久，才意识到林挚对她说的那个词是“小心”。她不觉蹙眉，小心？是叫她要小心吗？小心什么？

“嘿，莫莉小姐，你在走神，在想些什么？”尤利安突然出声问她道。

尤利安的声音将莫莉的思绪拉回，她转头看他，反应了一下才答道：“哦，没什么，可能是今天看书太多，感觉有些疲惫，总是不由自主地走神。”

“在图书馆里看了一整天书吗？”尤利安有些惊讶，赞道，“莫莉，你真用功。”

莫莉淡淡一笑，不用功怎么办？难道真的要在新训部待满了三年，送走一批批的学员吗？她可不想这样，虽然明知道希望渺茫，她却仍想着尝试一下，看看能不能走出新训部，真正地进入战队。

是为了自己，也是为了那个已经离开的“莫莉”。

有的时候，莫莉会不由自主地想起那个女孩子，她冒着失去生命的危险，签下那么决绝的合约，绝对不会是要在新训部里当三年“菜鸟”，她该是想要成为战队的真正一员的。

很快，车子驶出了基地的中心区域，人迹逐渐稀少，莫莉意外发现，这并不是她来时走过的路。她忽又想起林挚用唇形提醒她的那个词，心中更觉惊疑不定，忍不住用眼角余光偷偷地瞄向尤利安。

尤利安似乎也在一直关注着她，笑着问道：“怎么了，莫莉小姐？”

图书馆中的遭遇叫莫莉成了惊弓之鸟，也叫她意识到这个基地远没有她想象中的那么安全。她心中暗自戒备，脸上却露出了轻松的神态：“没事，我只是发现这条路好像不是我来时的路。”

尤利安向她露出一个明朗的笑容，说道：“莫莉小姐，基地的路自然不会只有一条，也许，我比您之前的那位司机更熟悉这里的环境。”

“希望如此。”莫莉笑了笑，停了片刻，又状似不经意地问道，“上尉，为什么您没有去参加舞会，今天不是假日吗？您还要工作？”

“其实，我很想去舞会的。”尤利安说道，他转头看向莫莉，唇角夸张地往下撇了撇，做出一个很无奈的表情，“可是，您知道的，身为副官，将军的工作日就是我的工作日，将军的假日还是我的工作日。”

像是为了印证他的话，这话音刚落，他面前操控板上的提示灯就闪了，尤利安看了莫莉一眼，笑道：“您看，将军又在召唤我了，而且还是视频通话。嘿，莫莉小姐，如果将军问起您为什么会在车上，请您一定要替我解释清楚，您只是顺路搭我的车，而不是在和我约会。”

莫莉听出他是在开玩笑，不禁微笑，应道：“好的。”

尤利安清了一下嗓子，换上了一副严肃恭谨的面孔，这才摁下了接通键：“您好，将军，请问有什么吩咐？”

车前的虚拟屏上立刻显示出贝寒的身影来。他应该是在私人办公室里，穿着很随意，军中制式的白色衬衣，领口与袖口的扣子都没有系上。虽然只是一些小小的细节，却叫他整个人的感觉为之一变，像是温和了许多。

可等他一开口，就又变成了那个冷漠孤傲的贝寒将军：“在哪里？”

“在去新训部的路上。”尤利安答道，又主动解释莫莉为何会在车上，“碰巧遇到了莫莉小姐要回去，顺路带她回去。”

贝寒这才看向莫莉。莫莉本想着装不存在，到了眼下实在装不下去了，这才不得不硬着头皮和他打招呼道：“您好，贝寒将军。”

贝寒只略略点了一下头，然后就又与尤利安说道：“尤利安，办完事情后，尽快回来。”

“是的，将军。”

虚拟屏瞬间消失，尤利安似是松了口气，笑着转头看向莫莉：“您看，这就是副官，你还没能完成长官的上一个命令，他的下一个命令就又到了。”

莫莉安慰他道：“这是贝寒将军对您的信任和倚重。”

尤利安笑笑，玩笑道：“谢谢，莫莉小姐，您说出的话和您的人一样动人。”

车速明显比之前快了许多，待车子从一条小巷中拐出，莫莉就看到了新训部的主楼。尤利安将她放在了通往宿舍的路口上，有些抱歉地说道：“我办完事还要赶回去，就不送您过去了。”

他能载她回来，莫莉已是十分感激，又因刚才对他心生猜忌而感到内疚，于是很真诚地向他表示了感谢，直等到他的车子消失在地库口，这才转身急匆匆地回了宿舍。

这是眼下最能叫莫莉感到安全的地方，她并未急于召唤“常在”，而是先将房门锁紧，这才转身倚着房门滑坐到了地上。积累了一个晚上的恐惧与委屈在一刹那爆发出来，莫莉抱紧了双膝，埋头闷声痛哭了起来。

她讨厌这里，讨厌这个全然陌生的社会。

不知道哭了多久，莫莉才重新平静下来，擦干净了眼泪，倚着房门呆呆坐着。良久之后，她把“常在”叫了出来，说道：“常在，我把通讯器搞丢了。”

“常在”的声音一如既往地悦耳动听：“没有关系，我会把那个端口作废，给你申请新的通讯器。另外，许辰宇组长曾给你发来了两条消息，请你回来后联系他。”

“我知道了，谢谢。”莫莉停了片刻，又轻声问道，“常在，如果我在基地里受到了他人的侵害，该如何向基地提起控告？”

“常在”并无太大的起伏，平静地答道：“如果遇到暴力侵害，你首先要做的事情是联系医疗室，做一个全面而细致的检查。我会替你向基地提起控告，会有相关部门的工作人员介入调查处理。”

莫莉良久沉默，直到“常在”出声提醒，才说道：“常在，请帮我向基地提起控告，今天晚上在图书馆，我遇到了暴力侵害。”

第二日一早，莫莉如常地参加了早训，在进行五千米长跑时，许辰宇有意放慢了速度跑在她身侧，问道：“莫莉，昨天你去哪里了？为什么一直联系不上你？”

莫莉能鼓起勇气通过“常在”向基地提起控告，却不知该如何面对身边人的目光，哪怕那其中只有同情和关切。她掩饰地笑了笑，答道：“我一直就在图书馆里，不过不小心迷了路，偏偏通讯器还丢了，也无法联系你，只好自己灰溜溜地回来了。真是抱歉……”

她体能不好，短短几句话断了好几次才喘息着说完。见许辰宇还要说话，莫莉忙摆手，气喘吁吁地说道：“有话一会儿再说吧。”

许辰宇没再多说，向她温和地笑了笑，又陪着她跑了半圈，见再陪下去他也要不达标，这才加快速度往前面去了。

这一天，莫莉咬着牙一直坚持到了训练全部结束，虽然各项成绩依旧不能达标，可这一现象已是引得众人的注目。米亚反应最是夸张，伸手摸了摸莫莉的额头，奇道："莫莉，你也没发烧啊，难道是发疯了吗？要不要马上送你去医疗室？"

莫莉已经累得直不起腰来，有气无力地拍开了米亚的手，无奈说道："米亚，我只是想叫自己变得更强壮一些。"

许辰宇笑道："精神可嘉，可是却要量力而行。"

"谢谢，我会注意的。"莫莉客气地答道。

不知什么原因，也许是因为昨天她明明身处危险，他却毫无察觉地转身离去，又或是怕他继续询问昨天晚上的事情，莫莉现在有些不愿与许辰宇接触。她转头看向米亚，问道："米亚，你可以指导我格斗技巧吗？"

米亚对莫莉提出这个要求感到十分惊讶："莫莉，你要我教你格斗吗？教你是没有问题，只是我怕会控制不好力度，不小心伤到你。"

米亚这话果然不是推托之词，第二天下午，她就在格斗场上一拳打折了莫莉的两根肋骨。莫莉痛得当场就昏死了过去，在医疗室的治疗机里躺了足足一天才出来。米亚满心愧疚，自此说什么也不肯教莫莉格斗了。

要说一点不沮丧，那真是骗人，莫莉满腔的郁闷无处诉说，自己对着沙袋猛捶了一个下午，最后抱着沙袋喘得像一条狗。有人走过来，在不远处停下了脚步，莫莉没有回头，苦笑着问他道："组长，我是不是很没用？"

片刻的静默之后，一个冷漠的声音从莫莉身后响起："的确是有些没用。"

莫莉愕然回头看去，身后不远处抱怀而立的并不是许辰宇，而是肖泽恩。

肖泽恩是米亚以前在第三舰队时的战友，智商超高，性格却有些冷漠孤僻，极少和人开口说话。不过，只要开口，一句话就能噎死人。

莫莉倒不奇怪他对于“她很没用”这事的肯定，而是奇怪他怎么会有耐心站在这里看她练习。

肖泽恩撩起眼皮，看了看那沙袋上的红色数据，不紧不慢地说道：“好吧，莫莉，我收回刚才的话，你不是有些没用。”

“呃？”莫莉正惊讶着，就听得他又继续说道：“你一共出拳两千九百一十七次，不论是速度还是力度，竟然没有一次能够达标。你不是有些没用，你根本就是个废物。我很好奇，你为什么要在这里？”

莫莉低了头，默了好一会儿后，回答道：“我也不知道。”

肖泽恩依旧是抱怀看她，过得片刻，却上前两步猛地向那沙袋击出了一拳，显示器上的数据顿时变成了达标的绿色。他转头看莫莉：“就在五年前，我也是个体能上的废物。可是现在，我不是了。每个人的最初，不论他的基因有多么优秀，他都是个废物，而这个废物的未来，只有他自己可以决定。目标决定方向，心性决定距离，而智商决定的只是速度。”

这段话给莫莉带来了很大触动，也叫她很感动，她抬起头来有些意外地看向肖泽恩：“谢谢你，肖泽恩，谢谢你对我的鼓励。”

“我没有鼓励你，我只是在陈述一个事实。”肖泽恩说道，他停顿了一下，又面无表情地说道，“不过从你个人情况来分析，你的速度太慢，未来依旧是废物的概率远远大于你不是废物的概率。”

莫莉沉默片刻，道：“好吧，我也收回刚才向你道谢的话。”

肖泽恩没有理会她，只转身走到另外一侧的沙袋处，开始练拳。莫莉立在原处默默看了两眼，转过身去也继续对着自己的沙袋练习，过了一会儿，却又忍不住出声问道：“是什么叫你从五年前开始改变的？”

肖泽恩停下来，淡淡答道：“米亚。和她比智商我有点胜之不武，所以，我决定和她比武力。”

要和米亚比武力……莫莉几乎给他这个念头跪了，呆了片刻，喃喃说道：“我突然对自己又有信心了。”她咬了咬牙，猛地回身给了那沙袋一个后旋踢，出人意料地，指示灯竟然转绿了。莫莉惊喜交加，不禁跳了起来，指着那显示灯对肖泽恩叫道：“快看，快看，达标了！我这是达标了，是不是？”

肖泽恩瞥了她一眼，面上第一次有了些表情，十分不屑地吐出两个字来：“弱智……”

也许是因为那一次绿灯的鼓励，也可能是莫莉总算摸到了一些门道，等她结束这半天的练习时，显示器上的各项指标终于不再是零，虽然都是可怜的个位数，可即便只是“0”和“1”的差别，这也是本质上的差别。

从格斗训练馆中出来，不管身体多么疲惫不堪，莫莉内心却是带着淡淡的喜悦，这种好心情一直维持到“常在”在通讯器里联系上她，叫她去新训部行政区会议室见一个叫翠西的女中校。

会议室不大，全封闭的格局，女中校面容严肃，开门见山地和莫莉说道：“少尉，针对你向基地提起的控告，基地已经调查过当日所有出入过图书馆的人员，并没有符合你控告中特征的男性。”

莫莉听得一愣：“没有？”

“是的，没有。”女中校点头，声音冷静平稳，“当日进入图书馆的一共一百二十六人，其中男性七十七人，女性四十九人，没有一人符合你所描述的特征。”

# 第八章

# 查无此人

“怎么可能呢？”莫莉怔怔道。

“在你所提供的时段内，只有许辰宇进入过你所在的藏书室，时间为二十三秒……”

“不是许辰宇！”莫莉有些激动地打断了女中校的话，“他当时进去的时候，我被人控制住不能发声求救，许辰宇没找到我，很快就离开了。”

女中校并未因莫莉打断她的话而不悦，心平气和地说道：“所有的影像资料中，都没有你所说的那个男人的记录。少尉，尽管你当时所在的位置属于监视盲区，可其他地方，比如阅览台、走廊以及大厅出入口处都有监控器，如果你所控告的内容真实，那名男性嫌疑人不会毫无踪影。”

莫莉一时有些接受不了这个答案，失神地坐在那里，不知该说些什么。

女中校看了她两眼，又说道：“莫莉少尉，暴力侵害在基地来说是极为严重的行为，即便是未遂，对于犯罪者的惩罚也同样很重。正因如此，此类案件的认定也相当谨慎，一旦被认定是诬告，控告者本人会受到相应的惩处。”

“我没有诬告！”莫莉情绪有些激动，她用力地抿了抿苍白的嘴唇，说道，“我都不知道那个人是谁，我怎么会去诬告他！”

女中校面色平静，双手交叉着放在桌面上，淡淡说道：“少尉，请你冷静。我只是客观地和你说明情况。虽然你没有明确指出控告对象，但是这类案件的存在已是对基地名誉的损害。当然，如果你真的受到了侵害，身为受害者将得到基地最好的保护。可如果您并未受到侵害，一经查实，也会相应受到基地的惩罚。”

莫莉听着这些话，整个身体都在渐渐发冷：“中校，你能不能说得直白些？我听不懂。”

女中校说道：“简单来说，就是经过基地工作人员的查证，裁定你的控告无效，因为你没有确定的控告对象，情节从轻，所以无须受到其他的惩罚。但是，你的个人信息上会留下不良记录。”

“我不服这个判定。”莫莉忍不住愤怒。

“那你可以针对基地的裁决，继续向联盟舰队提起申诉。可是，相应的，如果这次申诉依旧被裁决无效，你受到的惩罚也会加重。”

莫莉嘴唇微微颤抖，过了好一会儿，才一个字一个字地说道：“我没有撒谎。”

见她这般模样，女中校声音略有放柔，又道：“莫莉，我建议你慎重考虑。作为参与此案调查的成员，我认为你申诉成功的可能性几乎为零。也许，那段经历只是你自己的一个臆想，又或是睡着了做的一个噩梦。虽然你此次控告无效会留下不良记录，但是，相对于你申诉失败后所要面对的惩罚，这些几乎可以忽略。”

莫莉一双漆黑的瞳仁幽深望不到底，良久过后，她才缓缓地垂了眼，将握得几乎僵掉的手掌一点点松开，低声说道：“中校，我需要时间考虑一下才能做出决定。”

女中校沉默地看着她，片刻后，淡淡说道：“好的，你有十天的申诉期，我们今天的谈话就先到这里。”

莫莉站起身，慢慢地，一步步地向外走去。门外的走廊依旧幽深空洞，惨白的灯光在金属地面上折射出冰冷的光，她不自觉地咬紧了牙关，仿佛只有这样才能有力量和勇气一步步走下去。

走出行政大楼，外面天色已暗，回宿舍的路上她遇到了同在H分队的队友，队友见她一个人，热情地招呼道：“嗨，莫莉，不去餐厅吃饭吗？”

莫莉这才意识到已经到了晚饭时间。“哦，去的。”她勉强地向着队友笑了笑，转过方向去了餐厅。

米亚身边正热闹着，许辰宇远远地看到莫莉就向她招手，笑着和她说道：“莫莉，快来抱一下米亚，沾一沾她的好运气。”

莫莉强打精神走了过去，米亚从座位上站起身来，美滋滋地给了她一个拥抱，笑道：“嘿，甜心，告诉你一个惊天大喜讯，贝寒将军竟然接受了我的格斗挑战，我终于有机会可以接近他，打败他！”

莫莉心生不解，奇道：“什么格斗挑战？”

“米亚这丫头自从进了基地已经给贝寒将军发了九次格斗挑战，这一次终于得到了贝寒将军的回应。”许辰宇笑着说道，他又转头去问米亚，“嘿，你不会真打算在格斗场上去撕开将军那扣得严整的衣领吧？”

米亚呵呵地傻笑，摆手道：“不会，不会，只要能得到一个机会打败将军，把他压在身下，我就心满意足了。”

“不可能。”肖泽恩抬头，木着一张脸说道，“从你们两人以往的格斗数据来分析，你能打败贝寒将军的概率只有百分之七，与他势均力敌的概率是百分之十一，而且，这还是在他之前的格斗都未保存实力的前提下。”

米亚今天少有的好脾气，听了这话也不生气，反而笑眯眯地说道：“没关系，就算被他压在身下，我也会很满足的。”

肖泽恩又冷冷地泼她凉水：“他不会给你近身缠斗的机会。”

米亚乐着回应道：“那可不一定，也许别人做不到的事情，偏偏我就做到了呢！”

众人都乐呵呵地瞧着他们两个斗嘴，许辰宇看着莫莉微笑，主动给她介绍道：“贝寒将军从十六岁夺取了联盟单人无辅助格斗的冠军之后，十三年时间里，参加的正式的格斗对决一共一千一百七十九场，无一败绩。”

莫莉能理解米亚对于贝寒的迷恋，却惊讶贝寒的强悍，在她眼中，轻轻一拳就能打断她两根肋骨的米亚如同女天神一般，已是最高的存在，她实在无法想象更高一级的贝寒会是什么样子。

米亚那里还处于极度亢奋之中，对莫莉说道：“嗨，莫莉，明天你一定要去看我和贝寒将军的格斗，好见识一下什么是高手之间的格斗，这样，你就会理解我打你的那一拳真的只使出了三分力气。”

莫莉心里装了太多的事情，米亚的快乐离她太远，她现在能做出的最开心的表情就是用力往上扯起嘴角，微笑着回应道：“好啊。”

在众人的谈笑声中，晚餐时间很快过去，许辰宇提出送莫莉回宿舍，被她拒绝了。莫莉独自回去，路过林挚房门口时，他的房门突然从内被打开了，她心中一惊，想也不想地叫出了“常在”。

林挚却只是倚着房门向她轻佻地笑，说道：“嘿，莫莉小姐，请不要紧张，我只是想和你聊几句话而已。”

“常在”在耳机里询问莫莉有什么吩咐，莫莉没有回应，不动声色地往旁侧退了一步，问林挚道：“你想说什么？”

林挚偏偏头，看了看她耳侧挂着的通讯器，轻笑：“能先关掉通讯器吗？”

莫莉毫不掩饰眼中的戒备之色，冷淡地答道："抱歉，不能。"

林挚闻言讪诮地勾了勾唇角，懒洋洋地说道："莫莉小姐，自从二十四世纪末智能机器人危机之后，人类就开始严格限制人工智能的发展，所以，再高级的智能系统，其最终的控制者也是人类。"

他的话题一下子转到了二十四世纪，莫莉有些摸不着头脑，不由得微微皱眉："你要说什么？"

林挚笑笑："我要说的是，不要觉得'常在'就是安全可靠的。"

莫莉曾在书中看到"高智能机器人危机"这件事。自二十世纪人工智能兴起开始，经过四百余年的发展，到二十四世纪初，人工智能的发展终于到达了一个巅峰，出现了几乎可以以假乱真的高智能机器人。

用一句话来形容当时的情形，那就是你走在大街上，根本分不出与你擦肩而过的是高智能机器人还是真正的人类。无论是从外貌还是智商，他们都可以与人类相匹敌，甚至，开始渐渐超越人类。

可科技进步带来的不光是便利与实惠，与之一同而来的，还有麻烦与危机。当高智能机器人逐渐具备与人类同样的智商与情感时，他们也开始向往人类所具有的权利。人类与高智能机器人的矛盾日益尖锐，到二十四世纪末，积压了近百年的矛盾终于爆发了。

无论什么样的战争，都没有真正的胜利者。

这场战争持续了十几年，过程异常惨烈，最后虽然是以人类的胜利而告终，可却叫当时的世界人口消减了近四分之三。

从那过后，人类就开始严格控制人工智能的发展，禁止再有仿真机器人的出现。也正是由于这场世界大战，科学家们看到了人类的不足，开始寻求另一条进步之路，由此产生了"改造人"这一被强行"进化"了的人类。

而事实证明，这条道路依旧是不通的。

这些东西，莫莉都曾在《人类史》中看到过，可她却从未想过“常在”也会不安全。林挚向她咧嘴笑了笑，又转头看向走廊墙壁上的监控器：“就像这个监控器，它也是可以被人关掉的。”他对着镜头轻佻地送出一个飞吻，转身回了自己房间。

“常在”又一次在通讯器里出声询问：“莫莉，请问有什么事情？”

莫莉这才回神，回答道：“哦，没事了。”

她转头，有些愣怔地看了眼林挚紧闭的房门，这才回去了自己的房间。房间还是那个房间，以前的时候，莫莉总喜欢叫“常在”出来陪她聊天，可今天因为林挚那一句话，叫她有了全然不同的感觉。

既然图书馆里的监控记录可以被人篡改，那么“常在”为什么不能被人操控？而这个可以篡改监控记录，可以操控“常在”的人，会是谁呢？难道真的是那个笑起来如同阳光少年一般的尤利安？否则，为什么会那么凑巧地遇到他？

莫莉不寒而栗，她不敢再想下去，几步走到窗口，大力地推开了窗。没有风迎面吹来，哪怕她是在十二楼的高度，窗外依旧是如死水般平静。这里是星外基地，所有的一切都是人工造出来的，所以，不会有风吹来。

空气中毫无波澜，这种凝滞压得莫莉几欲发狂，仿佛只一瞬间，她就做出了一个破釜沉舟的选择。

她要申诉，她要向联盟舰队提起申诉。她不能叫自己背负上不良记录。哪怕是再次被裁定为无效，并由此受到严厉的惩罚，她都不能退缩，这是她的态度！

“常在，请帮我连线翠西中校。”莫莉冷静地吩咐“常在”。

“好的，莫莉，请稍等。”通讯器里传来等待的长音，几秒钟过后，一个沉稳的中年女声从话筒中传来：“你好，莫莉少尉。”

“中校，”莫莉深吸了口气，说道，“我决定了，我选择继续向联盟舰队提起申诉。”

女中校在另一端稍稍沉默了片刻，这才应道：“好的，我会向联盟转交你的申诉。”

莫莉向她道谢，结束了这段通讯。屋内重新又陷入了静默，可压在莫莉心头上的那块巨石却已消失。她对着镜子整理衣装，给了自己一个鼓励的微笑，打开房门，昂首挺胸地走了出去。

一进教室，许辰宇就发现了莫莉的变化，他有些诧异，微笑着问道：“莫莉，发生什么事情了吗？”

莫莉岔过话题，指着旁边坐着的肖泽恩，问许辰宇道：“肖泽恩在做什么？”

许辰宇笑笑，答道：“他在帮米亚测算明日的格斗对战，看看米亚有没有可能打败贝寒将军。”

莫莉一听也起了好奇心，不禁问道：“怎么样？有可能吗？”

“没可能。”肖泽恩突然出声，冷冷说道，“不被打死，就算幸运。”

莫莉一愣，不觉失笑。她只当肖泽恩这话是冷幽默，直到第二天真正见识到格斗场上的惨烈，这才知道肖泽恩说的不过是事实。

这也是她第一次看到格斗场上的贝寒，他换下了黑色的军装制服，穿着和米亚同样款式的格斗保护服，暗银色的衣料下隐隐透出流畅的肌肉线条，整个人精壮而挺拔，像是一把出鞘的利剑。

剑锋所指，所向披靡。即便是天生神力的米亚，也不是他的敌手。

不过，作为新训部的学员，米亚的表现已叫绝大部分人吃惊。在格斗场上，还很少有人可以与贝寒对战这么长时间。有好几次，莫莉都觉得米亚应该放弃了，却不想她又咬着牙顽强地站了起来。

莫莉不忍再看，转头急声问许辰宇：“为什么还要继续？再打下去，米亚会出事的！”

许辰宇弯了弯唇角，伸出手安抚地拍拍莫莉的头，温声说道：“没事，场边有医疗人员在，他们对贝寒将军和米亚的身体状况都有监测，不会叫他们出现生命危险。”

果然，过了一会儿，场中的红色警示灯倏地亮起，场地四周的屏蔽罩顿时消失，几名医疗人员飞速地跑上去，把倒地不起的米亚抬了下来，送到场边的治疗机上进行急救。

肖泽恩最先冲了过去，许辰宇和其他队友也匆忙追上。莫莉人矮腿短，落到了最后，被挡在人墙之外，根本看不到米亚的情况，只能焦急地问挡在她前面的人：“米亚怎么样？”

“还没死。”那人答道。

这话说了等于没说，莫莉正想再问，忽然发现场边的人群有些骚动。她顺着众人的视线看过去，就见已经获胜的贝寒站在场内，单手抚胸，向着米亚的方向轻轻地欠下身来。

有队友激动地低呼道：“米亚，米亚，你快醒醒，你看，贝寒将军向你致敬呢！”

这是格斗场上的一种敬礼，表示贝寒虽然战胜了米亚，却敬佩她的勇气和精神。能得到贝寒这样的对待，米亚还是第一人。

莫莉对这些东西一窍不通，只隐隐猜到贝寒这动作该是对米亚的肯定。而贝寒站直身体之后，并没有离开格斗场，而是慢慢环视整个格斗大厅。他目光所到之处，人群就像是要被烧开的水，眼看着就要沸腾起来。

莫莉忍不住问身旁的队友：“他又在做什么？”

队友十分激动，视线一直紧紧盯着场上的贝寒，根本顾不上理会莫莉。莫莉无奈，索性也不打算再问，只想着挤到米亚身边，看一看她的情况。不料她还没动，身边的队友却突然转过头来，瞪大了眼睛，惊呆了一样看她。

莫莉一愣，下意识地问道：“怎么了？”

没人回答她，不仅如此，几乎四周所有的人都在用这样的眼神看她。莫莉被吓了一跳，正惊疑间，队友伸出手强制性地把她的头转向了台上。她这才发现台上的贝寒也在看她，只是和众人的惊愕不同，他的目光很平静，右手平平地向前伸出，指向她，见她看过去，轻轻地对她勾了勾食指。

# 第九章

# 惊人发现

莫莉不解，看看贝寒，又转过头来看身边的人。肖泽恩依旧在专注地看米亚，压根儿没注意别处，其他队友眼中则满是艳羡，只有许辰宇轻声说道："快上去吧，莫莉，贝寒将军在邀请你上场与他格斗。"

莫莉惊得差点儿没从地上蹦起来，有没有搞错？要她和贝寒格斗？还"快上去吧"，上赶着找死吗？

看到莫莉脸上的惊恐，许辰宇不禁失笑，向她走近两步，低声解释道："这是格斗场上最高规格的致敬，用被第二个人打倒来表示他之前和米亚是势均力敌，虽然最后战胜了米亚，可自己也已经精疲力竭。所以，他不会向你出手的。你上场，只是做个样子。"

莫莉脑子还有点转不过圈来，傻傻地问许辰宇："做样子打倒贝寒？"

"是的。"许辰宇点头微笑，"这是一种荣誉，不光是对米亚，还有对你。快去吧！要知道，贝寒将军还从未在格斗场上被人打倒过。就算是假的，你也会被人们记住的！"

"贝寒将军准是一眼就看出你是我们这里最弱的一个，所以才会选择你，好借此表示米亚真的很棒。"身边有人酸巴巴地说道。

另有人哈哈大笑："嘿！你在嫉妒莫莉的好运气。"

"是的，我就是在嫉妒。"对方坦然承认。

莫莉顾不上理会他们，这突然砸下来的馅饼太大，以至于叫她有点接受无能。许辰宇在后面轻轻地推了她一把，她脚底下就像是踩了棉花堆，深一脚浅一脚地往格斗场上走。

米亚经过医疗人员的急救，刚刚恢复了意识，一醒来看到贝寒给了她这么高规格的待遇，挣扎着从治疗床上坐了起来，激动地大声叫道："莫莉，上去，打倒贝寒将军，压住他！"

莫莉脚下一跌，差点儿栽了个跟头。

贝寒已经垂下了手臂，站在那里默默看莫莉。

离得近了，莫莉才察觉到他的呼吸也略有些急促，显然刚才与米亚的格斗并不轻松。米亚果然是位女神！可现在，女神的男神却要由她来打倒……就这样，莫莉心里揣着对米亚女神的敬佩，以及要打倒男神的忐忑，站到了贝寒对面。

贝寒的目光从莫莉脸上一划而过，淡淡说道："开始吧。"

莫莉紧张地点了点头，手脚僵硬得都不知道该怎么动了。米亚亢奋的声音不断地从场下传来："上啊！快上啊！背负投！背负投！别的你不行！"

莫莉本来就紧张，再被米亚这样一催促，脑子就更发晕，傀儡一般欺身上前，双手抓住贝寒，按着教官讲解的动作要领，一个过肩摔就将贝寒摔倒在了地上。事情进行得太过顺利，以至于莫莉一时都傻了眼，没想到自己就真的把贝寒摔倒在了地上。

她呆呆地看了他片刻，这才反应过来，不由得又惊又喜，正准备直起身来欢呼，脚踝却突然被贝寒伸手抓住。他只轻轻往外一推，她整个人顿时失去了平衡，不受控制地向前栽过去，狠狠地砸到了他的身上。

场下先是静寂，随即就爆发出一阵哄笑。众人都看出贝寒是有意与莫莉开玩笑，所以才会将她也推倒。可莫莉的身体却在这一瞬间僵硬无比，她离他这样近，近到他的气息就喷在她的耳侧，这感觉陌生而又熟悉，一如发生在图书馆里的情形。

莫莉以手撑地，缓缓抬起身来，有些僵滞地看向身下的男子。浓烈飞扬的剑眉，深邃冷峻的眼眸，挺直的鼻梁……同样完美无缺的五官，组成了和那天截然不同的面容，可仔细看去，却依稀有几分相似之处。

可怎么可能会是他？他是贝寒，他是战队的少将指挥官，是战无不胜的英雄，是联盟舰队的荣光！

贝寒目光微闪，往旁侧别过了视线："起来。"

莫莉恍若未闻，又怔怔地盯了贝寒片刻，猛地伸手去扯他的衣领。贝寒的手迅疾地抬起，未到半路却又停住，只侧过了头，任由着她把他的衣领扯开。

没有齿痕，他颈侧的皮肤光洁平滑，不见任何伤痕。

台下一片静寂，众人都被莫莉的举动惊呆了，米亚更是惊得合不上嘴巴："天啊，竟然真的撕开了贝寒将军的衣领……"她转头去问肖泽恩，"是我被揍得脑震荡了吗？还是因为我自己也太想这样做了，所以出现了幻觉？"

肖泽恩没有回答，面无表情地命令："躺下。"

米亚怀疑真是自己出现了幻觉，乖乖地躺回了治疗床上，却听得有人在一旁喃喃低语道："贝寒将军应该控告她骚扰，这就是骚扰，所有的人都看出来了。"

米亚闻言又要起身去看，却被肖泽恩一把给摁了下去。

许辰宇敏锐地觉察到莫莉与贝寒之间的异样，他微皱了眉头，静静地看向场上的两人。

贝寒的手在半空中稍顿了顿，最后落到了莫莉的肩上，轻轻一推，就将她从自己身上推翻了下去。他站起身来，微垂着眼帘，不动声色地整理自己的衣领。而莫莉的反应却更加怪异，呆呆地坐在那里，不知在想些什么。

许辰宇正迟疑着，旁边已有个男人先于他快步走上了格斗场，那是林挚。

林挚径直走到莫莉身前，蹲下来与她平视，低声问她道：“怎么了？”

莫莉被他的声音带回现实，抬起头来有些怔怔地看向林挚。

林挚面容上没了平日的嬉笑，眸子里竟是少有的严肃，他向莫莉伸出手，平稳地递到她的面前，轻声道：“来，我拉你起来。不管有什么事，我们先下去再说。”

莫莉第一次觉得林挚可以信任，她咬了咬牙，将手递给林挚，借着他的拉扯站了起来。

场下的人群复又嘈杂起来，莫莉听不太清楚他们在说些什么，也没心思理会。她抿了抿唇角，转过身去看另一侧的贝寒。他恰好也回头看她，淡漠无波的目光撞到她的视线，略略停了一停，然后便别开了去，转身不发一言地往格斗场下走去。

就在众人都以为他会这样离开时，贝寒却又突然停住了脚步。在万众瞩目之下，贝寒回身走向莫莉，在她身前两三米远的地方站住，问她道：“莫莉少尉，请问你刚才为什么要撕我的衣领？”

这问题出乎所有人的意料，虽然众人都知道贝寒将军坦率直接，可谁也想不到他能“直接”到这个地步。莫莉更是被他问得张口结舌，在这之前，她几乎都已经确定了贝寒就是图书馆里的那个人，可现在被他这样理直气壮地一问，又不禁怀疑是不是自己搞错了。

林挚暗中握了握莫莉的手，微笑着提醒她道：“嘿，莫莉，贝寒将军在问你话。我认为你还是解释一下比较好，虽然你刚才的举动完全是无心的，却有可能会给他人带来误会。”

莫莉听得出林挚的暗示，违心地说道：“抱歉，将军，我刚才不是故意的。”

贝寒垂了垂眼帘，重又抬眼看向莫莉，目光一如既往地淡漠从容：“哦？这样说你并不是有意骚扰我，是吗？”

莫莉隐约觉出贝寒像是在给她下套，并不肯直接回答他的问题，只是再一次解释道：“对不起，贝寒将军，我刚才只是想揪着您的衣服把您拽起来，不想却手滑了，这才会造成那样的误会。对此，我感到很抱歉。”

这个解释显然没有什么说服力，不过贝寒并没有继续追究的意思，他看了莫莉两眼，淡淡说道：“虽然我并不接受你的解释，但是，我接受你的道歉。”

说完这话，贝寒转身径直离开了格斗场。

莫莉有些愣愣，怔怔地看着贝寒的背影消失在通道一端，这才转过头来看林挚：“他什么意思？”

“简单来说，就是他知道你在撒谎，但不打算跟你一般见识。”林挚笑了笑，又恢复成那个毫不正经的林挚，“嘿！莫莉小姐，真看不出你内心会是这么狂野。你难道都不知道贝寒将军是出了名地冷淡吗？你有这样的热情，不如拿来给我。”

林挚说着，夸张地将自己的衣领扯到底，侧头露出自己完美的脖颈和锁骨，一本正经地询问莫莉：“你看看，你不觉得我比贝寒将军更诱人吗？”

莫莉本满心沉郁，却被林挚几句话逗得哭笑不得，她有些恼火地推开了挡在眼前的林挚，想要骂他一句，可等看到他唇边噙着的浅浅笑意，突然就体会到了他的善意。她默了一默之后，低声向他说道：

“谢谢你，林挚。”

人群已经开始散去，米亚受伤严重，被医护人员送往医疗中心继续治疗，肖泽恩等人都随着米亚过去了，只许辰宇还在那里等着莫莉。林挚远远地瞥了许辰宇一眼，坏笑着凑近了莫莉，低声道：“嘿！防着这家伙点，他对你可没怀好意。”

莫莉一愣，林挚已经嬉笑着往后退开了。他背后像是长了眼，猛地在格斗场边缘停下，轻佻地向着莫莉打了一个飞吻，这才纵身往后一个空翻，轻巧巧地翻下了格斗场。

许辰宇走到莫莉身边，看了看林挚离开的方向，微笑着问莫莉道：“林挚这人其实很不错，是不是？”

莫莉没接他这话，犹豫了一下，突然问道：“组长，你对回归岛很有研究，是吗？”

许辰宇被莫莉问得稍怔：“不算研究，只是曾经有几年很感兴趣，接触过一些有关回归岛的资料。怎么突然问到了这个？”

莫莉与许辰宇慢慢地往外走，状似不经意地说道：“今天突然被贝寒将军点中了，我很意外，不知道这只是从天而降的好运气，还是由于我出自回归岛的缘故。你知道的，我是得到特批才能进入基地的。听说全联盟里也没有几个回归岛的人，是吗？”

“确切地说，算上你，目前一共就十几个。”许辰宇笑笑，进一步解释道，“也有一些回归岛人的后代，但血统纯正的，只有十几个。”

“血统？”莫莉不禁惊愕，“都已经是基因选择的时代了，还要讲究血统吗？”

许辰宇闻言微微扬眉，诧异地看了看莫莉，问道：“莫莉，难道从没有人和你说过吗？正是因为进行了太多基因选择的缘故，血统这一问题才显得越发重要。”

莫莉下意识地摸了摸鼻尖，掩饰道：“呃，组长，我以前曾经遭遇事故，头部受过严重撞击，很多事情都不记得了。”

“这样啊，难怪你会不知道。”许辰宇笑了笑，耐心地给莫莉讲道，“自从二十三世纪基因技术日渐成熟后，人类就开始通过基因优选来繁育下一代，这样做的好处显而易见，通过基因优选后的人类越来越优秀，可与此同时，却留下了隐患。”

许辰宇停了停，似是组织了一下语言，才又继续说道：“有优选，就意味着有淘汰，有些基因不是不好，而仅仅是不符合当时的流行审美，就被抛弃掉了。这样做的直接后果是人类的基因库日渐萎缩。前期时并不明显，直到二十五世纪初，在经过与高智能机器人的战争之后，世界人口锐减，人们这才突然意识到人类基因库的贫瘠。”

莫莉从未想过科技进步也会带来这样的问题，不禁问道：“这个问题很严重？”

“非常严重，随着基因库的不断萎缩，也许再有几百年，世界上的人都会变成一个模样，无论是智商还是外貌。到那时，人类会沦落为高智能机器人一般的存在，又或是，利用动物基因来丰富人类的基因库，成为他们所不屑的改造人。”

许辰宇浅浅地笑了笑，问莫莉道：“现在知道你自己的重要性了吗？”

莫莉思量了一下，大略明白了其中的因由，问道：“就因为我来自回归岛，不是基因选择的产物，可以丰富人类基因库？”

许辰宇忽地停下了脚步，转过身来看向莫莉，一字一句地说道：“无论是对于联盟，还是改造人所成立的迪沃帝国，每一个回归岛人都是一个宝藏，你们的身上，承载着这个种族的未来和希望。”

他的面容，他的目光，以及他说话的语气都太过认真，以至于叫莫莉觉得有些不自在，她干巴巴地笑了笑，试图用玩笑来调节一下气氛：“组长，听你这样一说，好像回归岛的人都该被关进实验室里，不该被放出来到处跑的。”

许辰宇看着她，反问道：“你以为那些科学家们不想吗？”

莫莉愣了下，不由得打了个冷战：“真的？”

许辰宇见她脸色都变了，赶紧笑着解释道：“在和你开玩笑，联盟非常注重人权，绝对不允许有那样的事情发生的。而且，联盟还希望能有更多的，像你这样的人走出回归岛，怎么可能会做出那么短视的事情？”

莫莉这才松了口气，叹道：“你刚才的话真的吓了我一大跳。”

许辰宇笑笑，又道：“看你的样子，是真的把什么都忘记了，你还记得回归岛在哪里，是个什么样的地方吗？”

这个问题没有难住莫莉，她之前有看过回归岛的简单介绍，它存在于人类母星的海洋之中，外围有着天然的超强磁场屏障，所有的飞船与武器都无法穿透，除非里面的人允许，否则，外界的人根本无法进入。

简单来说，那地方就是一个神话般的存在，哪怕现在人类科技已经如此发达，却仍无法用科学来解释回归岛的存在。

格斗场离着新训部不远，莫莉与许辰宇两人没有乘坐交通工具，只沿着整洁的街道缓步慢行，边走边聊。就在快要到达新训部的时候，莫莉耳侧的通讯器突然响起了“嘀嘀”的提示音，“常在”在耳机内说道：“莫莉，有翠西中校的通讯需要接入。”

莫莉用手扶住通讯器，下意识地扫了一眼许辰宇。许辰宇看出她的迟疑，避嫌地往前走远了一段。莫莉侧过身去，低声说道：“好的，请给我接通吧。”

很快，话筒中就传来了翠西中校稳重的声音：“你好，莫莉少尉，我是翠西。我正在新训部的办公大楼前，请过来一下。”

莫莉猜想着应该是有关她向联盟舰队提请申诉的事情，连忙应道："好的，我立刻过去。"

许辰宇还在前面等她，莫莉快走几步追上了他，向他简单地解释了一下，独自去了新训部的办公大楼。翠西中校就等在楼外的悬浮车内，见莫莉过来，招呼她道："少尉，请上车。"

莫莉依言坐进车内，翠西中校向她解释道："是这样的，少尉，贝寒将军拒绝在你的申诉书上签字，他要见你。"

# 第十章

## 仗势欺人

见面的地点在基地指挥部，与那次莫莉在车载视频中见到的情景不同，这个办公室宽阔得近乎空旷，冷硬的银黑两色，严肃而又凝重。

贝寒已经换下了格斗服，穿着一身黑色军装，端坐在宽大的办公桌后，英俊的面容上透着冷漠："莫莉少尉，请收回你的申诉。我想你可能还不清楚为何会进入我的基地。除却这是你在参加实验前的个人志愿外，另外一个更重要的原因是：基地是联盟里相对安全的地方，可以更好地保障你的人身安全。而如果你向联盟舰队提起申诉，一旦被判无效，作为惩罚你将会被驱逐出基地，这是总司令部所不愿看到的。"

莫莉自从进了这里精神就一直高度紧张着，她姿态僵硬地坐在贝寒的对面，闻言问道："我不明白，为什么总司令部不愿看到我离开基地？为什么要给予我这种'禁锢'式的保护？回归岛人不止我一个。"

贝寒淡淡答道："因为你的另外一个身份。"

"另外一个身份？"莫莉不解。

贝寒的声音冷静平稳，听不出丝毫个人情绪："是的，另一个身份，你不仅是回归岛人，还是唯一一个成功地进行了黑洞实验的人类。联盟里的回归岛人虽然稀少，却也不是仅你一个，可能够成功地穿越黑洞的，目前却只有你。”

说实话，莫莉并不太清楚自己这具身体到底参加了什么实验，只是知道那实验很危险，现在听贝寒这样说，不禁问道：“只有我吗？”

“只有你。”贝寒点头，又继续说下去，“所以实验信息一旦泄露，改造人绝不会放过你。联盟会受人权法限制，可改造人不会，他们会克隆出无数个你来进行那个危险的实验。一旦他们早于联盟获得了时空穿越技术，联盟面临的将是灭顶之灾。”

他的话浅显易懂，莫莉听得手心里冒了汗，她怔怔地坐了好一会儿，才能困难地发声：“好的，我明白了，我撤回我的申诉。”

贝寒静静地打量了她片刻：“谢谢你的理解。”

莫莉不觉苦笑：“应该是我来说感谢，感谢你们没有将我这个实验体人道毁灭。”

她一直以为自己能来这个星外基地，全因之前的“莫莉”冒着失去性命的危险参加了实验，却从未想过其实这个基地对于她来说也是一个囚笼，不论她熬过几个三年，只要那个实验没有获得广泛的成功，她都不可能真正地获得自由。

这个打击实在太过巨大了，以至于叫莫莉都不知该如何调节心情去面对今后的生活，而图书馆里的遭遇与这个打击相比，似乎轻微得可以忽略不计。她勉强地笑了笑，问贝寒道：“将军，我可以离开了吗？”

贝寒没有回答，只沉默地看着她，就在她想要再一次出声询问的时候，他突然说道：“对不起，莫莉，我为那天晚上的行为向你道歉。”

虽然莫莉曾怀疑他就是那个人，却从没想过他会这样坦然地向她承认，而且还是在她都已经放弃了追究的情况下。她第一个反应就是怀疑自己听错了话："您说什么？"

贝寒脸上第一次露出了少许的不自在，他别过了视线，把目光投到了桌面上："我那天喝了些酒，情绪有些失控。在那之前，我刚刚率军攻陷了改造人的一个聚集地，有近万名的改造人在那次战斗中丧生，其中包括一些平民。作为联盟战队的指挥官，战斗是我的本职，可是，我讨厌杀戮。"

他扯了扯唇角，笑容有些自嘲，又有些无奈，轻声问道："很可笑，是吗？身为联盟最锐利的剑，却厌恶自己身上沾惹的血污。"

莫莉忽然觉得嗓子异常干涩，她困难地吞咽了一口吐沫，这才答道："我觉得这并不可笑。"

贝寒似是有些意外，抬眼看了看她，道："莫莉，谢谢你的安慰。不过，我说这些并不是要博得你的同情，我只是想说，那天的事情我并非有意，也没有想到会给你带去这么大的伤害。对此，我感到很抱歉，并希望能得到你的原谅。"

莫莉低着头，双手用力地绞在一起，半晌后才能涩声说道："将军，我认为现在谈论这个话题已经没有任何意义。您这是有恃无恐的道歉，而我除了接受，没有别的选择。如果您非要从我这里得到一个答复的话，那我只能说我并不想原谅您对我的羞辱。"

办公室中一片静寂，过了一会儿，贝寒才低声问她道："承认自己的生理渴望，就是羞辱吗？"

他的声音有些低沉，与那晚在图书馆中的声音极为相似，莫莉竭力地控制着自己的情绪，才能继续坐在他的面前，用尽量平稳的声音回答他道："我不想和您再争论这个话题。请问，我可以离开了吗？"

贝寒不置可否，默默打量了她片刻，突然问道："莫莉少尉，你心里一定在想我是在仗势欺人，是吗？”

莫莉没有回答，不过，她的态度已经给出了答案。

贝寒继续说道：“既然这样，那么我们假设你的控告成立。按照舰队法规，我该受到的处罚是逐出基地，并处以三年的化学阉割。针对现在联盟和改造人之间的紧张局势，战争随时可能爆发，作为天狼战队的指挥官，我不可能被逐出基地，那么，我能受到的处罚只有三年期的化学阉割。”

莫莉一直沉默着，身体却开始隐隐战栗，无论她多么用力握紧了双手，都无法控制住这种从内到外的战栗。

“如果你坚持要求得到公正，我可以私下接受这个惩罚。”贝寒将身体靠向身后的椅背，淡漠地看向莫莉，“少尉，你现在已经有两个选择，要么，原谅我；要么，惩罚我。不过，在你做出选择之前，也请你检讨一下自己当时的行为是否存在过失，如果我没有记错，是你先对我做出了暗示……”

“我没有！”莫莉涨红了脸，愤怒地为自己辩解。

贝寒坐在那里，神色从容：“你有，你在我面前舔舐了嘴唇，这个动作带有强烈的暗示。而且，”他抬手指了指自己的颈侧，不紧不慢地说道，“你还主动咬了我这里。我有充足的理由相信，你当时的拒绝只是出于羞涩，而不是你的真实意图，不是吗？”

莫莉并不是一个善于机辩的人，极度的愤怒之下，更是连话都要说不出来。她一连深吸了几口气，才能发出嘶哑的声音：“好的，我检讨，是我的不当行为叫您产生了误会，我为此道歉，这样总可以了吧？”

贝寒看了看她，淡淡说道：“请你保持冷静。”

莫莉双唇紧闭，没有再说什么，只撑着座椅扶手站起身来往外走去。到门口时，紧闭的房门迟迟不开。她再也控制不住自己的情绪，转过身来愤怒地问道：“你还要怎样？”

“莫莉，”贝寒面容平静，淡淡说道，“你哭了。”

莫莉这才意识到自己脸上不知何时有了泪水，她用力擦拭了一下脸颊，冷冷地看着贝寒，问道：“将军，哭也不可以吗？还是说这也会叫您产生误解，觉得我又在对您做什么暗示？”

贝寒微微皱了皱眉头，沉默了一下，接通了尤利安的通讯：“尤利安，过来一下。”

房门终于打开，莫莉毫不犹豫地冲了出去，差点儿和门外的尤利安撞个满怀。尤利安忙侧身避让了一下，客气地问道：“莫莉小姐，您没事吧？”

莫莉怕自己会控制不住放声大哭起来，根本不敢和任何人说话，她掩饰地低下头，也不理会尤利安的问话，只急匆匆地往外走。尤利安有些诧异，怔了一怔，刚要去追莫莉，身后传来了贝寒的声音：“算了，尤利安，不用追了。”

尤利安转过身来看向贝寒，有些无奈地提醒道：“将军，莫莉小姐好像哭了。”

贝寒撩起眼皮看了看他，淡淡答道：“我看到了。”

尤利安本来还想再说些什么，可看到贝寒已经开始工作，张了张嘴就放弃了。他正准备离开，贝寒却突然又叫住了他。贝寒的目光仍停留在面前的虚拟屏上，状似不经意地说道：“尤利安，你还是去送一下她吧，我想以她的智商，她可能会选择走回去。”

贝寒料得没错，莫莉还真是没有乘坐任何交通工具。尤利安开车追上她的时候，她已经走出了一个街区。尤利安降下了悬浮车的顶篷，坐在车里招呼她道：“莫莉小姐，上车吧，我送您回去。”

莫莉对尤利安的招呼充耳不闻，仍目不斜视地看着前方，大步向前。

尤利安无奈，只能开着车慢慢地跟在她后面，直到看着她走进了新训部的学员宿舍，这才轻轻地叹了口气，在通讯里向贝寒报告道："将军，莫莉小姐已经回到了新训部，她不肯上车，是一路走回去的。"

贝寒只"嗯"了一声，没说什么。

此刻已经过了晚饭的时间，尤利安看了看那些从宿舍大楼走向教学区的学员，犹豫了一下，又道："我想，莫莉小姐今天晚上可能会拒绝去上课。"

贝寒口气淡漠："尤利安，她的授课教官会记录她的缺勤情况。"

"好的，我明白了，将军。"尤利安调转了车头正要离开，却意外地发现莫莉又从宿舍楼内走出，顺着人流转向教学区，显然是要去上课。

莫莉是在等电梯的时候改的主意，她想自己回去宿舍能做些什么，是要再偷偷大哭一场吗？可她在刚才回来的路上已经哭过了，除了把眼睛哭得干涩之外，没有解决任何问题。而且，生活还要继续，她不能在不小心踩了一坨狗屎后，再围绕着狗屎不停地打转。她要做的，是赶紧躲开那坨狗屎，然后尽快忘记它。

是的，贝寒就是一坨臭狗屎，莫莉暗暗和自己说道。所以，在电梯到达之前，她毅然地选择了转身去上晚课。她觉得有句话说得特别正确，那就是无论任何时候，人都不能放弃自己。虽然她现在还看不到未来，可是再往前走走，也许就能看到了。

因着这个信念支撑，莫莉的脚步异常坚定，每一步迈出去都像是要上战场的战士。

林挚从电梯里出来后第一眼就看到了她的背影，一路跟着她到了教室，这才走过去倚着桌边笑嘻嘻地看她，说道："莫莉，我突然觉得你这个人很有意思，非常有意思。"

莫莉头也没抬，问道："夸奖？"

林挚咧嘴笑了笑，点头："算是吧。"

"谢谢。"莫莉回了一句，继续看自己的书。

林挚笑了笑，在她身旁的凳子上坐了下来。教室里陆续有学员进来，每个人看到莫莉时的神色都有些古怪。莫莉一直低着头专心看书，并没有觉察到什么，直到有队友过来大力地拍了拍她的肩膀，夸张地叫道："嘿！撕开将军衣领的姑娘！"

莫莉一时没听清楚，抬头看那个小伙子："你叫我什么？"

小伙子竭力忍着笑，说道："撕开将军衣领的姑娘。知道吗，莫莉，本来你可以得到一个很霸气的称号，比如放倒将军的姑娘，可你那凶狠的一撕叫大家都忘记了你放倒贝寒将军的事情。眼下，整个新训部都知道我们H分队有个撕开将军衣领的姑娘，我想，用不了多久，整个基地就都知道了。"

莫莉无语，愣了一愣，不觉自嘲地笑了笑，自言自语道："我更喜欢你们叫我'踩到狗屎的姑娘'。"

小伙子并没有听清她的话，问道："莫莉，你说什么？"

林挚抬头轻笑着把话接了过去："她说她是走了狗屎运的姑娘。"

说话间，许辰宇和肖泽恩他们也进了教室。见莫莉身边已经有了林挚，许辰宇就坐到了别处。莫莉主动和他打了声招呼，又向肖泽恩询问米亚的情况。

肖泽恩依旧是面无表情："十一处骨折，多脏器出血，颅内血肿加轻微脑震荡，如果不出意外，会在治疗机里待足四十八小时才能出来。"

莫莉半张着嘴，惊讶得半天没能说出话来。

米亚果然是在两天后才回来参训的，不但不见半点虚弱，反而更加生龙活虎，依旧是新训部的体能第一强人。生活好像又回到了正轨，很快，这一期学员就结束了体能阶段的训练，即将进入飞行器驾驶及太空作战的课程。

为期三个月的新训部受训就是被分作这两个阶段，所得分数相加就是最后的结训成绩，并以此作为是否可以正式进入天狼战队的凭据。

在所有人的预料中，莫莉的体能成绩惨不忍睹，以至于米亚在看到她的成绩之后，十分恳切地劝她道：“莫莉，如果我是你，我会选择现在就放弃。赫勒星此时的气候最好，你可以去那里享受一个完美的假期，阳光，海滩，还有色彩斑斓的海水……当然，也少不了英俊强壮的男人。”

莫莉听得心神向往，只可惜她根本就没有放弃的权力。她站在显示屏前看自己的成绩，不以为意地笑了笑：“是吗？有机会一定要去看看。不过，我觉得自己成绩还不错啊。”

起码比她刚来的时候提高了许多。

肖泽恩闻言瞥了莫莉一眼，说道：“你该去医疗室看看了。”

这话说得没头没脑，莫莉与米亚两个一时都没听懂，却有人哈哈大笑了起来，又给莫莉和米亚两个解释道：“我想他的意思是说莫莉眼神不好，该去看看眼睛。换句话说，他觉得莫莉的成绩很糟糕。”

“糟糕透顶。”肖泽恩冷声补充道。

在新训营里待了一个月，莫莉已经习惯了肖泽恩的毒舌，倒也不觉得怎样，只干巴巴地笑道：“嘿，肖泽恩，你不要这么诚实！”

许辰宇微笑着看了看莫莉，温声安慰她道：“没关系，也许接下来的训练可能会表现得好一些……”

肖泽恩突然打断了他的话：“组长，请你也诚实一点儿。”

众人听得都笑了起来，一个阳光帅气的大男孩往前挤了挤，热情地问莫莉道：“嘿，可爱的莫莉，这个假日你有什么打算？要不要和我一起去舞会？我真喜欢你在格斗场上的样子，尤其是撕开贝寒将军衣领的那个模样。”

这话叫莫莉的笑容顿时一僵，还没有想好怎么来回答，就听到许辰宇说道：“尼科，我想你的邀请会落空，这个假日恰好是联盟成立纪念日，莫莉应该会去参加联盟的庆祝晚宴，你忘记了，她是回归岛人，会受到特别邀请的。”

米亚已是夸张地叫了起来：“天啊！联盟晚宴！是要和贝寒将军一起去吗？”她转过身用双手握住了莫莉的肩膀，十分严肃地问她道，“莫莉少尉，请问你需要随扈人员吗？”

莫莉被许辰宇的话震得半个脑子都是木的，呆愣愣地看着米亚。米亚觉得好笑，不禁伸手在她眼前晃了晃，叫道：“莫莉，你是高兴傻了吗？”

“哈？”莫莉这才回神，干巴巴地笑了笑，说道，“哦，还好。”

众人哄笑不已，就是那个叫尼科的帅男孩也没因为邀请落空而露出什么失望之色，只笑呵呵地说道：“好吧，那我等再下一个假日，反正离结训还早，还有机会。”

莫莉趁着众人不注意，悄悄地拽了拽许辰宇的袖子，轻声问他：“可以不去吗？那个庆祝晚宴我可以拒绝出席吗？”

许辰宇有些惊讶，诧异地看了莫莉两眼，轻声问道：“为什么不想去？能有一张纪念日晚宴的邀请卡，是许多人梦寐以求的事情。你能在这个晚宴上看到几乎所有的联盟高层头脑，以及各界的顶尖精英。”

她不是不想去那个晚宴，她是不想见到贝寒，更不想和他再有任何的接触。莫莉没法向许辰宇解释这些，勉强地笑了笑：“是这样啊？那我就去开开眼界好了。”

话虽这样说，不过莫莉也没打算去。既然主观不好拒绝，那如果客观条件不允许去呢？比如说，她生病了。

这事没法去找别人讨主意，莫莉用了自己的笨法，在得到尤利安的正式通知的当天晚上，她咬牙冲了冷水澡，用冷风吹干，然后再去冲冰水……就这样折腾了半宿，到第二天早上起床时，她的步子就有些发飘了。

虽然体能训练阶段已经结束，可每天的早训却没有就此停下来。莫莉还未出门，“常在”已经自动提醒她道：“莫莉，你体温异常，请去一下医疗室。”

莫莉迟疑了一下，拒绝了“常在”的建议。她觉得最好还是再拖一下，等病情更严重一些，这样明天就可以直接卧床不起，自然也就能理所应当地拒绝与贝寒一同前往赫勒星，出席什么庆祝晚宴。

其实莫莉想得挺好，就是错估了自己的身体状况，她还没走到电梯口，就觉得身体有些控制不住地打晃，每一脚踩出去，都踩不到底的感觉。林挚比莫莉出来得早，正独自站在那里等电梯，看见莫莉晃晃悠悠地过来先是一愣，问道：“怎么了？”

莫莉两耳嗡嗡直响，眯缝着眼看林挚：“呃？”

林挚见她双颊红得过火，便伸手过来探她的额头，见触手已是烫人，不禁问道：“都烧到这种程度了，你的智能系统没提醒你吗？为什么不去医疗室？”

莫莉这一回模糊听清了些，竟向着林挚傻呵呵地笑了笑，答道：“没事，再坚持一下，现在去有点早。”

林挚剑眉皱了皱，几乎瞬间就明白了她的意图，几乎要被气乐了，低下头去凑近了莫莉的脸，问她道：“莫莉，你还能蠢得更彻底一点吗？你就是烧成半熟，进入治疗机也只是几分钟的事，用得着这样吗？”

# 第十一章

## 避之不及

他离她太近，这感觉叫莫莉很不舒服，她下意识地往后退开，可刚迈了一步，人就被林挚打横抱了起来。莫莉大急，慌忙叫道：“你放下我！否则我就……”

“否则你就控告我骚扰？”林挚打断她的话，扬着眉看她，忽地咧嘴笑了笑，竟就真的撒手放下了她。莫莉本就头昏脑涨，手软脚软，再被林挚这样一抱一放，哪里还能站得住，脚一落地，偏着身子就往一边倒了过去。

林挚又一把抄住了她，笑嘻嘻地说道：“视频可以为我做证，你看莫莉小姐，我可不是骚扰你，我真是出自对战友的关心，这才不得不抱你去医疗室。”

他一边说着，一边抱着莫莉进入了电梯。电梯内还有别人在，见到林挚抱着莫莉进来顿时一愣。林挚神色倒是从容，笑着和那人打过了招呼，旁若无人地吩咐“常在”道：“嘿，常在，莫莉发烧晕过去了，我送她去医疗室，帮我们向教官请假。”

新训部就有自己的医疗室，莫莉来的次数太多，早就成了这里的熟客。女医生东真纪看她今天这么早就被送过来，不由得十分惊讶，奇道：“这是怎么了？你们早训时间又提前了吗？”

“没有，”林挚将莫莉放到治疗床上，“只是发烧，应该是昨天夜里着凉了。”

东真纪上前去给莫莉检查身体，片刻后感叹道：“你们宿舍里有全联盟最先进的智能调温系统，竟然还会有人着凉，也算是个奇迹了。”

林挚没理会东真纪的感慨，勾起唇角，不正经地调笑道：“嘿，东真纪，几天不见，你又变漂亮了！”

两人像是很熟，东真纪无奈地横了他一眼：“去帮我把她送进治疗机里。”

莫莉烧得昏昏沉沉，隐约能听到有人在说话，却听不太清楚内容，只在突然听到“晚宴”这个词时，脑子一个激灵，猛地睁开了眼。身下的治疗床正在慢慢向治疗舱中滑动，林挚就侧身站在不远处，貌美温柔的女医生回身问他：“怎么？今年还不回去吗？”

林挚双手揣兜，唇角上挂着漫不经心的笑：“不要说我，你不是也不喜欢那种场合嘛！”

他后面的话莫莉没能听到，黑暗向她兜头罩了下来，人很快就失去了意识。再醒过来时她已经出了治疗舱，女医生东真纪立在床边微笑着看她：“感觉好些了吗？”

莫莉眼神有些迷茫，片刻后才知道身在何处。她转头看了看侧面墙壁上挂的钟表，时间才刚刚七点一刻，竟然连早训还没过去。“没事了，谢谢。”莫莉坐起身来，礼貌地向她道谢，停了一停，又有些不死心地问道，“真纪小姐，我需要休息两天吗？”

东真纪笑着摇头：“完全没有必要，不过你最好向基地申请检修你宿舍里的温控系统，看是不是哪里出了故障，按理说你不该着凉的。”

莫莉十分失望，有些应付地点头道：“好的，谢谢。”

她向东真纪告辞，走到宿舍楼外的时候正好赶上大伙早训归来，林挚远远地看到她，用口型无声地说道："笨蛋。"

莫莉刚要恼怒，转念一想却又改了主意，突然向着林挚夸张地咧开了嘴，粲然一笑。林挚明显一愣，片刻后才露出了无语的表情，用手扶住了额头。

莫莉瞧他这模样，反倒是真心乐了。

许辰宇最先察觉到了莫莉与林挚之间的眉眼官司，他似是有些意外，看了看莫莉，又转头看向林挚。林挚见状，索性大大方方地走了过来，叫莫莉道："嘿，莫莉，过来说句话。"

经过这几次接触，莫莉已对他改观不少，往他身边走近了两步，抬头看他，问："说什么？"

林挚双手插在裤兜里，弯下腰来凑近莫莉，低声道："别再做蠢事了，那宴会没那么可怕，而且东真纪会同你们一起过去，你不用怕……"他说到这里突然停了下，直起身来看了莫莉一眼，又轻笑着补充道，"你不用怕在晚宴上出丑，没人会注意你这个小角色的。"

莫莉不禁喜出望外："真的？真纪小姐也会去吗？你没骗我吧？"

林挚勾了勾唇角，低笑道："没错，就是骗你的。"

第二天夜里，贝寒的副官尤利安亲自来新训部接莫莉和东真纪前去基地的起飞中心。一架中型的飞行器早已经准备就绪，莫莉跟在东真纪身后进入飞行器内舱时，贝寒已经等在了座位上，面上神情淡淡的，看不出什么喜怒来。

东真纪上前向贝寒表示歉意："对不起，将军，叫您久等了。"

贝寒并未起身，只向着东真纪略一颔首："没关系，女士们在出门前都要经过一个烦琐的程序，我理解。"

东真纪好脾气地笑了笑，走到后面坐下。莫莉硬着头皮跟上去，低着头看也没看贝寒一眼，选了一个靠近东真纪的座位坐了下来。飞行员的声音从前舱传过来，向贝寒请示道："将军，是否可以起飞？"

舱门处忽然传来了一个懒洋洋的声音："嘿，请等一下。"

莫莉闻声一怔，抬头看去，就见林挚不急不忙地从舱外进来，笑嘻嘻地向贝寒说道："将军，搭您一个便机，没关系吧？"

贝寒漠然地看了看他，淡淡答道："没关系的，林少。"

尤利安人虽然在前舱，却一直关注着后舱的动静，听到贝寒允许，忙出声提醒道："林少，请寻找位置坐好，飞行器马上就要进入起飞程序。"

"好的，没问题。"林挚笑笑，径直走进后舱坐下，转头见莫莉仍用惊愕的目光看着自己，便向她嘿嘿一笑，问道，"莫莉小姐，请不要这样一直盯着我看，我会误会你爱上了我的。"

说话间，飞行器舱门慢慢闭合，莫莉顾不上和林挚说话，就被身下的座椅带着缓缓往后仰倒过去，以便更好地适应高G值的超重。舱外传来轰鸣之声，经过一段时间的颠簸之后，飞行器才又重新稳定下来。

前舱传来飞行员的声音："飞行器已经进入航道，飞行时间约三个小时，此间将进行两次跳跃飞行，到达赫勒星的预定时间是当地九点左右。"

莫莉不是第一次乘坐高速飞行器，虽然座椅上有完善的保护措施，可这样的超高加速度还是叫她感到很不舒服。她的座椅最后一个直起来，林挚转过身来取笑道："我还以为你是睡着了呢。"

莫莉不理会他的玩笑话，只狐疑地看着他，小声问道："你是什么人？"

林挚故作惊讶，夸张地叫道："莫莉小姐，你真是太叫我伤心了，我是你的隔壁邻居啊，新训部第216期学员，怎么，难道一点儿印象都没有吗？"

莫莉被他搞得无语："林挚，请你正经点。"

东真纪在一旁笑着解释："莫莉，请不要介意，他就是这样贫嘴。我们两个都是因为父辈的缘故，才能搭乘贝寒将军的飞行器前往赫勒星。"她又探过身去问林挚，"今年怎么会突然改了主意？执政官和夫人看到你能去，一定会非常高兴的。"

林挚嘲弄地笑了笑："也许吧，人们总是喜欢看到浪子回头的剧情的。"

莫莉隐约猜到林挚和东真纪的出身不一般，果然，就听见尤利安在通讯器内和她小声说道："莫莉，林挚的父亲是联盟首席执政官，而东真纪小姐则是联盟首席财政官的女儿。"

莫莉恍然大悟，暗道难怪刚才贝寒会称呼林挚为"林少"，只不过瞧着贝寒对林挚的态度，两人的关系像是并不好。她不由得抬眼去看前面的贝寒，他正安静地坐在那里，侧脸看着舱外的星空出神。

林挚还在与东真纪闲聊，莫莉并没有参加他们的谈话，不过因为有他们两人在，她心底对于贝寒的恐惧小了许多。精神稍一松懈，人立时就感觉到了疲惫，迷迷糊糊中就听见林挚笑她道："嘿，莫莉小姐，你果真是要睡了吗？好吧。祝你旅途睡得愉快。"

赫勒星是一颗类地行星，体积和质量都和人类母星极为相似，只不过四季不像母星那样分明，而且，昼夜的温差很大。可在宇宙中，这样的环境已算难得。母星能源渐渐枯竭之后，人类不得不向外太空迁移，赫勒星就逐渐取代了母星的地位，成为人类的第一大聚集地。

联盟政府就设立在赫勒星的波斐克岛上，飞行器在军方基地降落，外面已有舰队总司令部的人员前来接应。年轻英武的少校向着贝寒敬礼，说道："将军，莱恩长官因有事在身，不能亲自前来接您。他特命我来接您去总司令部，并代他向您致歉，他说将会直接前往会场与您见面。"

贝寒并不在意这些，只略略地点了点头。

尤利安已经提前调配了车辆给林挚和东真纪两人使用，林挚往车边走了几步又突然回身，彬彬有礼地问莫莉：“莫莉小姐，请问我可以邀请你来做我晚宴的女伴吗？”

他这话太过出人意料，不仅莫莉有些愣怔，就连东真纪也诧异地看了过来：“林挚，不要闹了。莫莉小姐是贝寒将军的女伴。”

东真纪和林挚都是以私人身份来参加晚宴的，从军方来看，基地的代表只有两个，一个是作战队指挥官贝寒，另一个就是因为出身被特批进入作战队的莫莉。依照惯例，莫莉应该是贝寒的女伴。

“我想贝寒将军是不会介意的。”林挚挑高了眉毛，抬眼看向不远处正要登车的贝寒，扬声问道：“是不是，将军？”

贝寒回头，漠然地看了他片刻，淡淡应道：“不介意。”

林挚向着莫莉挤眼，莫莉愣了愣，待反应过来，毫不犹豫地向林挚他们所乘的车子走去。谁知刚刚走出没有几步，尤利安就在后面唤住了她：“莫莉少尉，您需要和我们同行，先前往联盟总司令部。”

莫莉颇为无奈地停住了脚步，林挚向她笑笑，道：“晚上我去接你。”

莫莉点头，转身去了尤利安那里，暗自咬了咬牙，这才抬脚钻进了车里，在贝寒的对面坐下。尤利安跟在她后面上车，坐在了她的身侧，向贝寒汇报行程：“将军，授勋仪式将在十点进行，十二点是军部举行的午餐会，下午两点舰队总司令部有一个扩大会议，五点半要前往弗瑞德姆宫参加联盟纪念日庆典仪式，晚宴将在七点开始……”

贝寒面容一直平静，尤利安汇报完毕，见他再无别的吩咐，小心地瞥了瞥一直低头沉默的莫莉，又请示贝寒道：“莫莉少尉这里怎么安排？”

贝寒的视线在莫莉脸上掠过，淡淡答道：“等见过莱恩之后，如果他没有别的安排，莫莉少尉可以自行活动。”

莫莉这才明白非要带她去授勋会场只是为了见这个叫作莱恩的人，她迟疑了一下，忍不住小声问尤利安道：“上尉，请问莱恩是什么人？”

尤利安瞄了眼贝寒，给莫莉解释道：“莱恩长官是舰队总司令部军情处的负责人。”

说话间，车子已拐入舰队总司令部的驻地，贝寒他们刚下了车，正好另有一辆悬浮车从外面开进来。车里出来一个三十来岁的青年军官，笑着向贝寒走过来，给了他一个大力的拥抱，笑道：“嘿，贝寒，真是好久不见了。”

尤利安小声和莫莉介绍：“他就是莱恩长官，也是贝寒将军的挚友。”

莫莉没想到军情处的负责人会是这样年轻，而且看着还像是挺风流的一个人，和贝寒简直像是两个极端。她正惊讶着，那人已经转身向她看了过来，微笑着问道：“是莫莉少尉吧？您本人比影像还要迷人。”

莫莉连忙抬手，向着莱恩打了一个敬礼：“您好，莱恩长官。”

莱恩散漫地向她回礼，又笑问道：“怎么样？和无趣的贝寒将军相处得可还愉快？”

莫莉还未回答，贝寒那里已是冷冷答道：“不算愉快。”

贝寒率先转身往前走去，莱恩瞥了他的背影一眼，偷偷向着莫莉撇了撇嘴，笑道：“瞧，就是这样无趣。”

莫莉微微低头，没有应和。

莱恩多看了她一眼，快走了几步去追贝寒，低声说道：“雷奥在来的路上遭到了改造人的袭击。”

贝寒闻言步子一顿，转头看向莱恩。

莱恩脸上的嬉笑虽然仍在，眼中却泛起了冷色："是有针对性的袭击，可能是想要活捉雷奥。也正是因为这个，才叫雷奥得以逃脱。"

贝寒问道："是针对黑洞实验？"

雷奥是黑洞实验的负责人，除此之外，改造人没有理由去劫持雷奥。

莱恩未答，停下步子回头看了看走在后面的莫莉，轻声说道："舰队总司令部已经有人建议将她重新送回研究中心，或者是干脆人道毁灭，以免被改造人夺去，造成不可挽回的后果。"

贝寒唇角微微抿起，沉默片刻之后，说道："这不公平。"

"什么叫作公平？"莱恩抬眼看贝寒，"叫无数的人为了保护她而丧命，这就是公平了吗？贝寒，在联盟里，每一个生命都是平等的。"

"我不同意。她现在是天狼战队的士兵，我的士兵只能死在战场上，而不是被自己人暗杀。"贝寒撩起眼帘看了看好友，勾起唇角轻声嗤笑，又反问他道，"而且，这个世界，真的有平等吗？"

莱恩被问得一噎，贝寒却是转身进入了会场。

莫莉一直跟在后面，中途看到莱恩与贝寒两个人回过头看她，猜到他们说的话定是和她有关，只是不知都说了些什么。

授勋大会准时在十点举行，由联盟军总司令唐纳德给那些对联盟有特殊贡献的军官进行授勋，第一个接受勋章的就是星际舰队天狼战队的少将指挥官贝寒，他因不久前的那场华伦特之战而被授予了联盟最高战功勋章——星辰勋章。

台上的贝寒仿佛就是一颗寒星，耀眼灼目，却又冷漠遥远，他的唇角微微勾起，像是带着一丝浅笑，眼底却不见丝毫的喜悦。不知怎的，莫莉突然就想起了他曾问过她的一句话：很可笑，是吗？身为联盟最锐利的剑，却厌恶自己身上沾惹的血污。

在这一刻，莫莉心底突然生出了一些怜悯，也许，贝寒并不希望获得这枚勋章，在他的眼中，这不是一种无上的荣誉，而是他手上曾沾染了上万名改造人鲜血的铁证。

授勋仪式完毕之后，莫莉就再没看到贝寒，她跟着尤利安参加了军部的午餐会，直到午餐会快结束的时候，尤利安才向她传达了贝寒的命令：“莫莉少尉，将军说下午您可以自行安排活动。”

莫莉听到这个消息没有太多感觉，反正她也没什么地方可去。她想了一想，询问尤利安道：“能找个地方叫我休息一下吗？”

尤利安对她这个要求似乎有些意外，不过他还是点了头：“好的，我来安排。”

半个小时后，尤利安领着莫莉去了司令部后面的一座小楼，打开顶楼的一间小公寓，和她说道：“这里是司令部专门为舰队军官准备的，您可以暂时在这里休息一下。”

莫莉一时并未多想，向尤利安道谢，目送他离开后，这才关上房门，转回身来打量这间小小的公寓。房间不大，干净整洁，叫人感觉很是舒服。莫莉对这个地方很满意，脱下靴子在沙发上歇了一会儿，这才去浴室冲澡。

等冲完澡出来，她尝试着呼叫智能系统，可一连叫了几声，都没能得到回应，莫莉不得不使用通讯器联系尤利安：“抱歉，上尉，我需要智能系统为我准备晚宴的礼服，可这房间里的智能系统好像并不肯听我的命令。”

“抱歉，是我疏忽了。您的级别不够，可能无法命令那里的智能系统。”尤利安好脾气地说道，“这样，我来处理吧。礼服准备好后，直接送入您的衣橱中。”

“谢谢。”莫莉终止了通讯，放下心来爬上床去补觉。她这一觉睡得很是香甜，直到枕边的通讯器发出“嘀嘀”的提示音。林挚的声音从里面传来："嘿，莫莉，下来吧。记得穿件大衣，赫勒星的晚上可是很冷的。"

莫莉应声，爬下床去衣橱那边取晚上的衣服。谁知打开衣橱，里面除了一件幽蓝色的露肩礼服裙并女士大衣之外，还挂了几套男式军装。她迟疑了一下，伸手过去翻看那些军装，见其肩章上都有将星，袖口处更是有天狼战队的标识，这才确定应该是贝寒的衣服。

# 第十二章

## 宴无好宴

莫莉不觉得微愣，突然反应过来这个小公寓应该是贝寒的住所。通讯器又响起了提示音，那是林挚在催她出去。她顾不上细思，换上那件幽蓝色的晚礼服，拿着大衣急匆匆地下了楼。

外面天色已黑，林挚正在车外等她，目光落到莫莉身上时微微一顿。幽蓝色的晚礼服质地柔软细腻，样式虽然简洁，却将她小巧白皙的双肩、纤细的腰肢完美地展现了出来，行动间，膨大的裙摆中有光芒隐隐闪现，就像是暗夜中闪烁的繁星。

林挚不觉微笑，轻声赞道：“莫莉，你很美。”

“美”这个字叫莫莉脸上一红，她有些羞涩地弯了弯唇角，低声道：“谢谢。”

晚宴就在弗瑞德姆宫举行，离着司令部驻地不是很远，进入大厅前，林挚笑着给莫莉介绍晚宴的情况：“其实这晚宴很无趣，每年都是那个老样子，不过你是回归岛人，必须得去那里露个脸。”

莫莉深吸了一口气，有些僵硬地挽上了林挚的手臂，进入灯光璀璨的宴会大厅。不时有人来和林挚打招呼，更有不少好奇的目光落到莫莉身上。

林挚感觉到了她的僵硬，微微侧身安慰她道：“别紧张，他们只是对回归岛感到好奇而已。”

莫莉轻轻点头，前面的鸡尾酒会倒还好说，待到宴会正式开始，莫莉这才发现，一直没有露面的贝寒竟然出现了，而且还和她坐到了一桌，就在她对面，真成了名副其实的低头不见抬头见。

东真纪坐在贝寒的身边，抬头向着莫莉友好地微笑。莫莉只得也报以微笑，目光转动时却又不小心对上了贝寒的视线，笑容顿时一滞，下意识地垂下了眼帘，只装自己没看到。

桌上的一位中年夫人略显尖锐的嗓音突兀地响起：“哦，贝寒将军，请问您胸前佩戴的是联盟星辰勋章吗？”

贝寒礼貌地答道：“是的，盖斯夫人。”

“哦，天啊，联盟的星辰勋章为什么要授予一名刽子手？”盖斯夫人语气夸张，毫不客气地问道，“贝寒将军，听说你在华伦特屠杀了上万名改造人，是吗？那是什么样的场景？”

餐桌上的气氛一下子冷凝下来，片刻的死寂之后，贝寒淡淡说道：“夫人，你如果对这些感到好奇，可以申请加入战队，也许有机会能够在战场上亲历你所关心的，而无须通过他人之口。”

盖斯夫人还要再说话，林挚已是抢过了话题。那位夫人气咻咻地瞪了林挚一眼，注意力忽又转移到了一直沉默的莫莉身上，问她道：“莫莉小姐，你是回归岛人，是吗？”

“是的，夫人。”莫莉心生戒备，小心地答道。

“竟然也加入了战队？不是说回归岛人最是爱好和平，与世无争的吗？为什么要和刽子手为伍，叫自己的双手沾满鲜血？”盖斯夫人今天显然是不想轻易放过贝寒，虽然是在问莫莉，可却句句都指向贝寒。

林挚刚要出声解围，莫莉却已经在他之前开了口：“盖斯夫人，您这样说话有失偏颇，不仅是对贝寒将军，对整个天狼战队，甚至是对联盟的每个军人都不公平。没有人愿意做刽子手，我们是保护联盟的盾牌，是刺向敌人的利剑，沾染鲜血并非我们所愿，如有可能，我们更愿手捧鲜花。盖斯夫人，您可以不理解，但是，请不要再用这样的词语来指责我们，因为您是我们挡在身后，用生命来守护的人。”

四下里一片安静，只有莫莉平静而克制的声音。贝寒抬头看向莫莉，眼中似有星光闪烁了一下。那位盖斯夫人面色缓和了些，愣了一会儿，不甘心地嘟囔道：“好吧，莫莉小姐，你有一副好口才，也许你不该进入战队，而该去竞选联盟执政官。”

莫莉见好就收，也向她笑了笑：“好的，夫人，我会认真考虑您的建议。如果我以后竞选执政官，还希望能够得到您的慷慨支持。”

她答得俏皮，餐桌上的气氛一下子就轻松了起来。

林挚侧过头去，轻笑着和莫莉说道：“嘿！姑娘，你总是能够给我惊喜。”

莫莉能说出那番话凭的是一时意气，纯属超水平发挥。刚说的时候还不觉如何，现在说完了，她却是开始心脏狂跳，指尖发麻，紧张得不得了，就连林挚的夸赞都不知该如何应对，只勉强地向他抿唇笑了一笑。

幸好，那位盖斯夫人没有再揪着莫莉不放，话题很快就被人岔开了去，餐桌上的气氛开始轻松起来。舞会开始之前，女宾们都要去休息室整理一下妆容，东真纪走过来，伸手挽住莫莉的手臂，悄悄说道：“不用和她们去凑热闹，你跟我来。我知道一个很好的地方，既清静又别致，咱们可以在那里休息一会儿，等舞会开始了再回来。”

东真纪这样热情，搞得莫莉有点不好意思拒绝，她故作惊喜地问道：“真的吗？那真是太好了！”

一向稳重大方的东真纪医生脸上露出了孩子气的调皮：“我敢说，除了林挚，没有人比我更熟悉这个地方。”她带着莫莉出了宴会大厅，穿过小巧而精致的后花园，指着不远处的一栋复古式小楼，说道，“二楼有一个小休息室，很少人去，后窗下还长了一大片夜来香。”

她话音未落，身后的宴会大厅却突然传来了惊天动地的爆炸声，两人都是一怔，几秒钟过后，智能系统警示音自动响起：“恐怖袭击，请护卫人员速去宴会大厅。恐怖……”

示警声戛然而止，整个弗瑞德姆宫瞬间陷入了黑暗之中，显然是智能系统与能源系统同时遭到了破坏。东真纪将莫莉往前推了一把，急声说道：“你先过去藏好，千万不要乱走，我回去看看！”

她转回身飞快地向着来路跑了回去，仿佛只一眨眼的工夫，就消失在了夜色中。莫莉还有些反应不过来，立在那里迟疑了一下，想凭自己的身手就是回去了也只会帮倒忙，这才照着东真纪说的，往那栋小楼跑去。

距离其实并不远，可莫莉穿着长裙和高跟鞋，根本就迈不开步子。身后传来杂乱的脚步声和打斗声，莫莉心中一突，眼看来不及躲进楼内，只得急忙闪身向一旁的灌木丛后藏了过去。

不等她掩好身形，激烈的打斗声就到了近前，莫莉听得心惊肉跳，正犹豫着是趁乱逃走，还是干脆藏在这里听天由命的时候，外面的声音却突然停了，一个冷意凛然的声音从她头顶上响起：“出来！”

那是贝寒的声音，莫莉心中莫名一喜，抬头去看，就见贝寒正立在星光之下，模样稍有些狼狈，不过神色却是一贯的淡漠冷静。

“出来！”贝寒又重复了一遍。

这个时候，莫莉有意忽略了自己对贝寒的反感。她提着长裙，起身从灌木丛后跑出，待看到不远处躺着的两具警卫打扮的尸体，不觉一惊，急忙用手捂住了嘴，这才勉强忍住到了嘴边的惊呼。

“改造人假扮的。”贝寒低声解释了一句，他看一眼莫莉，又问道，“你怎么在这里？”

四下里不断有爆炸声和尖叫声传来，莫莉深吸了口气镇定自己，力图用最简洁的语言来回答贝寒的问题："东真纪小姐要带我去小楼里的休息室，听到宴会厅有爆炸声，她返回去查看，叫我去小楼里藏着。"

不得不说，对于莫莉这样敏感的身份和超弱的能力，东真纪的决定理智而正确，贝寒略一沉吟，道："改造人发动了报复性袭击，宴会厅里死伤很大，你照东真纪说的做，等确定安全后再出来。"

莫莉点头应下，转身往小楼里跑去，直冲到二楼，在黑暗中一连推了几个房门，才终于推开了一扇，闪身藏了进去。

房间里黑漆漆的一片，莫莉立在门后适应了片刻，这才能模糊看到点东西。她迟疑了一下，脱下鞋子提在手中，借着窗口透过来的那点微弱的光，往里面摸索过去。空气中隐约有淡淡的清香，莫莉猜测这里应该就是东真纪说的那间休息室，她正思索着在哪里藏身最好，房门却又突然被人从外推开了。

"是我，贝寒。"来人低声说道。

莫莉想不到贝寒会从后追来，正惊疑着，贝寒已是快步走了过来，低声道："这里不安全，你跟我走。"

话音未落，走廊里已是响起了急促的脚步声，竟似直奔着这里而来。贝寒毫不迟疑地推开窗户，单手环住莫莉的腰肢，纵身往外跳了过去。窗下就是一大丛夜来香，两人正好落在花丛中，浓郁的花香扑面而来，莫莉来不及惊呼，贝寒已是又挟着她跃起，向前疾奔而去。

弗瑞德姆宫依山而建，坐落于波斐克岛的最高处，背后就是临海的峭壁，异常险峻。莫莉察觉到贝寒挟着自己一味地往悬崖的方向跑，忍不住问道："我们这是要去哪里？"

"崖边，离开这里。"

贝寒速度极快，风迎面灌入莫莉的口中，叫她连说话都很困难，她不得不用双臂环住了贝寒的腰，贴近他的胸膛，又问道："那里有飞行器？”

“没有。”贝寒答道。

说话间，两人已是近了悬崖，风更大了，莫莉的长裙被呼啸的风高高卷起，撕扯得猎猎作响。她低头往下看了一眼，面孔顿时变得惨白无色，不由自主地将贝寒抱得更紧。几十米高的悬崖，即便底下是海水，跳下去依旧能够叫人丧命。

“必须跳水逃生？”莫莉急声问道，“没别的法子了吗？”

贝寒简短答道：“没有。”

莫莉回头往来路上看了一眼，后面的追兵已隐约可见，人数并不算多，只三两个人。“打不过他们吗？”以贝寒的武力值，就是遇上改造人，也应该可以以少胜多才是，为什么要选择这样落荒而逃？

贝寒唇角绷紧，片刻的沉默之后，答道：“我左臂受伤了。”

莫莉这才发现，他左臂一直有些不自然地垂在体侧。可是，如果左臂受伤，这样跳下去不是更加危险吗？为什么要带着她往这边跑？莫莉心中难免抱怨，忍不住冷声嘲讽道：“贝寒将军，你往这里跑，是慌不择路下的选择吗？”

贝寒不理会她的抱怨，单臂挟着她走到悬崖边上，突然低头问她道：“莫莉，你信任我吗？”

莫莉被他问得一愣，下意识地摇头：“不信任。”

贝寒浅浅一笑：“抱歉，你现在没有别的选择了。记住，要想活命的话，就松开手，千万不要抱紧我。”

言罢，单臂将莫莉揽在身前，飞身往悬崖外跳了下去。疾风从耳侧刮过，最初的一刹那，莫莉本能地抱紧了贝寒的腰，不过，她很快就做出了选择，用着叫人难以置信的毅力，命令自己松开了双手。

下落的速度极快，纵使是几十米的高度，落下去也不过是眨眼间，贝寒那只完好的右臂一直将莫莉紧紧地揽在怀中，可就在快要接近海面的时候，他却忽地发力，握住莫莉的腰肢，将她用力地向上掷出。

这股力道极大极猛，立刻消减了莫莉下坠的势道，她的身体在空中微微一顿，而贝寒自己却因着反作用力，更快更重地砸入黑漆漆的海水中。那画面映入眼中，叫莫莉的大脑突然有片刻的空白，都忘记了要调整入水角度，就“砰”的一声落进了海里。

海水从四面灌过来，将她压向漆黑的海底，可求生的本能叫她挣扎着往海面上凫去。在从水中冒出头的那一刻，莫莉没有半点劫后重生的喜悦，只惊慌失措地叫着贝寒的名字，试图在海面上找到他的身影。

崖壁遮挡了星光，黑乎乎的海面上只有她一个人！

脸上湿乎乎的不知道是泪水还是海水，视线因此模糊不清，优雅美丽的长裙浸湿了水，飘逸的裙摆仿若化作了海藻，纠缠着她的双腿。莫莉奋力地踩着水，可身体还是不受控制地往下沉。

她抬手凶狠地擦了擦眼泪，开始脱自己身上的晚礼服。可这件事做起来并不容易，莫莉忍不住低声咒骂，正要暴躁时，身后的礼服拉链却突然被人拉开了，她愕然回头，就看到了面容依旧冷峻的贝寒。

贝寒单手几下将莫莉从长裙中剥了出来：“有受伤吗？”

莫莉没有回答，呆愣愣地看了他片刻，突然就向他扑了过去，双臂紧紧地抱住了他的脖颈。这突如其来的热情让贝寒微微一愣，不过，他很快就恢复淡然，轻拍了拍莫莉后背：“快走，我们得离开这里。”

莫莉全因一时激动才会如此失态，现在情绪稍稍冷静，立刻就感觉到了尴尬，急忙松开了手臂。贝寒像是并未察觉莫莉的不自在，只推着她往海的深处游，问她道：“你们应该受过游泳训练，没错吧？”

“在基地泳池里模拟过武装泅渡。”莫莉注意到贝寒虽未脱下军装，不过领扣却是解开了，衣袖也平整地卷到了上臂，这正是教官曾讲解过的武装泅渡的整装要求，尽可能地不兜水，不妨碍动作。

贝寒命令道：“那好，你在我前面游，往左绕过那个岬角。”

莫莉点了点头，率先往前游了出去。开始时，她还担心贝寒单臂划水会有困难，不过很快就发现自己是杞人忧天，贝寒始终和她保持着一个固定的距离，没有被她落下。她这才放了心，不再有所保留，使出全力往前游去。

“莫莉，”贝寒从后面追了上来，提醒她，“保持体力。”

说完，他没有再落到后面去，反而比莫莉快了半个身位，显然有意在前领游，掌握着前进的速度。两人用了大约一个小时的时间，这才绕过了那个岬角，又沿着与海岸线平行的方向一直往左，也不知道游出去了多远，直到莫莉快要筋疲力尽，贝寒这才带着她向海岸线游了过去。

一出水面，莫莉连站着的力气都没有了，全靠贝寒一把托住了，这才没倒下去。也许是因为身体实在太过疲惫，倒叫她的精神放松了许多，主动伸手攀住了贝寒的肩，把自己大半的体重都挂到了他的身上。

贝寒用右臂搂住她的腰，几乎是半抱着她往前走。可没走两步，她却突然停住了脚步，有些呆滞地看向前方。

不远处，无数散发着幽蓝色光芒的光点被海浪推向沙滩，竟形成了一条幽蓝色的光带，沿着蜿蜒曲折的海岸线，延向远处，仿佛是银河从天际倾洒而下，落下繁星无数，美不胜收。

“这是一种浮游生物，”贝寒低声解释道，“受到海浪的拍击会发出荧光。”

“真美。”莫莉喃喃说道。

贝寒没说什么，拖着她继续前行，踩上那条星星点点的光带，将她扔在了沙滩上，淡淡说道：“既然你喜欢，那就坐在这里欣赏。”

莫莉刚才只是无意识地感叹，现在听他这样说话，还以为他在嘲讽自己不知轻重缓急，忙说道：“不用，我们继续走吧。”

她说着，挣扎着从沙滩上爬了起来，不想贝寒淡淡地看了她一眼，自己却在沙滩上坐下了。他不知从哪里摸出了通讯器来，试图联系尤利安，可通讯器里只有一片噪音，信号还被屏蔽着。

莫莉一直默默地看着贝寒，到了这时忍不住问道：“形势还没被控制住吗？”

贝寒抬头看她：“应该没有，这一次改造人准备得很充分，显然是把联盟的各种应急预案都仔细研究过了。”

“这么说我们暂时不会得到救援，是吗？”莫莉不禁回头望了望远处黑黝黝的山林，又问贝寒道，“我们需要走回去？”

贝寒摇头，答道：“我们得在这里等待救援。”见莫莉眼中露出不解之色，贝寒有些无奈地扯了扯唇角，又解释道，“山林里有很凶猛的野兽，我现在的情况无法应对。”

“抱歉！”莫莉这才记起他的左臂受了伤，不觉十分内疚，她看了看他一直垂在体侧的左臂，低声问道，“伤得怎么样？很严重吗？”

“折了。”贝寒简单答道。

莫莉犹豫了一下，又问道：“需要我帮你固定吗？”

“没必要。”贝寒停了一停，又补充道，“反正都免不了进治疗机。”

莫莉一想也确实是这么回事，有治疗机那么逆天的存在，她会的那点急救知识还真是用不上。场面像是突然间就冷了下来，一阵海风吹来，莫莉不禁打了个寒战，下意识地用手臂环住了肩，然后猛然意识到，自己身上只穿了内衣，简直都快要称得上赤身裸体了。

# 第十三章

## 意乱情迷

晚礼服里面还能穿什么？就连文胸都是那种隐形无肩带的，又经过刚才长时间的剧烈运动，现在早就走了春光。

波斐克岛的昼夜气温相差较大，莫莉分明觉得挺冷，偏脸上却一阵阵地发烫。她双手掩着胸，不露痕迹地往贝寒身后走了几步，试图躲到他的视野之外，不料这反而引起了贝寒的注意。

贝寒绷了绷唇角，将自己身上的军装上衣脱了下来，反手丢给了莫莉。莫莉脸上一片火热，低垂着头将那湿淋淋的军装穿在了身上，他比她高大了许多，修身的上衣穿到她的身上，依旧显得肥肥大大，正好遮到大腿。

莫莉稍稍自在了些，犹豫了一下，在贝寒身边不远处抱膝坐了下来。不过，她很快就发现这湿衣服穿了比没穿还冷，尤其是海风一吹，简直是透心地冷。没过一会儿，她的牙齿就开始不受控制地打起架来。

贝寒看她一眼，从沙滩上站起身来，沉默地走向远处树林，过不一会儿再回来的时候，手里已是多了两个莫莉从未见过的果实。他把果实递到莫莉面前，淡淡说道：“这东西可以叫你暂时感觉发热，不过有轻微的致幻作用，别多吃。”

莫莉迟疑着接了过来，放到嘴边咬了一小口，滋味很是寡淡，谈不上好吃也谈不上难吃。不过，等她吃了几口之后，很快，四肢百骸都开始热了起来。这感觉太好，以至于叫她忘记了贝寒的警告，不知不觉就吃得多了。等贝寒意识到这一点，走过来从她手中夺走那颗剩下的野果时，已经晚了。

有句话叫作“酒壮怂人胆”，放在莫莉身上最合适不过。这野果虽不含酒精，却一样叫她胆大包天。她一把抢回了那野果，伸出手去轻拍贝寒的脸颊，笑着说道：“贝寒将军，你少欺负人，我现在可不怕你。”

贝寒眉头微皱，他又将野果从莫莉手中夺了过来，一扬手远远地丢进了海里。莫莉有点恼怒，摇摇晃晃地站起身，用双手揪住了贝寒的衬衣衣领，命令道：“你去给我捡回来，捡回来！”

贝寒依旧稳固如山，动也不动，衣领却是被莫莉刺啦一声扯坏了。莫莉动作停了一停，醉眼迷离地看了他的喉间片刻，突然嘿嘿地笑了起来：“贝寒将军，你不是问过我对你有没有感觉吗？”

她贴得他极近，从上往下看去，领口处隐隐露着抹腻白，又因出水时沾染了海藻，闪着点点的幽蓝荧光，仿佛可以勾魂摄魄。

贝寒突然觉得喉咙有些干涩，反问她道：“有吗？”

莫莉自己连站都站不稳，全靠了揪着贝寒的衣服才能站住，她一下一下郑重地点着头，又抬起脸笑嘻嘻地看他：“有啊。”

贝寒的眸子似是更沉暗了些，又问：“是吗？”

“是！”莫莉突然又气愤起来，咬牙切齿地问道，“可有点感觉就表示想发生关系吗？嗯？贝寒将军？谁给你灌输了这样的狗屁道理？”

贝寒不答，低着头看她，缓声说道：“莫莉，在联盟法律里，即便服用了致幻剂，也会被视作完全民事行为能力人，需要对自己的言行负责。”

莫莉对即将到来的危险毫无觉察，她的视线有些模糊，于是拉着贝寒的衣领，踮起脚来凑近了他的脸，极为严肃地问道：“见到美貌的异性，心跳会加快一点点，会感到小小的紧张，这都是自然的生理反应，根本不分对象是谁，对吧？难道有点感觉就可以随便乱搞吗？节操哪里去啦？嗯？节操呢？”

她的脸上满是认真。贝寒顺着她的力道微微倾身，盯着她嫣红湿润的唇，低声道：“那不是乱搞。”

“狗屁！”莫莉气愤地骂了一句，揪着贝寒的衣领，用力摇晃着他，大声叫道，“那就是乱搞！有爱才可以做，懂吗？”

“莫莉，”贝寒用一只手臂虚虚地环住了她的腰肢，另一只手来撩她贴在脸颊上的发丝，语气平静地说道，“从生物学角度讲，爱情的产生基于体内特定激素的分泌。苯基乙胺会叫人感到兴奋，多巴胺可以传递亢奋和欢愉，而去甲肾上激素则叫你产生怦然心动的感觉……所有的一切，都是在通过激素起作用，而最初的原因只是为了把基因传递给后代。”

莫莉脑袋本来就晕，被贝寒这样一说，脑子更是糊成一团。她压根儿就没有注意到贝寒手臂都骨折了为什么还能去搂自己，只微微眯了眼睛看贝寒，狐疑地问他：“真的是这样？”

贝寒的手指沿着她的脸颊下滑，轻轻地摩挲着她的唇，哑声道：“是，这是被科学证实了的。”

他的触碰叫莫莉觉得有些痒，她习惯性地伸出舌尖去舔唇，却不小心碰到了他的指尖。这轻微的触碰，像是一点火星落在了贝寒的心尖，火苗“噌”地蹿了起来。

莫莉觉得贝寒的言论不对，可又找不出可以反驳他的语句。她仰着脸，困惑地盯着贝寒，皱着眉头说道：“好吧，虽然我说不过你，可我并不认同你。我不像你们，我很有节操的！”

贝寒微微侧过头，低下来，用嘴唇轻轻擦着她的唇角：“既然对我有感觉，就该释放，而不是压抑。如果不喜欢对方强势，那可以选择自己掌握主动。”他的声音低沉喑哑，却又撩人心弦，低低地魅惑着她，“比如，你现在可以先推倒我。”

莫莉像是被他蛊惑，竟就真的伸手把他往后推去。这一回，她很轻松地就推倒了他，他揽着她的腰，带着她一同往沙滩上仰倒过去。莫莉砸到了他的身上，神志有些许的回归，觉得好像哪里有些不对劲，想要撑着他的胸膛爬起身来。

贝寒的手臂轻轻一收，她就又压到了他的身上：“莫莉，你要退缩了吗？”

“胡说！”莫莉忍不住立刻反驳，“谁说我要退缩？”

“那就继续，”他低声说道，“做你之前想做却不敢做的事情，比如……撕开我的衣服。”

这念头的确曾出现在过莫莉脑子里，她果然上当，恨恨说道：“谁说我不敢？”说着，竟就真的伸手去撕扯贝寒身上的衬衣。贝寒很配合地躺在那里不动，不时地轻声指点着她下一步。

莫莉被致幻剂麻痹，脑子晕沉沉的，全然忘记了什么叫羞涩，在贝寒的步步引导下，很快就感受到了强烈的疼痛，她想也不想地跪直了身体，试图逃离开他，却被他一把握住了腰肢。

说实话，贝寒也有些痛感，不过这点痛和他欲要炸裂的身体相比，小得可以忽略不计。他强自克制住自己，再次仰头吻上了她。温柔缠绵的吻最是能放松人的神经，尤其是这份温柔还是来自一个冷峻强硬的男人。

莫莉紧绷的身体渐渐柔软下来，她情不自禁地伸出双手，捧住了贝寒的脸，低下头与他相吻。

海滩上很冷，可两人之间的温度却节节升高。

莫莉呼吸急促起来，如果说刚才她还是一尾脱水干渴的鱼，现在却在他怀里化成了一汪水，她的身体不受控制地战栗，口中颤声道：“别，够了，够了。”

“是吗？”贝寒低声问她。

可还没等她回答，剧烈的疼痛就叫她身体骤然一紧，失声惊呼。如果说上一刻她置身于天堂，那这一刻，就是在承受地狱中最残酷的刑罚。

贝寒本就不是一个温柔的人，他性子冷漠，行事干脆狠辣，之前的隐忍和耐心只不过是基于对伴侣的尊重，全凭着过人的意志在支撑。到了此刻，理智终于退败，一切都遵循着原始的本能。

疼痛叫莫莉的大脑清醒了不少，她伸出双手用力抵住贝寒的胸口，有些惊慌地叫道：“停下！贝寒，停下来！”

可惜，她的阻拦在贝寒面前毫无作用。

他的欢愉，却像是莫莉的苦难。幸好，时间并不算太长，一阵激烈之后，贝寒放开了莫莉，仰倒在地上微微地喘息。

莫莉本还以为折磨会无穷无尽，都有点不敢相信他会这样快结束，意外之余，却又觉得无比庆幸。不过，她可真是疼，身体稍动一动，就觉得火辣辣地疼。她尝试地蜷了蜷腿，不想这个动作却惊动了贝寒，他撑起身来看她，声线中透出一丝暗哑：“还好吗？”

致幻剂起效得快，消散得也快，到了现在影响已经所剩无几。莫莉简直不敢相信自己竟然会做出这样的事情，只觉羞愧无比，根本不知道该怎么去面对身后的男人。如果可能，她真想在沙滩上挖个坑，把脑袋埋进去做一只鸵鸟。

贝寒误会了她的沉默，他抬身从后贴了过来，手掌抚上她的腰侧，试图抚慰她。

莫莉僵了一僵，顿时再顾不上身子的疼痛，受惊一样从贝寒怀里逃了出来，道：“我很好，非常好！”

贝寒默默地看了她一眼，垂下眼眸，慢腾腾地整理自己身上的衣物，不知在想些什么。

莫莉大大松了口气，将丢在不远处的衣物捡了回来，胡乱地穿在身上。她脑子里却仍是一团乱麻。她并不喜欢贝寒这个人，甚至可以说在来赫勒星之前，她都是厌恶着他的。哪怕她曾在晚宴上为他仗义执言，那也不过是出于一时意气。

可偏偏就是这个人，带着她逃离险境，刚刚又和她发生了亲密关系。

虽然是在致幻剂的作用下才发生了这样的事，可这仍叫莫莉觉得尴尬和懊悔。如果事情可以重来，她就是被冻死，也绝对不会去吃那个古怪的果子。可事实是她不但吃了，而且还吃多了，吃完后又发了疯。

她怎么能做出这样的事来呢？亏她之前还指责贝寒在图书馆里对她做的事情，还曾义正词严地说这是彼此相爱的情人之间才能做的事情，它是神圣而甜蜜的，它不是生理上的发泄。可瞧瞧她刚才都做了些什么！

“莫莉，”贝寒突然开口叫她的名字，“刚才……”

“我不记得了！”莫莉想也不想地打断了贝寒的话，她停了一停，尽可能叫自己的神态自然些，“贝寒将军，因为受到致幻剂的影响，刚才的事我都不记得了，如果我对您做了不合宜的事情，我向您道歉。”

贝寒沉默地看着她，眸色渐冷，他忽地讥诮地扯了扯唇角，淡淡说道：“莫莉小姐，该道歉的人是我，毕竟你之前那么热情，我却没能叫你得到满足，不是吗？真是抱歉。”

只一句话就羞得莫莉无地自容。她低下了头，死死地咬着下唇，眼泪在眼眶中转了几圈，终究没能憋回去，落下来砸入了细细的沙子里。

贝寒心中忽地一软，他也不知道自己怎么会说出那样刻薄的话。其实他心中十分清楚，今天的事根本不是莫莉因为致幻剂而失控，而是他引诱着她和自己发生了关系。贝寒垂了垂眼帘，掩住眼中的一丝愧疚，说道：“对不起，莫莉，我收回刚才的话。”

莫莉这人有个优点，那就是恩怨分明，她既然觉得今天这事是她自己的责任，那自然不会去迁怒贝寒。听到贝寒向她道歉，不管自己此刻心里多么难受，她都抬起了头，挤了一个僵硬的笑容给他：“没事。”

说完了，她就又低下了头，团着双膝坐在那里发呆。贝寒也再未说话，他站起身来，抬头望着弗瑞德姆宫的方向，怔怔出神。

两人正静默着，丢在沙子里的通讯器却是突然响起了提示音，莫莉微微一怔，贝寒那里已是探身捞起了通讯器，接通了信号。

“将军？”尤利安有些焦急的声音从中传出，“贝寒将军？”

“是我。”贝寒淡淡应道。

尤利安似是松了口气，声音明显镇定了下来：“贝寒将军，您现在在哪里？身体状态可好？弗瑞德姆宫的形势已经控制住，您的失踪叫总司令部十分关注。”

贝寒报出自己所在的位置坐标，又吩咐尤利安道：“你过来接应我，带上便携式治疗机，我左臂受伤。还有，顺便告诉莱恩，莫莉少尉正和我在一起，请他放心。”

“莫莉少尉正和您在一起吗？那真是太好了！”尤利安的声音中透出惊喜，“将军，请您稍候，我马上就过去接您和莫莉少尉。”

尤利安的飞行器来得很快，不仅给贝寒带来了便携式治疗机，竟然还给贝寒和莫莉带来了干净的衣物。“我看坐标是在海滩上，就猜着你们应该是从海里游过来的。”尤利安脸上带着温和的笑容，把莫莉的小行李箱递给了她，“对不起，莫莉小姐，没经过您的允许，我就擅自取来了您的物品。”

莫莉感激地接过行李箱，尤利安笑了笑，又指了指后舱的小休息室，说道：“您可以去那里面换衣服，然后稍稍休息一会儿，到达司令部后，我会叫您。”

经过这么多事情，不论是精神还是体力，莫莉都快要达到了极限，她没有拒绝尤利安的建议，瞥了一眼进舱后就坐在座椅上沉默不言的贝寒，提着小行李箱径直去了后舱的隔间。

待看到莫莉关上了门，尤利安这才急忙转过身来，低声问贝寒道：“将军，您饮酒了？”

贝寒点了点头，他将座椅靠背放平，仰靠在上面，轻轻地吐了口气，答道：“晚宴上喝了点，遇到的那个刺客身手不错，一不小心，叫他伤到了我的左臂。”

尤利安从衣兜内掏出一个小小的仪器来，在贝寒的手臂上扎了一下，仔细地看了看那探针，这才松了口气：“酒精浓度已经很低，基因特性很快就要消失了。”他收起了那仪器，又将便携式治疗机提了过来，“我来帮您简单处理一下伤口吧。”

贝寒一把将自己左侧的衬衣袖子扯落下来，露出了上臂已被海水泡得发白的狰狞伤口。“先帮我把上臂敲折吧。”贝寒神色漠然，唇角上却勾着淡淡的自嘲，“也省得有人起疑，只这么一刀，怎么可能叫联盟的荣耀落荒而逃呢。”

“将军……”尤利安有些迟疑，直到贝寒抬眼淡淡瞥了他一眼，这才取了合适的武器过来，依照贝寒的吩咐，将他的前臂打得骨折，然后急忙用便携式治疗机进行了简单处理。这个过程中，贝寒只在骨折时低低地闷哼了一声，之后便再未发出过半点声音。

后舱的休息室内，莫莉刚刚清洗完身体，丝毫不知道外面发生的事情。她换好衣物之后，就静静地坐在休息椅上发呆，直到尤利安的声音从扩音器里传出来，她这才从休息椅上起身，仔细地整理了一下衣装，强撑着精神开了门出去。

尤利安在驾驶飞行器，贝寒不知何时换过了衣服，穿一身严整的军装，仍坐在之前的位置上，面容虽略显苍白，神色却是冷峻凛冽，寒气逼人。莫莉扫了他一眼，下意识地往旁边避了下，选择了离他稍远的位置坐下。

飞行器很快到达联盟舰队总司令部，在起落场上空悬停片刻后，这才被允许降落。舱门往两侧打开，贝寒率先起身，头也不回地迈步出去。尤利安却微笑着看向莫莉，轻轻偏了下头，示意让她先行。

“谢谢。”莫莉跟在贝寒身后出了飞行舱，待一看到外面的情况，却是暗暗吃了一惊。起落场上已停满了各式战斗机，远处还陆续有新的战斗机从地下升起，作战人员往来匆匆，俨然大战在即的情形。

贝寒对这情景漠然无视，径直走向旁边等候的车辆。前来接他的司令部军官紧跟着他的步伐，边走边解释道：“将军，现在联盟舰队已经启动了一级战备，所有进出总司令部的人员都需要进行个人身份认定。”

说话间，贝寒已经走到了车旁，两名工作人员推着一台特制的仪器上前，向贝寒致歉：“将军，请您配合。”

贝寒抿唇不语，只将右手伸进那仪器的探测口内，大约几秒钟之后，检测仪器发出“嘀”的一声，电子音说道：“基因序列正常，联盟星际舰队天狼战队少将指挥官，贝寒。”

“请上车，将军。”刚才那位少校军官已经替贝寒打开了车门，态度极为恭谨，“司令员正在指挥部作战室等您。”

莫莉也做了个人身份认定，却被工作人员引领着走向另外一辆车子。贝寒已是一脚迈入了车内，又突然停了下来，转头看向莫莉，叫她道："莫莉，你跟我乘一辆车。"

那少校军官愣了一愣，试图阻拦道："贝寒将军，莫莉少尉另有……"

"我说她和我一辆车。"贝寒打断了那军官的话，他目光凛冽如刀，不过是淡淡一瞥，却叫那军官心中一凛，竟是不敢再多说话。贝寒又看莫莉，冷声说道："过来。"

也许是因为太弱小，莫莉对危险有着一种本能的警觉，她毫不犹豫地转回身来，钻进了贝寒所在的那辆车子。

尤利安也跟着他们上了同一辆车，坐到了副驾驶的位置。车子刚驶离起落场，他就从前排转过身来，先看了莫莉一眼，向贝寒报告道："将军，有林挚的通讯接入，他想要和莫莉少尉通话。"

贝寒面无表情地说道："给她。"

尤利安这才将通讯器递给莫莉，莫莉将通讯器戴到耳朵上，微微向外侧身，低声应道："我是莫莉。"

"莫莉，"林挚的声音略带沙哑，透着关切，"你情况怎样？"

莫莉不自觉地瞄了贝寒一眼，答道："我没事，你呢？"

"我也还好。真是抱歉，在你遇到危险的时候没能在你身边。"林挚有些歉疚地说道，"莫莉，希望能得到你的谅解。"

莫莉觉得林挚没必要向她道歉，晚宴上发生恐怖袭击是突发事件，谁都想不到的事情。而且，袭击发生时林挚并不在她身边，后来她又很快被贝寒带走，林挚就是想找她，也找不到。

"林挚，这不是你的错。"莫莉说道。

林挚闻言低低地笑了笑，又带上了几分以前的戏谑腔调，调侃莫莉道："嘿，莫莉，我从来都不知道你还是这样一个温柔大度、善解人意的姑娘。"

与他说话叫莫莉感觉放松，她忍不住也翘起了唇角，回他道：“我一直是这样的姑娘。”

“真是个好姑娘。”林挚笑道，他停了停，收了嬉笑，正经说道，“莫莉，我这次要等一等才能回基地，我父亲受伤了，我需要留下来处理一些事情。”

“执政官受伤了？”莫莉有些惊讶，不禁问道，“严重吗？”

林挚没有回答，他那边隐约传来人声，过得片刻，林挚才和她说道：“抱歉，莫莉，我这里有些事情，先这样吧，再见。”

说完，他便就中断了通讯。

## 第十四章

# 物伤其类

莫莉想不到联盟的首席执政官也受伤了，而且看情形应该还十分严重，她把通讯器交还给尤利安，又忍不住问道：“宴会上的伤亡很大吗？”

尤利安瞥了贝寒一眼，见他没有别的表示，这才回答道：“伤亡很大。联盟议会主席遇刺身亡，首席执政官头部受创，一直昏迷不醒，首席财政官重伤……此外，还有许多议会议员和政府高官，甚至军队将领遭到袭击。”

莫莉想不到情形会如此惨重，她愣了一会儿，忽然想起东真纪来，忙又问道：“东真纪小姐呢？她怎样？”

当初宴会厅发生爆炸，她可是第一时间就跑回去救援的，也不知是否与刺客迎面遇到。

尤利安答道：“东真纪小姐受了些轻伤，不过也多亏了她救援及时，又反应机敏，及时把重伤的执政官藏进机要室，否则执政官怕是会性命不保。这一次改造人出动了上百名刺客，当中有很多都是隐藏在联盟多年的精英人士，甚至，还有一个是回归岛人。”

莫莉不禁惊愕：“还有回归岛人？”

尤利安点头：“是的，应该是改造人的同情者，现有证据表明，他在这一次袭击中发挥了很重要的作用。”

莫莉沉默下来，过得片刻，才又问道：“是因为这个原因，刚才那位少校才要把我带走吗？”

尤利安没有回答，只是看向贝寒。莫莉顺着他的目光，也转头看过去：“贝寒将军，是这样吗？”

贝寒垂了垂眼帘，淡淡答道：“不清楚。”

车子很快就到了总司令部楼外，卫兵放了贝寒进去，却把莫莉和尤利安两个拦下了：“抱歉，只有贝寒将军可以进去。”

贝寒刚过了门禁，见状回头看了他们一眼，冷声吩咐道：“尤利安，你和莫莉就在这里等我，没有我的命令，不得离开。”

“是，将军！”尤利安应诺。

贝寒又看了莫莉一眼，这才转身走进了总司令部。莫莉有些摸不着头脑，但也知道这个时候她应该信任贝寒。她和尤利安就站在门外等候，约莫过了有一刻钟，军情处的长官莱恩行色匆匆从外面过来。

“莫莉小姐？”莱恩走过莫莉身边时才认出她，他停下脚步，转过身看她，奇道，“你怎么会在这里？”

莫莉还未回答，尤利安已是赶在她前面开口：“报告长官，贝寒将军命我们两个在此等候，他在指挥部里，很快就会出来。”

莱恩眼眸微眯，斜斜地瞥了尤利安一眼，缓缓地点了点头，轻笑道：“哦，这样。”

他并未多说，转身径直进入了总司令部，走到作战室外时正好赶上贝寒从里面出来，莱恩伸手挡了一下他，低声说道：“你先别急着走，等我一下。我有话和你说。”

莱恩说完进了作战室，没过几分钟后就出来了，他将贝寒拉到了无人处，盯着他问道：“你什么意思？为什么非要把莫莉带在身边？”

贝寒垂眸，手上漫不经心地转动着那枚星辰勋章，淡淡答道：

“因为她是天狼战队里的一员，便是死，也该死在战场上，而不该被你们人道毁灭。”

莱恩的神色有些严厉：“可是她很危险！改造人之前已经对雷奥下手，今天的袭击中又试图劫走莫莉，这说明他们已经对黑洞实验有所了解，她的存在会给联盟带来巨大的危险。”

“我的存在也很危险。”贝寒突然说道，他抬眸看向莱恩，漠然的眸子里透出淡淡的讥诮，“莱恩，别人不知道，难道你还不知道吗？你为什么不告诉他们其实我也是改造人？我身上也有着那些危险的、低劣的基因，你为什么要替我隐瞒？为什么不把我也人道毁灭？”

莱恩愣了一愣，下意识地反驳道：“你不一样！”

“怎么不一样？”贝寒轻声嗤笑，“因为我们是朋友？还是因为我对联盟还有用处，而她却已经毫无用处了？”

莱恩脸色难看，答不出话来，过得片刻，他脸色才缓和了下来，问道：“贝寒，你之前并不愿意接收莫莉，为什么现在却变了？据我所知，莫莉在新训部的表现并不好，她甚至都不够资格进入你的作战部队。为什么……”

“我改主意了。”贝寒打断了莱恩的话，他轻轻地扯了扯嘴角，不疾不徐地说道，“因为我改主意了。我现在觉得，自己作战队里能有这么一个笨得出众的队员，感觉也不错。”

他的回答叫莱恩哭笑不得，却又无可奈何。莱恩默默看了他两眼，忍不住骂道：“你这小子！真的是想要气死我吗？”

贝寒轻轻一笑，那笑容转瞬即逝，很快便无影无踪。他默了片刻，这才说道：“莱恩，莫莉还没有被暴露，我说改造人要劫持她只是借口，是我利用了她的身份，好给自己的出逃提供充足的理由。”

莱恩微怔，瞟了他一眼，轻声问道：“所以对她感到愧疚？才这样护着她？”

贝寒的神色有片刻的发怔："物伤其类。"

莱恩闻言沉默了片刻，最后深吸了口气，笑道："好吧，我再帮你这小子一次，你先带她回基地，剩下的事情交给我处理。"

联盟舰队已经启动了一级战备，所有的指挥官必须立即返回原部，贝寒从指挥部出来后没做片刻停留，直接带着莫莉登上了返回基地的飞船。

飞船从起落场上起飞，加速冲出赫勒星的大气层。激烈的颠簸之后，莫莉的座椅才重又缓缓立起，她忍不住看向舱外，那个深蓝色的美丽星球离着自己越来越远，渐渐变小，最终消失在黑沉沉的太空之中。

莫莉的心思有些复杂，赫勒星上发生的一切，于她就像是一场梦境，尤其是海滩上的那些片段，更是模糊而混乱……她轻轻地叹了口气，把视线从舱外收了回来。林挚和东真纪皆未同行，后舱内只有她和贝寒两人，安静得叫人觉得不自在。

不知怎的，莫莉总是忍不住偷偷打量侧前方的贝寒，他一直沉默着坐在那里，微微侧头看着黑沉沉的舱外，不知在思量着什么。就在莫莉再一次看过去的时候，突听得贝寒叫她道："莫莉。"

莫莉惊了一跳，条件反射般站了起来，高声应道："到。"

贝寒头也不回，只吩咐道："请到前面来。"

莫莉狐疑地看了他两眼，走到他面前立定站好，想了一想，主动出声询问道："将军，请问您有什么吩咐？"

贝寒的坐姿有些随意，双腿交叠在一起，身体后倚，轻轻地靠向椅背，受伤的左臂横放在身前，右手却搭在了扶手上，指尖漫不经心地轻叩着。他抬头看向莫莉，目光沉静无波："少尉，你可以站在这里看我，这样能看得更清楚一点儿，不是吗？"

莫莉愣了一愣，随即就涨红了脸。

贝寒向她扬了扬眉，声音却是一如既往地冷静：“由此可见，昨天夜里发生的那些事情，我想你并没有忘记，没错吧？”

他突然又提到了昨天夜里的事情，这叫莫莉既感到意外和慌张，同时又有点怕被人知晓的心虚。她不自觉地回头看向前舱，尤利安和几个飞行人员都在那里，全神贯注地驾驶着飞船，对后舱发生的事情毫无觉察。

“前舱与后舱之间设置了屏蔽罩，他们不会听见我们的谈话。”贝寒解释道。

莫莉下意识地松了口气，回过头来，正好撞到贝寒探究的视线。

贝寒眼眸微眯，继续说道：“我想趁着这个机会，我们两个可以开诚布公地谈一谈。”

莫莉脸上不觉又是一烫，垂了眼，低声解释道：“对不起，将军，我并不是有意要欺骗您，我当时只是，只是……不知该如何面对这件事情。”

这话说得真是坦诚，几乎可以算得上是莫莉的心底话。她之前曾想着装傻到底，死不承认，可经过这多半天的考虑，又改变了主意。既然事情已经发生，与其怯懦地逃避，还不如勇敢地面对。

她深吸了口气，说话虽有些磕巴，声音里却透着一股子坚定与担当：“虽然，虽然我是因为吃了致幻果才会做出这样的事，但，但这不是我放纵自己的理由，做出那样疯狂的举动的确是我的错误。所以，我正式向您道歉，将军。”

事实就摆在那里，容不得她否认。虽然贝寒好像并未反抗，甚至到后面他还掌握了主动，可开头的却是她，是她一把推倒了贝寒。当然，直到现在她都还没想明白，她当初怎么就能推倒了贝寒。

贝寒目光微闪，沉默不语。

这叫莫莉感到更加尴尬和难堪，她用力抿了抿唇，十分困难地说道："当然，您有权利拒绝接受我的道歉，我很理解。"

"莫莉，我接受你的道歉。"贝寒突然说道，他抬眸定定地看着她，似是诱导一般，又轻声问道，"现在，我想问一下，你是否可以接受我上一次的道歉，原谅我在图书馆里对你的冒犯。请你相信，我当时并不是有意要伤害你。"

莫莉一时被他问得愣住，她隐约觉得这两件事并不太一样，可又说不出哪里不同来。而且，贝寒都已经大度地接受了她的道歉，如果她再揪着之前的事情不放，就好像有点说不过去。

贝寒再一次问她道："可以原谅我吗，莫莉小姐？"

莫莉脑子有些乱，答道："我原谅您。"

贝寒勾起唇角轻轻一笑："那真是太好了，莫莉小姐，谢谢您的宽容。"

莫莉勉强地回了他一个微笑，又想到自己还要在他的地盘上过日子，该适当地软化态度才是，于是又故作大方地和贝寒说道："将军，希望我们都能忘记那些不愉快的事情。"

贝寒神色稍怔，眸色微微一沉，淡淡撩了莫莉一眼，这才点头应道："好。"

就在这时，尤利安的声音从扩音器内传出："将军，总司令部发来消息，原有航道已遭到破坏，总司令部命令我们更改航道。"

莫莉一愣，连忙回到自己座位处坐好，启动了安全装置。前后舱之间的屏蔽罩不知何时已经消除，贝寒端正了坐姿，指尖在扶手上轻叩了两下，略一思量后，沉声说道："更换H2-17航道。"

很快，舱体猛烈地晃动起来，大约有一分钟的时间，才重又平稳下来，就听尤利安报告道："已经进入H2-17航道，预计十分钟后进入卓斯行星群。"

贝寒从座位上起身，走向前舱。最前端的飞行人员让出了主驾驶位，贝寒从他手中接过飞行头盔，坐到了主驾驶位上。莫莉正好奇地看着这一切，就听见贝寒突然说道：“莫莉少尉，请到前面来。”

莫莉不解，迟疑着站起身，走上前去。

“尤利安，叫她坐你的位置。”贝寒吩咐尤利安道。

尤利安似是有些意外，不过很快就站起身来，把自己副驾驶位让给了莫莉，不由分说地给她也戴上了一个飞行头盔，微笑着解释道：“我想将军是想让您享受一下飞行的乐趣，而且，这对您学习如何操控飞行器非常有好处。您要知道，在整个联盟甚至整个银河系里，都没有人比将军的飞行技术更好了。”

座椅上的安全装置自动启动，将莫莉牢牢地固定在座椅上，她心中生疑，看了看眼前的近乎全景的视窗，又转头看向身边的贝寒。

贝寒转头瞥了她一眼，淡淡说道：“坐好。”

莫莉一愣，还未反应过来，智能系统已是响起了刺耳的警报：“注意，前方出现大规模行星群，注意，即将进入行星群……”

莫莉急忙看向前方，在飞行器的高速飞行之下，密密麻麻的行星群几乎一瞬而至，不等她反应过来，飞船已是一头扎了进去。无数的、大大小小的行星迎面扑来，船体骤然向右一倾，侧身擦着一颗小行星而过，紧接着，下一颗小行星就又撞了过来。

这哪里是享受飞行的乐趣，这分明是在玩命！莫莉死死地咬住了牙关，这才没叫自己尖叫出声。偏偏贝寒在飞行当中还抽出空来瞄她，吓得莫莉大惊失色，一迭声叫道：“啊！看前面！前面！”

话音未落，飞船便就是连续几个急速旋转，莫莉觉得自己全身的血液都被甩向了大脑，脑壳似乎要炸裂了……

也不知道过了多久，眼看着她就要崩溃的时候，飞船这才穿过了那个小行星群，重新进入了稳定飞行。贝寒摘下头盔，唇边添了些似有若无的笑意，他转过头看了莫莉一眼，起身离开了主驾驶位。

坐在后面的尤利安走上前来，好心地询问道：“莫莉小姐，您没事吧？”

莫莉脸色苍白得像纸一样，齿关紧扣，身体隐隐发抖，一时竟是连话都答不出来了。

尤利安伸过手来扶莫莉的手臂，又笑着问道：“还能站起来吗？”

莫莉连惊带吓，两条腿软得像是面条，她用力握着尤利安的手，努力了几次，这才借着他的支撑站起身来，摇摇晃晃地回到了后舱坐下。然后直到整个航程结束，飞船在基地中心着陆，她都没能缓过劲来。

贝寒先下了飞船，回头扫了莫莉一眼，吩咐尤利安送她回去。尤利安开过悬浮车来送莫莉回新训部，见她上车的动作还有些僵硬笨拙，忍不住失笑，问道：“莫莉小姐，您是不是在什么地方得罪贝寒将军了？”

莫莉想到的却是海滩上发生的事情，除此以外，她自认再没得罪过贝寒。可那件事情他们两个不是已经彼此谅解，互不追究了吗？她认真想了一想，摇头道：“不知道。”

尤利安笑了一笑，没再说什么。

因为突然进入一级战备，各战斗部门都已提前结束了休假，只有新训部因为没有作战任务，还处在假期之中。尤利安好心地将莫莉送到了学员宿舍大楼前，这才驱车离开。莫莉咬着牙，强自撑着精神回了宿舍，放了满满一浴缸热水，把自己泡了进去。

她太疲惫，以至于很快就迷迷糊糊地睡了过去，梦里正重放着海滩上的一幕幕，就听见外面的门铃突兀地响了起来。铃声持续不断，门外那人显然十分执着，莫莉没办法，只得晕头晕脑地从浴缸里爬了出来，套上浴袍出去查看。

门外站着的是许辰宇，莫莉迟疑了一下，给他打开了房门，嘶哑着嗓子问道："嗨，组长，有什么事？"

许辰宇看到她表情明显一怔，莫莉顺着他的视线落到自己胸前，这才意识到问题所在，十分不自在地掩了掩浴袍衣襟。幸好许辰宇的目光很快就移开了，他微笑着看向她的眼睛，问道："之前有看到你回来，所以过来看看你，累坏了，是吗？"

莫莉当然是累坏了，而且不只是累，她还觉得自己现在十分难受，头很晕，眼前一阵阵地泛黑，同时，肠胃也很不舒服。

其实想想她现在也不可能好受，先是被迫跳崖，然后在海水里挣扎逃命，在海滩上受冻，糊里糊涂和贝寒发生关系……就这样折腾了整整一夜后，又马不停歇地往基地赶。路上，贝寒还叫她"体验"了一把航行的乐趣。

"还好。"莫莉答道。

她的嗓音有些哑，带着重重的鼻音，许辰宇不觉多打量了她两眼，问道："怎么了？是不是不舒服？"

不等莫莉回答，房间内的智能系统"常在"已是先发出了警报："莫莉，你体温异常升高，请去医疗室治疗。"

莫莉愣了一愣，见许辰宇诧异地看向自己，无奈地苦笑："可能是着凉了，刚才不小心在浴盆里睡着了。"

许辰宇惊愕地挑了挑眉毛，多看了她两眼，说道："走吧，我陪你去医疗室。"

莫莉本想拒绝，可转念一想又改了主意。以眼下的情况，她还真没信心能一个人走到治疗室去。就这么一会儿的工夫，她都觉得头晕得好像更厉害了，不得不用手撑住了额头，和许辰宇说道："那太好了，你先等我一下，我进去换一下衣服。"

她说完转身往房内走，还没走两步就觉得脚下一软，人不受控制地往地上栽了去……

# 第十五章

# 似是而非

基地总指挥部，贝寒自从回到办公室后就一直忙碌，直到将近晚餐时间，这才结束了最后一个视频通话。尤利安从外面送咖啡进来，看到贝寒还在查看相关的战争资料，忍不住提醒他道：“将军，请您注意休息。”

贝寒略略点头，接过咖啡杯轻抿了一口，突然问尤利安道：“尤利安，你第一次持续了多长时间？”

尤利安被他问得一头雾水：“什么？什么第一次？”

贝寒面上闪过了一丝尴尬，不过他很快就又面色如常，抬眼看向尤利安，淡定从容地问道：“你的初次性行为持续了多长时间？”

“啊？”尤利安对这个问题简直是毫无准备，愣了一愣，这才有些结巴地答道，“大概，大概三十分钟吧。”

“三十分钟？”贝寒微微皱眉，刨根问底地问道，“从正式开始到结束，一直持续了三十分钟？”

尤利安俊俏的脸庞上罩上绯红，神色十分尴尬，心虚地修正道：“呃，可能还差点儿吧，也没那么准确，您知道的，毕竟是第一次，多少会有些紧张。”

贝寒沉默不言，直直看他。

在他那锐利的眼神下，尤利安只得承认道：“好吧，数字是有些夸大，不过十分钟，十分钟是绝对有的。”

“对方的感觉如何？满意吗？”贝寒又问道。

“满意，自然是很满意。”尤利安立刻回答道。在这种事上，没有一个男人愿意示弱。为了增强可信度，尤利安又不忘补充道，“因为我很快就又来了第二次，那一次要持久很多，从对方的反应来看，她的感觉应该很好。”

可莫莉没有给他第二次机会，贝寒眉心微皱，若有所思地垂下了眼眸。

瞧他这般模样，尤利安脑子里的某根弦突然跳了一下。贝寒将军在联盟舰队里是有名的禁欲派，有关他性冷淡的言论一直不断，甚至，都还有人怀疑他直到现在还是处男。想起那些传闻，便是年少老成的尤利安，心中也不禁燃起了熊熊的八卦之火，他小心翼翼地瞥了一眼贝寒，试探着问道：“将军，您这是……”

贝寒抬起头来，面不改色地答道：“在晚宴上遇到个人类学家，闲谈时提到他正在进行的一项调查，我对他给出的数据产生了些疑问，所以随口问一下你的情况。”

尤利安不料会得到这么个答案，本已沸腾的八卦之心顿时冷却了下去，他有些失望地拉了拉嘴角：“哦，这种调查，少不了水分的。”

贝寒认同地点了点头：“应该是这样。”

他说完，顺手将咖啡杯放到桌边上，重新去看虚拟屏上的战备资料。

尤利安在桌前站了片刻，不见贝寒有别的吩咐，收起了咖啡杯准备离开，快要出门时，却突然又被他叫住了。贝寒的视线一直放在虚拟屏上没有移开，看似漫不经心地说道：“联系一下莫莉少尉，看看她的情况如何，莱恩刚才问起了她。”

尤利安不疑有他，轻快应道：“好的。”

基地的讯息网络极为发达，考虑到新训部还处于假期之中，尤利安直接要了莫莉的私人通讯，不料她的通讯器一直无人接听。他有些意外，只得利用手中的权限向基地智能系统查询莫莉的信息，这才知道莫莉竟被人送去了医疗室。

尤利安办事细心周全，见状忙联系新训部医疗室，询问莫莉的情况。

说来也巧，医疗室里临时顶替东真纪职位的是个男医生，和尤利安私交颇好，听尤利安询问莫莉的情况，笑嘻嘻地说道：“她身体问题不大，只是过度疲劳引起的发烧昏迷，已经被送进了治疗舱，再过一会儿就要出来了。不过，尤利安，你实话告诉我，你是不是对她有兴趣？我可提醒你，这姑娘目前可是有男友的，看样子两人还很和谐，毕竟能做到进医疗室的程度，在新训部里可还从来没有过。”

尤利安听得愣了一愣，不禁问道：“你在开玩笑吗？”

男军医笑得暧昧，答道：“那姑娘是裹着浴袍被男伴送过来的，脖颈带着明晃晃的吻痕呢，到底是怎么回事，还用人猜吗？”

尤利安无语，默了片刻，这才说道：“她刚和我们从赫勒星回来。”

男军医显然也是个爱八卦的人，闻言嘴咧得更开了，笑道：“难怪会做晕了过去，可能是本来就疲惫吧。哦，她的男伴就是她队友，好像是叫许辰宇，以前也常见他送这姑娘来医疗室，他一直在这里等着呢。”

尤利安记得莫莉身边的确有个叫许辰宇的队友，而且和莫莉关系好像还很不错。听男军医都说出了许辰宇的名字，尤利安不得不信了这事。不过，他一时间还真有点无法接受，莫莉给他留下的印象是羞涩而内向的，这么热情奔放的事情，真不像是她能做出来的。

“尤利安？”男军医听不到他的回应，奇道，“还在听吗？”

尤利安收回了思绪，忙应道：“哦，在的。”

男军医笑了两声，又问道：“对了，东真纪是怎么回事？怎么没跟你们一同回来？刚才她还给我传了一大包数据资料过来，事无巨细，把什么都交代了一遍，简直是要把治疗室的工作都交接给我！怎么？她要离职了吗？”

联盟高层刚刚受到了那样惨烈的袭击，军方已进入了一级战备状态，战争随时可能大规模爆发，虽然只是军医，东真纪的家人恐怕也不会再放她到天狼战队这样危险的基地来了。尤利安不觉意外，却不好说其中缘由，只道：“东真纪小姐只是因事暂时休假，具体的情况我也不大清楚，等一等再看吧。”

通信结束后，尤利安起身去贝寒的办公室，将莫莉昏迷一事如实地向贝寒报告，有些细节他不好说得太细，只含混地说道：“本来就有些疲劳，再加上和男伴折腾得太过激烈，所以导致了昏迷。不过，主治医生说了没有大碍，很快就能恢复。”

贝寒闻言一愣，定定地看向尤利安，问道：“你说什么？”

尤利安误会了贝寒的惊愕。

他一直认为贝寒对莫莉的关注只源于其身份的特殊，就私人感情来说，应该是多有不喜的，这一点从贝寒对莫莉的态度上就可看出。当然，贝寒对其他女性也从没热情过，一贯的冷漠疏离，但起码还会保持着基本的礼貌，绝不像对莫莉这样。

出于对莫莉的同情，尤利安忍不住替她开脱道：“虽然星际舰队条令里面禁止同部门人员发生此类亲密行为，但是，莫莉少尉和许辰宇中尉只是暂时同在新训部受训，结训后极可能会被分往不同的部门，所以，这事也不算太严重。”

贝寒面容虽未变化，唇角却是微微地绷紧了。

尤利安跟随了他多年，深知他的习惯，虽不知他为何会动怒，不过却仍是吓得噤了声。

“许辰宇？”贝寒声音依旧冷淡，他将身体靠向椅背，抬眼看向站在面前的尤利安，“什么时候的事情？”

“呃？”尤利安慢了一拍，待反应过来贝寒问的是什么，连忙答道，“应该是下午的事情。”他迟疑了一下，还是鼓起勇气为莫莉说情，“将军，这样的事情其实在基地里并不少见，只要当事双方是你情我愿，没有引起纠纷，纠察部门也是睁一只眼闭一只眼的，毕竟……”

毕竟大家都是正常的成年男女，一时控制不住也是很正常的事情。不过，尤利安的话没敢说完，他眼前的这位将军大人，真是无法归类到正常的成年男女里去，他甚至从来不去假面舞会。

贝寒微微皱眉，沉默不言，过得片刻面色这才好转，淡淡说道：“没事了，你出去吧。”

尤利安正暗暗替莫莉担心，听贝寒这样吩咐不觉松了口气，忙应道：“是。”

再说莫莉那里，直到天色黑透才醒了过来，睁开眼，迷茫了好一会儿才意识到自己身在何处。许辰宇一直在旁边守候，见状起身走上前来，低下头微笑着看向她，温声问道：“醒了？”

莫莉坐起身来，发现自己身上竟还穿着浴袍，她回想了一下当时的情形，不由得问许辰宇道：“我晕过去了？”

“是的。”许辰宇给她递过一杯水来，笑道，“当时真是吓了我一跳，连忙将你送到医疗室来了。”

莫莉接过水默默喝了两口，低声道：“谢谢。”

许辰宇笑了笑，又道：“医生说你醒来后就可以离开。不过，你身体有些虚弱，他建议你多吃些东西以补充体能。我先送你回宿舍，然后我们一起去吃晚饭，好吗？”

莫莉没有拒绝他的好意，跟着他一同出了医疗室。在医疗室里时还不觉如何，可等走到室外，路人渐多，莫莉顿时感觉到了身裹浴袍的尴尬。许辰宇察觉到了莫莉的不自在，想了想，脱下军装上衣，披在了她的肩头。

他本是好意，却不料这一举动更引人遐想，给两人招来了更多的注视。

莫莉尴尬至极，偏这事又无法向人解释，只好用“没做贼就不用心虚”来安慰自己，故作坦荡地挺胸抬头，接受着众人的打量。许辰宇看她两眼，被她这斗志昂扬的模样逗得闷笑不已。他双手插在裤兜里，也未和莫莉说话，只不紧不慢地跟在她的身旁往宿舍走。

两人就这样一路招摇地回了宿舍楼，在莫莉门外，许辰宇停下步子，说道：“你进去换衣服吧，我在外面等你。”

莫莉点头说好，回房间找了套轻便的作训服换上，这才重又打开房门出来：“走吧，我们去吃饭。”

身后的许辰宇却没动静，莫莉有些奇怪，回过头去看他：“组长？”

许辰宇的目光闪了闪，从莫莉身上错开了去，突然又没头没脑地说道：“莫莉，也许你该换件高领的衣服。”

莫莉一时没反应过来：“什么？”

许辰宇的目光往莫莉脖颈处瞟了瞟，微微侧了下头。

莫莉僵了一下，这才突地明白过来，忙心虚地摸向自己的脖颈，压住了贝寒在那里留下的吻痕，窘迫得不知道该说什么好。

许辰宇表情却很自然，甚至还笑了笑：“其实在医疗室里就已经看到了，一直想提醒你来着。”

莫莉手忙脚乱地开了房门，进去重新换了高领衣服，这才和许辰宇一同去餐厅。可能是为了消除两人之间无形的尴尬，许辰宇主动与她闲聊道：“莫莉，赫勒星是不是发生什么事情了？基地突然就宣布进入了一级战备，而且还是在纪念日的假期，这太奇怪了。”

联盟尚未通报纪念日晚宴上的袭击事件，在没有得到允许之前，莫莉不好泄露她所知道的情况。她沉吟了一下，委婉地和许辰宇说道：“抱歉，组长，我们可以换个话题来聊吗？”

“好的。”许辰宇立刻就听懂了莫莉的暗示，向着她笑笑，略迟疑了一下，又问道，“那么，可以聊一聊那位神秘的男士吗？他是谁？尤利安副官吗？还是在晚宴上新认识的某位男士？”

莫莉刚刚冷却下来的脸蛋顿时又觉得火烧火燎。她有些尴尬地扯了扯嘴角，用开玩笑的口吻说道：“组长，我想我们还是继续上一个话题吧。”

许辰宇愣了一愣，不禁失笑：“对不起，莫莉。”

一时间，两人又都没了话说。幸好餐厅就在眼前，莫莉如释重负地松了口气。时间已经不早，可节假日餐厅的开放时间会有所延长，里面就餐的学员还有不少。莫莉和许辰宇两人刚一进去，就引起了众人的注意，米亚忙向莫莉招手，高声叫道：“这边！莫莉，组长大人，在这边！”

不知怎的，莫莉莫名地心虚，脚步顿了顿，这才走了过去，在米亚身边坐下，笑着和众人打招呼：“嗨，快吃完了吗？”

众人齐齐望着莫莉和许辰宇，神色各异。米亚先看了看刚在对面坐下的许辰宇，挤眉弄眼地和莫莉说道：“莫莉小妞，你太不够意思了。咱们这样的关系，你竟然还把这事瞒着我，害我还得从别人那里探听消息。”

莫莉一怔，问道：“什么事？”

米亚只是嘿嘿地坏笑，不肯回答。她旁边的肖泽恩则面无表情地答道：“你和组长大人上床的事情。”

“什……什么？”莫莉惊得瞠目结舌，连忙解释道，“不是的，你们误会了。组长去看我，正好赶上我晕倒，于是送我去了医疗室。”

众人听了只是笑，显然不相信莫莉的话。许辰宇面上一直挂着温和的微笑，由着众人笑闹，直到接到莫莉求助的目光，这才笑着发声制止道：“你们不要胡乱开玩笑，我没事，但是莫莉会不习惯。”

“组长说得没错，莫莉可是保守的回归岛人。”旁边一个束马尾的姑娘突然冷冷接口，格外地强调了“保守”二字，她瞥了一眼莫莉，讥诮地挑了挑唇角，说道，“而且，她现在怕是也没这个心思。整个联盟舰队都已经进入了一级战备，我们新训部极可能缩短受训时间，提前进行淘汰。”

以莫莉的成绩，铁定是被淘汰的那个。众人听了这话，一时都没了玩笑之心，颇有些同情地看向莫莉。

莫莉自己心知肚明，就算通不过选拔，她也不会离开基地。只是这事属于机密，她不能和大伙儿说，于是就干干地扯了扯嘴角，没有说话。

许辰宇却误以为莫莉是担心自己的未来，温声安慰她道：“不会缩短受训时间的。天狼战队属于特种作战部队，多执行一些特殊性的任务。如果战争全面爆发，反倒是那些常规舰队先上，不会动我们。而且，正是由于进入了一级战备，依照惯例，联盟舰队各单位之间会尽量减少人员流动，我们这一期学员极可能会全部留在基地。”

如果真是这样，那莫莉就算成绩不合格，也不会被退回。她还未来得及说什么，身旁的米亚已是先大大松了口气：“真的？那真是太好了！”

莫莉没觉得这事有什么好惊喜的，低下头来默默吃自己的饭。众人聊了几句有关战争的事情，话题很快就转到了马上就要开始的飞行器驾驶及太空作战的课程上去了。

米亚不太喜欢这个科目，皱着眉头说道："我讨厌这门功课，据说授课教官是个五十岁的老男人，真是太叫人失望了。你说是不是，莫莉？"

"嘿！米亚，你这样可不行。"旁边队友忍不住出声反对，说道，"咱们基地最重视这个科目了，不然也不会叫基地里飞行技术最好的教官来授课。"

米亚不以为然地撇了撇嘴。

莫莉对教官是什么人并不关心，她更关心自己怎么才能跟得上课程进度。和这些人相比，她实在是太笨了。她提前找来了有关飞船驾驶和太空作战的书籍，开始通宵地预习，只盼着上课时能稍稍轻松些。

直到课程正式开始前，莫莉还在抓紧时间预习课程内容，丝毫没有注意到本有些喧嚣的教室突然安静了下来。坐在旁边的米亚突然伸手一把抓住了她的手臂，莫莉被吓了一跳，转头惊愕地看向米亚，问道："怎么了，米亚？"

米亚眼睛直直地看向前方，手紧紧地抓住她的胳膊，激动得语无伦次："贝寒，贝寒将军！莫莉，是贝寒将军！"

莫莉愣了一下，抬头看向教室前方，授课台上不知何时多了个面容冷峻的青年教官，肩章上闪着一颗亮晶晶的星辰，正是基地的少将指挥官贝寒。

莫莉惊诧不已，喃喃道："他来做什么？"

米亚刚从震惊中恢复过来，强自压抑着激动的情绪，小声回答莫莉道："贝寒将军才是全联盟最优秀的飞行员！"

那又怎样？不就是会飞小行星群吗？莫莉忍不住腹诽，又满心疑问，贝寒可是基地的指挥官，是天狼战队的最高长官，而且现在又是大战在即的紧要关头，难不成他还会有闲工夫来给新训部学员做授课教官？

授课台上的贝寒长身而立，裁剪合体的教官制服将他的身材完美地展现在众人面前，宽肩窄臀，挺拔修长……虽只是安静地站在那里，却无处不彰显着力量之美。且不论他强悍的战斗力和完美的飞行技术，只这个形象，便就当得起“联盟之星”的称号。

他从容地环视了一圈众人，淡淡开口：“诸位，你们的教官因事不能前来，从现在开始的十个课时，将由我来代替他给各位授课，希望我们相处愉快。”

此话一出，教室内隐隐有些沸腾之势，几乎所有的人都是又惊又喜。

贝寒身为基地的最高指挥官，也曾经来给新训部授过课，不过那已是很久以前的事情，并且也只是最后的实战演练阶段。而像这样从一开始就来给大家授课，在作战队的历史上，还从未有过。

贝寒淡漠的目光扫过，教室里顿时又静寂无声。他继续说道：“受我个人时间所限，我将会采取多点同步授课的方式，希望大家尽快适应。”

多点同步授课，就是整个新训部所有的学员都在同一时间上这门课，贝寒的虚拟影像将会同时出现在另外几间教室的授课台上。

“我们这里是主教室！”米亚忍不住低呼。

贝寒冷峻的目光被米亚的声音吸引过来，在莫莉的脸上一划而过，然后落向米亚，淡漠地说道：“也希望诸位能严守课堂纪律。”

米亚吓得赶紧闭紧了嘴，可又为吸引了贝寒的目光而感到暗暗兴奋。贝寒已经收回了视线，她却仍直直地盯着贝寒，指尖飞快地在桌面上的虚拟屏上敲击。很快，一条条的信息便出现在莫莉的桌面上：

“贝寒将军简直帅呆了，他怎么可以这样迷人呢？他的声音怎么可以这样好听呢？低沉，浑厚，富有磁性！”

“他的眼睛像是星辰！他的鼻梁、唇形都太性感了！是吧？是吧？”

“哦，你看他的衣领又扣得那么严整。完了，我又要控制不住我自己了。”

“快来制止我！我想要去撕开他的衣领，想亲吻他的身体！”

……

莫莉被这源源不断的信息轰炸得头昏脑涨，看到后面不得不伸手捂住了脸。好吧，她也知道贝寒长得的确很英俊，身材也好，他的唇形确实完美，呃，吻起来的感觉也很舒服。还有，他的肩膀很平，胸肌结实，腰腹的力量很强，很有爆发力……

虽然两人的那次经历带给莫莉的感觉并不好，可是现在回想起来，却仍叫她忍不住面红耳赤。

天啊！她都在想些什么！

莫莉只觉得自己的脸像是着了火，烫得面皮子都要熟了。她连看都不敢看贝寒一眼，一手扶着额头，一手回复米亚的信息：够了！米亚！真的够了！

“米亚，请你来回答这个问题。”

贝寒的声音突然在近前响起，把共同走神的米亚和莫莉齐齐惊了一跳。两人正愣怔间，米亚课桌前的扩音器里再次传来贝寒稍显冷漠的声音：“米亚？”

米亚紧张地站起身来，却不知该如何回答贝寒。桌面上的显示屏上出现了肖泽恩给她发来的信息，正是贝寒所提问题的答案。米亚心头一喜，正要开口回答，不料贝寒却又突然转移了目标：“莫莉，你来回答这个问题。”

莫莉怎么也想不到他会点自己的名，磨磨蹭蹭地站起身来，低着头答道：“抱歉，将军，我不知道。”

贝寒不动声色：“不知道什么？不知道我的问题，还是不知道问题的答案？”

“呃，”莫莉犹豫了一下，撒谎道，“不知道问题的答案。”

不料贝寒却不想就此放过她，他唇角微勾了勾，不紧不慢地追问道：“哦？那么请你复述一下我的问题好吗？”

鬼才知道他的问题是什么！关键时刻，还是许辰宇够朋友，飞快地给莫莉发来了消息。莫莉一眼瞄见，顿时有了底气，抬头直视着贝寒，答道：“您的问题是：冲液式抗荷服的发明时间，以及其优劣性。”

贝寒未置可否，伸手虚虚一拉，将一个虚拟屏从旁侧拽到面前，指端敲击了几下，就侵入了莫莉的智能系统，将她的桌面提取了过去。不过，他只扫了一眼，便就立刻又关掉了页面，掩饰地低下了头。

众人虽然看出贝寒是提取了莫莉的桌面，但因为从他们的角度看，所有的字体都是反着的，而贝寒的反应又太迅速，所以并未能看清页面内容。也只有肖泽恩那样的高智商怪物，一眼看清楚了每行信息的内容。

第十六章

# 走火入魔

肖泽恩倏地回过头去，惊愕地看向莫莉和米亚，见她们两个仍还不知发生了什么事，一起无辜地与他对视，肖泽恩的面瘫表情终于碎掉了，他满头黑线，无奈地回过头去，低声骂道："两个蠢货！"

贝寒以拳抵唇，轻咳了两声，若无其事地说道："我们继续，请诸位遵守课堂纪律。哦，莫莉和米亚，你们两个可以坐下了。"

莫莉和米亚两个都有些摸不着头脑，两人对视一眼，这才坐下了。

莫莉刚坐下，米亚的信息就又到了："怎么回事？"

莫莉瞥一眼授课台上的贝寒，瞧他并未注意自己这里，这才敢偷偷地回复米亚信息："我也不知道。"

米亚："哦，不过贝寒将军可真是魅力无穷，我刚才紧张得都要说不出话来了。"

莫莉无语。

米亚："他刚才好像是勾唇角了。还有，还有，低头的时候好像是脸红了一下哦！好奇怪！"

莫莉实在无奈，只得选择屏蔽了米亚的信息。她晃了一下脑袋，开始专心听课，也幸好她之前有很努力地预习，这才叫她勉勉强强能跟着贝寒的授课。平心而论，他的授课深入浅出，而且经常加入他个人的经验和心得，称得上精彩至极。莫莉很快就投入了进去，全神贯注地跟着贝寒的授课节奏，直至他说下课。

贝寒低头将所有的教学设备关掉，停了一停，淡淡说道："莫莉，你跟我来一下。"

莫莉一愣，贝寒已是转身出了教室。

米亚虽不知贝寒叫莫莉过去是什么事，却是艳羡不已，忙伸手推了推莫莉，激动地说道："莫莉！你发什么傻？快点，贝寒将军叫你过去！哦！他为什么要叫你跟他过去，为什么不叫我？刚才走神的可是咱们两个啊。"

莫莉也不知道贝寒为什么要单独叫她一个。她现在很怵头与贝寒单独相处，倒不是害怕，而是感觉尴尬。众人的视线都落到她的身上，她不得不硬着头皮站起身来，追着贝寒出了教室。

贝寒一直没有回头，径直走入了教官休息室。

那房间不大，干净整洁，虽是作为授课教官休息之用，里面的各式设备却是极为齐全，俨然一个小小的办公室。房门打开着，莫莉伸手敲了敲门板。贝寒闻声抬起头来看了她一眼，不露声色地说道："进来。"

莫莉有些拘谨地迈入了门内，正在整理着自己的心情，就听贝寒又吩咐道："请关上门。"

孤男寡女，就该开着门以示避嫌的。莫莉暗自腹诽，却没胆量出声反对，十分没出息地回身关上了房门，然后回过身来小心看向贝寒，问道："将军，请问您找我有什么事情？"

贝寒垂了垂视线，面无表情地说道："坐。"

莫莉依言走了过去，在他办公桌前的座椅上正襟危坐，暗暗握紧了拳，有些紧张地等着贝寒的下一句话。

贝寒抬眼瞥了她一眼，伸手在办公桌的操控板上操作了几下，将一面虚拟显示屏打到莫莉眼前，淡淡问道："莫莉少尉，请你解释一下这些内容，好吗？"

莫莉定睛看了看那显示屏上的内容，顿时呆住了。那不是别的，正是她在上课时课桌页面的截图，满满一屏都是米亚的疯话。关键是，这只是她的页面截图，显示的只是米亚发给她的信息，而她回复米亚的，上面并没有显示出来。

这样就会给人造成一个很大的误会，她回复给米亚的内容，应该和这些也差不多……

莫莉有些傻眼，一时忘记了与米亚的革命友谊，毫不犹豫地出卖了她，结结巴巴地解释道："贝寒将军，这只是米亚发给我的。我并没有和她讨论您。"

贝寒没有说话，只微微眯了下眼睛，看向莫莉。

莫莉急忙又说道："真的！我可以发誓。对了！您可以调出米亚的课堂信息来，看一看我给她的回复！"

贝寒双手交叉着搭在身前，语气平淡："下课之后，智能系统会自动删除每一张课桌上的私人信息记录，以便下一位学员使用。你这页面是我当时截取的，所以现在才能留下来。"

言下之意就是莫莉发给米亚的信息已经被系统抹除，所以她的话无从证实真假。莫莉冤得想要吐血，涨红着脸看着贝寒，也不知该怎么解释才能叫他相信。

贝寒看她片刻，忽地轻声问道："你怎样看？"

他问得没头没脑，莫莉有些反应不过来："呃？"

贝寒的唇角微不可见地勾了勾，直视着莫莉的眼睛，问道："你怎样看米亚上士对我的这些评价？认同还是反对？"

莫莉总算听明白了他的问题，可是却有些傻眼。这个问题叫人怎么回答？就算她再笨，也知道这事不能用"认同"和"反对"来回答！要她认同什么？又能反对什么？他问自己这样的问题，明摆着就是故意刁难！

贝寒剑眉轻扬："嗯？"

不得不说，有时候被逼急了，莫莉还是有点小聪明的，她心念一转，抬起头直视着贝寒的眼睛，十分认真地答道："将军，我认为在不了解的基础上，轻率地对他人做出评价，不论是肯定还是否定，这都是不负责任的表现。所以，请允许我拒绝回答您这个问题。"

贝寒扬起的眉梢好一会儿才慢慢落下，他默默地看了莫莉片刻，从容不迫地站起身来，绕到了莫莉身前。莫莉呆了呆，下意识地想要站起，可刚一起身，就被贝寒单手按住了肩膀。

他手上轻轻一压，莫莉就又坐回到了椅子中，她惊愕地看向贝寒："贝寒将军您……"

贝寒收回手，身体轻轻倚向后面，就斜靠在桌沿上，轻声问她道："莫莉，你想怎样了解我？"

莫莉想说"将军，你误会了，我一点儿也不想了解你"，可这话她不敢说，只好微微蹙起了眉头，抿唇不语。

贝寒与莫莉打过几次交道，对她的性子有个大概的了解。简单来说，莫莉是个外软内硬的姑娘。她看着很好欺负，当然，实际上她也的确很好欺负，但是，一旦你欺负得太狠，超过了她的底线，她也会咬人……

换句话来说，对付莫莉，一味地步步紧逼不是办法，要连哄带骗才是最好。

"刚才只是开个玩笑，请别介意。"贝寒英俊的面庞上露出少见的微笑，他将姿态放得更加轻松，一手撑着身侧的桌沿，另一只手状似随意地扯开了扣得紧紧的领口，轻笑着和莫莉说道，"我已经很久没有来新训部给学员授课了，说实话，心里还是有点忐忑的，所以才把你叫过来，想问一下你的感受。”

这样不自信的话会从高傲自大的贝寒将军嘴里出来，实在是叫莫莉感到惊讶万分，她没去在意贝寒敞开的领口，只真心实意地称赞贝寒道：“将军，您的授课十分精彩。”

“是吗？”贝寒扬眉，“你能跟得上课程进度吗？”

这个问题可真是叫莫莉感到身心愉悦，她不觉坐直了身体，挺胸抬头地答道：“能。”

贝寒一本正经地说道：“那就好，只要你能跟上，其他的人就都没有问题了。”

莫莉听了他这话一时颇觉无语，瞅了他两眼，表决心道：“将军，我会努力的。”

贝寒缓缓地点了点头：“很好。”

两人都没再说话，屋子里一下子就安静了下来。

莫莉本一直抬头看着贝寒，突然就有点不敢看他的眼睛。她不自在地移开了视线，目光下滑，落到他敞开的衣领，脑子里就又冒出了米亚的那句话……莫莉只觉心跳乱了一拍，脸蛋唰的一下子就涨红了，吓得赶紧闪开了视线。

贝寒唇角微微勾起，终于肯放过她：“莫莉，你可以走了。”

莫莉从一进门就在等他这句话，眼下又正尴尬着，巴不得立刻离开，闻言立刻慌慌张张地从椅中起身。不料贝寒也恰好在这个时候站直身体，他们两个离得本来就近，莫莉起身又猛，闷头撞过去，头顶正正地撞到了贝寒的下巴，人顿时不受控制地往后坐倒下去。她顾不上思考，本能地伸手去抓贝寒，以便保持身体的平衡。

“小心！”贝寒低声提醒，一把揽住了莫莉的腰。

莫莉惊魂稍定，待发现自己竟已是到了贝寒怀里，不觉吓了一跳，再看到自己双手还紧紧地抓着贝寒的双臂，更是悔得恨不能剁了自己一双爪子。她急忙松开了手，也顾不上头顶的疼痛，一脸紧张地看向贝寒，结结巴巴地说道："对……对不起，贝寒将军！我……"

话未能说完，剩下的被贝寒用唇堵在了齿间。

莫莉这一次才是真正吓傻了，僵在那里，惊骇地瞪大了眼，一时都忘记了反应。她曾与他有过两次这样的亲密行为，一次是他喝了酒，另一次是她误食了致幻剂，而这一次呢？难道是她把脑袋撞坏了，于是产生幻觉了？

他一如既往地强势，一手揽住莫莉的腰，另一只手却扣在她的脑后，强迫着她仰头，更好地迎接他的亲吻……虽是肆意妄为，却又不无温柔缠绵。

许是被夺走了太多的氧气，莫莉的脑子有些晕乎乎的，身体也跟着发飘。说实话，这感觉很不错，不过，她很快就回过神来，意识到这可不是她自己的幻觉，而是贝寒真的在吻她。莫莉忙将手挡在两人之间，试图将贝寒推离自己，慌乱中说道："贝寒将军，我没有丝毫勾引你的意思，请你自重！"

她的力量对于贝寒来说简直是微不足道，他双手仍搭在莫莉的腰后，不急不缓地说道："可是，我想勾引你。"

他的声音低沉中微带沙哑，从容不迫地响在莫莉的耳边，就像是最醇厚、最浓烈的美酒，每一滴都能引人沉醉，回味无穷。

食色，性也，没有人能经受得住活色生香的诱惑，无论男女。莫莉脑子又开始发晕，她不得不用力咬住了唇，试图用疼痛来叫自己保持清醒。可还不等她有所动作，忽觉得耳珠一热，竟是被他含入了口里。

莫莉周身一颤，不禁低呼出声，她整个人都像是飘上了云端，心间似乎还剩下一点点清明，知道这样做是不对的，可是酥软的身体却做不出丝毫的反抗，整个人全靠着紧紧攀住贝寒才没软倒下去。

她一定是疯了，绝对是疯了，莫莉想。

休息室内的温度随着气息的急促而渐次攀高，热得烫人。就在这时，门外却响起了突兀的敲门声。莫莉迟疑了两秒钟，这才反应过来，身体一僵，瞬间绷成了一根弓弦。

敲门声又清晰地响了两声，不紧不慢，克制而礼貌。

这一回莫莉听得真切，吓得魂飞魄散，连大气都不敢出一口，只惊慌失措地往外推贝寒，挣扎着想要从他怀中离开。贝寒抿紧了唇，双手握住莫莉的腰肢，将她牢牢地揽在身前。莫莉在惊惧交加之中，感到了阵阵绝望，她用力地抓住贝寒的手臂，指甲都嵌入了他的肉中，颤声央求他道："放开，求你放开我，有人在敲门！"

她的声音里已经带上了哭腔，贝寒闻声动作稍顿，终于松开了她。

敲门声又响了两次，然后便沉寂了下去，想来是外面的人得不到回应，误以为屋内没人，自行离开了。莫莉不由得松了口气，低头间瞥见自己敞开的衣领，忙转过身背对着贝寒，手忙脚乱地整理自己的衣装，紧张之下，连衣扣都扣错了，只好扯开了重扣。

贝寒衣装比她整齐许多，轻轻倚靠着桌沿，垂目看她。

头脑渐渐冷静，理智重又回归，莫莉想今天的事情简直荒唐，她根本就是被米亚附体了，所以才会在这里和贝寒如此亲热。贝寒是谁？他是基地的总指挥官，还是她眼下的教官，不论从哪里论起，他们两人发生亲密行为都是违反舰队法令的，更别说还是在这种地方！

而且，刚才他们还差点儿被人抓了现行！

莫莉此刻又是羞惭又是后悔，连看都不敢再看贝寒一眼，直到整理完装容准备出门前，这才鼓起勇气和贝寒说道："将军，今天的事情权当没有发生过，可以吗？"

贝寒神色微怔，面上重又恢复了淡漠，目光定定地看向莫莉，反问她道："你说呢？"

莫莉摸不透他的心思，小心翼翼地为自己辩解：“是您勾引我，您刚才自己承认的。”

没错，她可是清清楚楚地记着他说了这句话，虽然她直到现在也想不明白贝寒为什么会突然起意勾引她，可今天的事情的确是因他而起。

贝寒轻轻颔首，坦然承认：“没错，而且我勾引到了。”

莫莉顾不上羞涩，咬了咬牙，说道：“所以，这不能算是我的错。”

贝寒只觉得一口气闷在了胸口，他默然地看了莫莉一会儿，淡淡问道：“莫莉，你想要表达什么？”

莫莉一时被他问住，张口结舌地答不上话来。她现在心里很乱，以至于都不知道该如何用简洁明了的语言来表达自己。现在的她，就像是一个不小心闯了祸的孩子，在心慌意乱、自责悔恨之余，最先做的就是掩藏此事，如果藏不住，那就洗脱自己。

莫莉不觉羞惭，她垂下眼帘，咬唇沉默了片刻，低声说道：“对不起，贝寒将军，我不该这样做。”

贝寒有些意外，诧异地扬了扬眉梢。

莫莉抬起头来看向他，眼中的慌乱渐渐退去，镇定地说道：“将军，我无意推脱自己的责任，并愿意承担因放纵而带来的一切后果，就算是受到基地的惩罚，也毫无怨言。只是……”

“只是什么？”贝寒不由得追问道。

“如果您无意自首，还请您替我隐瞒此事。”说到这里，莫莉面上不觉露出些尴尬之色，自嘲般扯了扯唇角，“我……我不想叫任何人知道刚才发生的事情。”

贝寒眉眼微沉，默默打量了莫莉片刻，这才出声说道：“莫莉，你很虚伪。”

莫莉眼圈止不住地红了，她掩饰地低下了头，低声答道：“是的，我很虚伪，我不想叫人认为我是个放荡无耻的女人。”

“莫莉！”贝寒突然打断了她的话，轻声问道，“你刚才得到快乐了吗？”

莫莉下意识地答道：“这不重要。”

“这很重要！”贝寒纠正道，他直视她的眼睛，一字一句地问道，“请你如实地回答我，刚才感觉到快乐了吗？”

莫莉抿紧了唇，过了片刻，答道：“贝寒将军，我明白你要表达的意思，但是抱歉，我现在还无法接受这些，无法把这种事情看得和吃饭喝水一样简单。在您看来，我很虚伪，我也很……很矫情，很……”

莫莉有些说不下去：“现在，我只向您恳求一件事情，请您替我隐瞒刚才的事情，可以吗？”

贝寒心里感到很不舒服，他默默注视了莫莉良久，最后冷淡答道：“我不会向人提及此事。”

“十分感谢。”莫莉向他道谢，回身打开房门，毫不留恋地匆匆离去。

贝寒坐在那里，望着重又闭合的房门出神，半晌没有动静。直到通讯器里突然响起蜂鸣声，贝寒这才回神，淡淡开口：“说。”

尤利安的声音从里面传来：“将军，刚刚接到司令部密令，雷奥上校将替代东真纪小姐，前来基地担任新训部医疗室主任。”

# 第十七章

# 好久不见

雷奥是黑洞实验的主要负责人，以他的资历来担任新训部医疗室主任，分明就是别有用心。贝寒剑眉微皱，沉默了一下，冷声吩咐道：“给我接莱恩的通讯。”

很快，莱恩的全息影像出现在贝寒面前，贝寒径直问他道：“雷奥为什么会来我这里？”

“避难。”莱恩回答，“改造人已经追查到了雷奥那里，赫勒星现在情况复杂，所以司令部高层一致认为雷奥还是去某个基地隐藏更为安全一些。”

“联盟舰队有很多星外基地，不止我这一个。”贝寒神色冷漠，说出的话更是毫不留情面，“我不喜欢雷奥这个人，请把他转去别的基地。”

“哎呀，那真是抱歉。”莱恩夸张地叫了一声，眼角眉梢上却流露出一丝奸诈，“雷奥乘坐的飞船早已经出发了，如果不出意外，应该很快就要到达基地了。哦，对了，同行的还有执政官大人的独子林挚。执政官大人在今天早上才清醒过来，看到儿子因为他而耽误军务十分震怒。于是，总司令部专门派遣了最先进的星际飞船，送林公子归队。”

贝寒眉头皱得更紧，冷冷说道：“林挚只是新训部的一名队员，他归队与否，意义不大。”

莱恩向他挤了挤眼睛，笑道：“哦，将军，请千万别这样说，执政官大人可是对儿子寄予厚望的。”

贝寒察觉到莱恩在故意转移话题，并不肯上当：“这和雷奥没有任何关系，我拒绝接收这个人。”

“贝寒，对于联盟来说，雷奥和莫莉同样重要，甚至，雷奥比莫莉更为重要一些。”莱恩面容上收起了嬉笑，正色道，“联盟虽然有很多星外基地，可我能全心信任的，只有你那里。”

贝寒抿唇不语。

莱恩又游说道：“再说雷奥去你那里也不能算是全无用处，他之前一直是莫莉的主治医生，对莫莉的情况相当熟悉。昨天见面时，那小子还和我说莫莉体内的避孕剂可能已经过期了呢。”

联盟女性在成年之后都会定期注射避孕剂，通过调节体内的激素水平来遏制卵子的生成，从而达到避孕的目的。对于这些常识性的东西，贝寒自然知晓，所以想当然地以为莫莉也会知道，却忘记了莫莉是回归岛人，并且她在实验后还失忆了，所以，她很可能不知道自己体内的避孕剂已经过期。

贝寒眉头微皱，面上的神色明显地怔了一下。

莱恩是最狡猾的狐狸，他敏锐地发现了贝寒的异样，狭长的眼眸中透出兴趣盎然，似笑非笑地问道：“嘿，贝寒将军，你和小莫莉之间是不是发生了些什么？”

贝寒和莱恩相识十几年，莱恩知晓他最大的秘密，他无须在此事上隐瞒好友。“我和她发生了亲密关系。”

“真的？”莱恩真是又惊讶又兴奋，身体不觉微微前倾，好奇地问道，“什么时候的事情？你们来赫勒星之前还是之后？哦，贝寒，你这小子还真是过分，竟然还要瞒着我，难怪你要坚持带莫莉回基地，原来是这个缘故！”

贝寒稍嫌烦躁地捏了捏额头，打断了莱恩的喋喋不休：“莱恩，我带她回基地，和这事毫无关系。”

莱恩给了他一个“我才不信”的眼神，勾起嘴角露出一丝坏笑，又问道：“怎样，感觉如何？回归岛的姑娘是不是别有魅力？”

贝寒淡淡瞥了他一眼，说道：“莱恩，你是联盟舰队军情处的长官，不是花边小报的记者。”

“呃，其实大家都是搞情报工作的，并没有什么实质上的区别。”莱恩嘿嘿笑道，他看了贝寒两眼，又取笑他道，“其实你也不知道莫莉小姐是否别有魅力吧？因为你根本无从比较……”

瞧着贝寒要恼羞成怒，莱恩赶紧止住了话头，他轻咳了一声，端正了坐姿，严肃地说道：“贝寒将军，您不必太过烦恼此事，雷奥上校马上就要到达基地了，您可以向他寻求帮助……”

贝寒没等他把话说完，直接切断了通讯，莱恩的影像瞬间消失，休息室内安静下来。贝寒又面沉如水地坐了片刻，这才拨通了莫莉的通讯。

莫莉此刻刚回到宿舍区，接到贝寒的通讯要求不觉惊了一跳，做贼般小心地看了看四周，这才敢接通。通讯器里却是一阵静默，她心中越发忐忑，迟疑着问道：“贝寒将军？”

“是我。”贝寒的声音淡淡的，听不出任何情绪，“莫莉，你体内的避孕剂可能过期了，抽时间去一趟医疗室。”

“呃？”莫莉怔了怔，下意识地问道，“避孕剂过期？”

通讯器里沉默了片刻，贝寒的声音才复又响起：“你有可能会受孕，最好去医疗室做一下补救措施。”

莫莉的手还习惯性地扶在耳侧，脑子里却是一阵空白，半张着嘴说不出话来。自从在这个世界醒来之后，她就没来过“大姨妈”，她一直以为是人类不再使用旧有的方式孕育后代的缘故，根本就不知道还有避孕剂这回事。

贝寒在那边听不到莫莉的回应，忍不住问道：“莫莉，你在听吗？”

莫莉闻言回过神来，声音中却透出慌张：“啊……啊？”

“尽早去一下医疗室。联盟法律规定，受精卵着床后即为独立的生命体，禁止人为终止妊娠。”贝寒说道，他停了一停，又补充道，“受精卵在十天左右完成着床。”

莫莉背后突然冒出一层冷汗，去医疗室，现在就要去医疗室，绝对不能耽搁！她猛地转回身，疾步往医疗室的方向走去，谁知还没走出多远，就听见米亚在后面叫她的名字。

莫莉不得不停下来，回身看过去，见米亚和肖泽恩两人刚刚出了宿舍楼。米亚兴冲冲地追上来，问她道：“你什么时候回来的？也不说一声，害我们在教学区等你半天。”

莫莉心里本就乱糟糟的，听了米亚这话更是糊涂：“嗯？”

米亚解释道：“我们想等着你一同回来呢，结果等半天都没等到，组长还去休息室找了你一趟，结果发现你早就离开了。”

听到“休息室”这三个字，莫莉面上不觉一红。她想到了当时的敲门声，难道是许辰宇在外面？他说她早就离开了，是真的这样认为，还是因为知道了些什么而替她遮掩？她正心虚，就听米亚又嘿嘿笑了两声，问道：“莫莉，贝寒将军叫你过去做什么？大家都好奇死了，快说一说。”

肖泽恩面无表情地看了米亚一眼，纠正她道：“不是大家，只是你。”

“去去去！一边去！”米亚并不在意肖泽恩的揭短，随意地挥了挥手，又过来继续追问莫莉：“是因为违反课堂纪律的事情吗？训斥你了吗？可为什么没有叫我过去？”

莫莉脸涨得通红，一时都不知该如何回答米亚的问话。

“应该不是课堂上的事情。”许辰宇的声音突然从身后传来，莫莉有些惊愕地转过头，许辰宇向她微微一笑，继续说道，“是改造人袭击联盟执政府的事情，我猜得没错吧，莫莉？”

莫莉还未应答，米亚已是惊声问道：“改造人袭击执政府？什么时候？”

许辰宇看向莫莉：“在庆祝日晚宴上，是吧？”

莫莉很奇怪许辰宇为什么会知道此事，官方根本就还没有公布。不过，她却也明白他是在为她解围，迟疑了片刻，谨慎答道：“抱歉，我现在还不能回答你们这个问题。”

不料她这样回答却是歪打正着，米亚恍然大悟地“哦”了一声，连声道：“明白，明白，这是纪律，我不问了。”

一旁沉默的肖泽恩突然出声，不耐烦地问米亚道：“你到底还要不要去吃饭？”

“要吃，要吃！走吧，莫莉，咱们一起去！”米亚口里应着，拉着莫莉一起往餐厅走，却又忍不住转头去问许辰宇：“组长大人，这到底是怎么回事？你怎么知道的？”

“嗯？”许辰宇漫不经心地回应，抬眼看向莫莉，见她也目露疑惑地看向自己，这才答道，“猜的。”

他淡淡笑了笑，继续说道：“按理说，晚宴结束之后，联盟政府还会有其他的庆祝活动，莫莉他们却在晚宴后第二天就回来了，这是第一个异常之处。第二，整个联盟舰队突然进入一级战备，可见一定是发生了非常重大的事件。而在这之前，贝寒将军刚率领天狼战队袭击了改造人的聚集地，所以，这个重大事件极可能和改造人有关。”

“哇，组长，你好厉害！”米亚不由得惊叹。

莫莉却忍不住问道：“那为何会猜是袭击了庆祝日晚宴？”

许辰宇微笑不语，旁边的肖泽恩突然面无表情地插了一句：“因为东真纪医生和林挚没有回来。”

“不错，这正是第三点。”许辰宇转头扫了莫莉一眼，接着说道，“林挚为什么也能去赫勒星，我还不清楚，不过东真纪医生的父亲是联盟首席财政官，这在基地里并不是什么秘密。她和你们一同去赫勒星参加晚宴，却没有一起回来。身为医生，她不该在这个时候接到调令，所以只能是她自己因故不能归队。”

莫莉听得心服口服，虽未说话，可脸上已是露出敬佩之色。米亚那里却是激动异常，挥舞着拳头叫道：“开战！和改造人开战！打到他们的帝都去！到时候我们天狼战队一定会做先锋军，我要做第一个攻进改造人皇宫的联盟战士！”

肖泽恩冷声打断她的话：“前提是你要先成为特别行动队作战人员！”

许辰宇笑着补充：“而在之前，你要在飞行器驾驶和太空作战的考试中得到‘优等’才行，否则，根本没有资格进入特别行动队，也不会去做先锋军。”

天狼战队是联盟舰队里的王牌军，可王牌军中也会分三六九等的，要想进入最棒的尖刀特别行动队，光有体能是不够的。

米亚顿时被打击到了，她上半期的课业成绩很好，可这下半期的科目却是她的短板，她垮下肩膀来，抱怨道：“有几个人能像贝寒将军那样，体能超强，太空作战技术也超高的？那是联盟之星好吗？”

莫莉一直都有些心不在焉，只有在听到“贝寒”这个名字的时候，不由自主地打了个激灵。

许辰宇一直暗中关注着她，见状出声问道：“莫莉，你冷吗？”

“啊？”莫莉回神，“没事，我没事。”

说话间，几人已经走进了餐厅，莫莉本来是要去医疗室的，现在哪里有心思吃饭，等配餐送来，只胡乱地扒了两口，就把餐盘一推站起身来，说道："你们吃吧，我胃有些不舒服，想去医疗室看一下。"

众人闻言俱是一愣，许辰宇抬头看莫莉，温和问道："需要我陪你过去吗？"

"不用，不用。"莫莉忙拒绝，又怕他们细问，急匆匆地离开了餐厅。可等到了医疗室外面，她却又突然停下了步子。

怎么办？难道进去了就直接和医生说她不久前和人发生了关系，怀疑自己要怀孕，所以要做个检查？这样的话叫她怎么能说出口！虽然对方是医生，可人家是军医，不是妇产科医生！

莫莉紧握着双手，在治疗室外面走来走去，几次鼓起勇气要走进门内，可脚刚一踏上台阶，就忍不住退缩了。这样几次下来，莫莉自己都忍不住懊恼，恨恨骂自己道："做都做了，还怕什么丢人！"

她立在台阶下，抬头看看面前的医疗室大门，深吸了口气正打算进去的时候，身后忽然响起一个熟悉的声音："嘿，是莫莉小姐吗？"

一个身材修长瘦削的青年军官站在不远处，正在歪着头向她微笑："莫莉小姐，你这是专门来迎接我吗？"

"雷奥上校？"莫莉十分惊愕，"您怎么会在这里？"

雷奥走上前来，笑道："看来是我自作多情了，莫莉小姐并不是来接我的。怎么，哪里不舒服吗？走吧，进去我来给你看看。"他向着大门内偏了偏头，示意莫莉跟他一起进去，又笑道，"我来接替东真纪医生的工作，从今天起，这个地方就归我管了。走吧，我需要去做一下工作交接，您可以先去治疗室等我，两分钟就好。"

雷奥曾是研究中心的负责人之一，也是莫莉来到这个世界后最早认识的人，对于他的话，莫莉早已经养成了服从的习惯。她点点头，转去治疗室等候。过得一会儿，雷奥上校换了一身军医的装束过来，进门先向她道歉："抱歉，叫你久等了。"

他面容比刚才严肃了许多，叫莫莉不禁产生些错觉，好似自己又回到了在研究中心的时候。她不觉有些紧张，下意识地并拢双腿，将双手搭在膝头，僵直着脊背坐在椅子中，干巴巴地叫道："雷奥上校。"

雷奥看她这般模样，却是忍不住笑了笑："莫莉，你不用这样，这里不是研究中心，你也不是我的实验对象。我们现在是战友，或者说，我现在是为你服务的。来，和我说一下，你感觉哪里不舒服？"

他虽这样说，可在研究中心的经历实在是给莫莉留下了太深刻的印象，叫她根本不可能把雷奥当东真纪那样对待。莫莉想了想，组织了一下自己的语言，尽量镇定地说道："是这样的，雷奥上校，我想检查一下，自己是否怀孕。"

雷奥闻言似觉意外，迟疑了片刻才应道："好。"

他给莫莉取血，拿去机器上检测，片刻后说道："没有，莫莉，你现在没有受孕。而且，因为你的避孕剂过期，体内生殖激素分泌已经恢复正常，如无外界干涉，子宫内膜很快就会有周期性脱落。"

莫莉在听到雷奥说她没受孕时，心中的一块大石"扑通"一声落地，他后面说的话，她根本就没听进去，满脑子就一个念头：真是太好了，我没怀孕！

"莫莉？"雷奥察觉到莫莉的异样，问她，"你有在听我讲话吗？"

"在听！在听！"莫莉忙答道。

雷奥多看了她两眼，若有所思地挑眉，又询问道："莫莉，你体内的避孕剂已经过期，需要重新注射吗？"

莫莉被他问得一愣："什么？"

雷奥笑笑，解释道："简单来说，注射避孕剂有两个好处，一是可以避孕，二是可以避免子宫内膜周期性脱落。不过，因为联盟中的回归岛人很稀少，其中女性更是罕见，至今尚无临床实验可以证明避孕剂对回归岛女性毫无损害。所以，基于安全考虑，我个人不建议你长期注射避孕剂。”

莫莉听雷奥这样一说，有些拿不定主意。注射吧，这种药剂有可能会损害自己的身体，可不注射吧，那岂不是月月都要接待大姨妈？

雷奥却误会了她的犹豫：“你不用担心无法避孕，其实，还有很多手段可以做到，注射抑激素药剂并不是唯一的办法。有些法子，也许比较原始，比较麻烦，不过，也可能会增添过程中的趣味，不是吗？”

莫莉听得云山雾罩，一脸呆相，直到看见雷奥向她挤眼睛，这才恍然大悟，顿时涨红了脸，急忙解释道：“不，不，您误会了，我担心的只是生理期问题。基地的训练很重，我担心每个月的生理期会影响我的受训。”

“哦，这样。”雷奥理解地点了点头，略一思量，又道，“没关系，我给你开病假条，你在生理期的时候停止训练就好了。”

“可以这样吗？”莫莉惊讶。

“为什么不可以？我说过了，从今天起，医疗室这个地方就归我管了。好了。如果你只是担心生理期的问题，我可以向你保证，这不会是个问题。那么现在，你可以告诉我你的选择了吗？注射还是不注射？”

莫莉认真思考了一下，觉得还是身体的健康最重要，于是答道：“我先不要注射了。”

这个答案叫雷奥感到很满意，他站起身来，显然是有意结束这次对话：“很好，等你到生理期的时候再来找我，我会替你向你们教官开假条。”

莫莉礼貌地向雷奥道谢，离开医疗室回宿舍。就在快到她宿舍门口时，莫莉忽听见身后有人叫她，隔壁的房门不知什么时候打开了，林挚双手抱肩，斜倚在门口笑着看她，问：“嘿，莫莉，脚步这样轻快，有什么好事吗？”

莫莉愣了一愣，这才反应过来，回身几步冲到林挚面前，惊喜道：“你回来了？”

林挚唇边带着几分懒散而温柔的笑意，轻笑道：“我认为你会先激动地扑上来抱住我，然后再问出这句话比较好。”

莫莉被他说得有些不好意思，不过还是弯起唇角上前给了他一个大大的拥抱：“见到你回来我真高兴，林挚。”

“果然是有好事，是吗？”林挚轻笑着揶揄，伸出手在她后背上轻轻地拍了两下，又低声道，“见到你我也很高兴，莫莉，很抱歉，当时我没能在你身边保护你。”

林挚这样的举动，反而叫莫莉有些不自在，她笑着推开了他：“林挚，我说过了，这不是你的错。而且，我也没遇到什么危险。哦，对了，执政官那里怎样了？没事了吧？”

林挚笑笑，答道：“已经醒过来了，可以底气充沛地骂我，估计是没什么大问题了。”

“这样就好。”莫莉应和道，说完这话，却突然觉得有点不知道说什么好。她等着林挚接着往下说，不想他那里也不开口，只站在那里笑着看她。

气氛忽然变得有些尴尬，她正有些手足无措的时候，挂在耳边的通讯器却是突然响起了提示音，就听“常在”说道：“莫莉，有贝寒将军的通讯请求。”

# 第十八章

## 做贼心虚

莫莉闻言立刻心虚无比，竟下意识地以手掩耳，往一旁侧过身去。其实通讯器的隔音性非常好，林挚根本听不到“常在”的声音，莫莉这样的举动反而引起林挚注意，他微微挑眉看向莫莉，笑着问道：“谁的通讯？”

“米亚！”莫莉回答得很干脆，可说完了自己又觉不好，于是又描补道，“可能是米亚约我一起去上课。我先回去准备一下，一会儿在教室见面吧。”

她说着，匆匆往自己宿舍走，直到进了房间，还紧张得不行。“常在”的声音已转移到天花板上，再一次出声提醒道：“莫莉，有贝寒将军的通讯请求，请问是否接受？”

莫莉深吸了口气，这才说道：“接受吧！呃，只要语音，不要影像！”

通讯器内依旧是先静默了片刻，这才响起了贝寒的声音：“莫莉……”

“没有！”莫莉有些慌乱地打断了贝寒，直接说道，“我已经去过医疗室了，并未怀孕，贝寒将军您放心吧。”

通讯器内又是一阵难挨的静默，莫莉紧张地舔了舔嘴唇，又说道：“您还有事吗？如果没事，那我就挂断通讯了。”

“没……”贝寒答道，最后一个字还未落地，通讯器里已响起了空音。

贝寒剑眉微皱，目光直直地落在桌面那本厚厚的《人类孕育历史与指南》上，似是有些出神。这个通讯他等待了很久，几乎是上一个通讯结束，他就已经开始在等待。第一次，他觉得时间这样难熬，甚至，比率军伏击改造人舰队时还要难熬。

莫莉没有怀孕，他应该是感到庆幸的，可是不知为何，心底却不觉得喜悦，甚至，还隐约有点莫名其妙的失望。这种心情很怪异，似是有点纠结，又有点矛盾，叫人感觉到迷茫。

莫莉丝毫不知贝寒心中的小纠结，她现在根本就是什么也顾不上。

晚上的课是抗眩晕训练，目的是叫作战队员能够适应飞行器在恶劣环境下的飞行。训练方法很简单，就把人固定在一个特定的座椅上，七百二十度无定向地高速旋转。你可以正着转，也可以反着转，当然，横着转和竖着转也不成问题。

如果只是这样，也还不算什么，更叫人想骂娘的是，这座椅还能像秋千一样摆动，前后摆，左右摆，幅度极大，毫无规律，把人的血液一会儿送上大脑，又一会儿甩向下肢，简直叫你痛不欲生。

莫莉坐上去，坚持了没有一分钟就摁下了求救键，爬下来跪在地上吐得死去活来。她这才知道，贝寒驾驶飞行器穿越卓斯行星群时，真称得上“平稳”两字。

米亚好心过来帮她顺着后背，满是担忧地说道：“天啊，莫莉，我真替你发愁。你体能不好，进特别行动队是不可能的了。要想进战舰联队，飞行技术就必须得好。可你这样子，根本就没法驾驶战式飞行器。难道你要去开大型战舰？”

肖泽恩突然冷冷插口：“驾驶大型战舰需要高智商。”

话虽只说了一半，言下之意却已是很明显，莫莉的智商连平均数都没达到，大型战舰自然也是驾驶不了的。

莫莉转过头看米亚与肖泽恩两个，张了张嘴却没说什么，只用手撑地站起身来，晃悠着又往座椅处走。米亚一怔，想要追上前去，却被肖泽恩一把抓住。他缓缓摇头，低声道："让她去。"

许辰宇刚从器械上下来，脸色也有些苍白，见莫莉从身边走过，一伸手拦住了她，温声劝道："休息好了再来。"

莫莉向他笑了笑，道："没事，胃里的东西都吐光了，我倒要看看这回还能吐些什么出来。"

她咬牙爬上座椅，摁下安全装置，将自己牢牢固定在座椅上，开始新一轮的训练。这一回竟是坚持到了三分钟。当然，下了器械依旧是吐，胃里的东西早已经吐光了，再吐出来的就是胆汁。

训练结束的时候，莫莉抖得跟打筛子一样，作训服都被虚汗浸透了，像是刚从水里捞出来。教官皱着眉头看了她片刻，不得不把她送去了医疗室。

雷奥不想莫莉会在一天之内来医疗室两次，见了她不觉失笑，他算是这个世界上最了解莫莉身体状况的人，劝道："莫莉，意志并不是什么都可以战胜的。你的精神力再强大，也无法脱离于身体而存在，明白？"

莫莉躺在担架上，连坐都坐不住。她不敢睁眼，一睁眼就感觉天旋地转，仿佛整个世界都在晃动，可闭着眼也一样不舒服，真还不如直接晕过去。直到雷奥把药剂推进她的体内，那眩晕感才渐渐消失，莫莉这才能长吐出一口气来。

她挣扎着爬起来，问雷奥："上校，有没有方法可以提高我的抗眩晕能力？"

雷奥笑笑，摇头道："晕动病是前庭神经受到刺激所产生的疾病，每个人的致晕临界值不同，所以耐受性也就不同，这主要取决于一个人的基因遗传和体质等，简单来说就是无药可治。”

“可是你刚才给我注射的是什么药物？”

“一些含有镇定剂的药物，它会降低你的敏锐度，这是驾驶飞行器所不允许的。”雷奥答道。

莫莉仍不死心，又问道：“可以想办法增强一下我的体质吗？”

雷奥答道：“你的基因，你前二十年的生活方式，决定了你现在的体质，除非进行人为改造，否则不可能从根本上改变。而联盟早在几百年前就已经立法禁止对人体进行改造，再加上你又是回归岛人，如果我敢动你，会被送上军事法庭的。”

似乎所有的道路都被堵上了，莫莉忍不住失望，低声道：“难道就真的没有法子了吗？我才只能坚持三分钟，而课业的及格线是十五分钟。”

“法子倒是也有，加强前庭耐受性训练，也就是你们这门课业的目的。”雷奥颇有些同情地看向莫莉，“这病多次发作后，症状反而可以减轻，甚至不再发病。”

莫莉可怜巴巴地看着雷奥，有点说不出话来。

雷奥笑了笑，又道：“换句话来说，那就是吐啊吐的就吐习惯了。”

莫莉终于死心了，从担架上爬了下来，苦笑道：“好吧，我努力吐习惯。”

雷奥送她出去，不忘嘱咐：“晚上好好休息，恢复得会快一些。”

莫莉点头应下，可回到宿舍哪里敢早睡，第二天还有飞行器驾驶及太空作战的课程，她必须提前预习好久，这才有可能跟上授课进度。

第二天早上和上午依旧是各式各样的体能训练，待到下午便是由基地指挥官贝寒将军亲自授课的飞行器驾驶及太空作战课，因为机会实在难得，除却新训营的受训队员，竟还有不少作战队的正式队员前来蹭课，当中不乏特别行动队和战舰联队里的佼佼者。

米亚对这些最是关注，偷偷地指了好几个战斗英雄级别的人物给莫莉看，最后又指着坐在左后的一个长发美女，和莫莉低声说道：“快看，那就是尖刀行动队的丽娜，新训营第213期的双料冠军，单人格斗和空战成绩都是排名第一。”

莫莉也偷偷地看了那位美女两眼，心中真是艳羡无比。

便是米亚也对此人十分佩服，又道：“我格斗不怕她，不过空战却不是她的对手。唉，她算是全才，基地里能赢她的不多，贝寒将军都夸奖过她。”

莫莉现在对“贝寒”这个名字还有点过敏，听到了就有些不自在，见米亚又要把话头往贝寒身上引，忙回过头去和坐在后面的林挚搭讪，没话找话地问道：“你上节课落下了，进度跟得上吗？”

林挚抬眼看她，勾着唇角问道：“怎么？你想要帮我补课吗？”

莫莉知他是在开玩笑，不觉笑了笑，正要回答，身旁的米亚却扯了扯她的胳膊，兴奋地低声叫道：“贝寒将军！”

莫莉心中莫名一惊，忙坐正了身体，抬头往授课台看去，果然看到了军装严整的贝寒，不过却是虚拟影像。

“看来今天我们这里不是主教室。”米亚的声音里透着无尽的失落，“这样一来，贝寒将军就不能看到我了。”

不是主教室，那就意味着贝寒人在别的教室，除非他有意调取这里的画面，否则不会看到这间教室里的学员。莫莉大大松了一口气，端正了坐姿，准备认真听课。当然，在这之前，她没有忘记先屏蔽掉米亚的信息。

贝寒与昨天相比并无异样，神色淡定，言行从容，虽没有太多的肢体语言，可授课却依旧精彩绝伦。

莫莉不得不承认，无论从哪一方面看，他都是当之无愧的“联盟之星”。

而这样一个男人，昨天竟然在教官休息室里主动勾引她。

莫莉突然发现自己根本就听不进课去。无论贝寒说什么，耳边总不停地回荡着那句“没错，我还勾引到了”。再抬头看贝寒，他的领口分明扣得严整，可在她的眼里，显现的却是他衣领散乱、垂眼喘息的模样。

这课，真的是没法上了！

莫莉欲哭无泪，默默坐了片刻，咬了咬牙，毅然摁下了授课屏蔽键。几乎是同一时刻，主教室授课台的操控板上亮起了一盏小小的红灯，贝寒随意扫了一眼，待看到红灯下标记的人名信息，却是微微怔了一下。

既然设定了授课屏蔽键，那就是叫人使用的。新训营从来不少牛气的学员，无须教官授课，全凭着自学就可以通过课业考试，而且成绩优秀。可在贝寒的课上摁下授课屏蔽键的，莫莉还是第一人。

莫莉会拒绝接受教官授课，绝对不会是因为不需要，那剩下的就只可能有两个原因：要么，她厌恶他；要么，他惹她心烦意乱。

虽然是同样的结果，可原因不同却是天壤之别，贝寒心思突然有些复杂，有点喜怒不定。不过，他面上很快就又恢复了淡漠，仿佛什么也没有发现，继续从容不迫地讲他的课，只在不经意间，授课进度就快了许多。

莫莉屏蔽了授课信息，全然不知外面世界的微妙变化，又因为不用再着急追赶授课进度，精神上反而放松了许多。她自己一个人慢慢地看着书，遇到看不懂的地方，都一一标记下来，打算课后请教他人。

她看得太过专注，连什么时候下课都不知道。直到林挚从后面轻拍了一下她的肩头，莫莉这才赶紧取消了授课屏蔽，再抬头看，授课台上已无贝寒的身影。

林挚起身走到了她的桌旁，笑着问道："嘿！莫莉，你整节课都在低着头，难道是在自学吗？"

莫莉自己心虚，不敢直视林挚的眼睛，只做出整理资料的模样，口中答道："反正都是跟不上进度，所以就干脆自己看书了。"

不想这话却得到了米亚的响应，她仍保持着双手托腮凝视授课台的姿势，有些颓丧地应和道："我也觉得贝寒将军授课越来越快，上节课的时候我听着还挺轻松的，这节课脑子就跟不上了。"

肖泽恩闻言默默无语地看她片刻，回身抓了自己桌面上的虚拟屏过来，放到米亚面前，不冷不热地说道："你如果把发送这些信息的精力用在听课上，贝寒将军就是讲得再快些，你也能跟得上。"

莫莉扫了一眼那页面也顿感无语，果然又是一些肉麻的信息，每一条都少不了"贝寒将军"，想来是她屏蔽掉了米亚的消息，米亚得不到她的回应，于是就去骚扰肖泽恩了。

米亚却被肖泽恩惹火，噌地站起身来，呛声道："怎么？我有哪条信息说得不对吗？我对贝寒将军的每句评价都是客观而公正的！"

"白痴。"肖泽恩横她一眼，转过身去不再理会她。

莫莉迟疑了一下，好心提醒米亚道："呃，米亚，你最好不要得罪泽恩，如果这门课结业考试你能和他搭档，成绩拿到优秀都没问题。"

飞行技巧及太空作战的考试是两人搭档，联手驾驶一架飞行器来进行实战模拟，以肖泽恩的能力，就是米亚技术菜点，取得个优秀也不是什么大问题。米亚自然也知道这一点，顿时有些气短，伸手搭上肖泽恩的肩膀，说道："好吧，我不和你计较，你知道的，我这人一向大度。"

莫莉从未见过这样和人道歉的，颇觉无语。可不想肖泽恩却很吃米亚这一套，淡淡瞥了她一眼，非但没有挣脱，反而随着她一同往教室外走去。

林挚又笑着问莫莉：“你打算和谁一组？”

莫莉耸了下肩膀，无奈苦笑，答道：“这问题对我来说没有任何意义，关键不是我想要选择谁，而要看谁会选择我。估计得除非有人想不开，不打算通过考试，才会来选择和我做搭档。”

林挚勾了勾唇角：“也许我就想不开。”

莫莉拿他这话当作玩笑，并未上心，只笑了笑，道：“考试离我太远了，我现在更需要解决的难题是晚上的抗眩晕训练。”

她真是对这个训练怵头至极，又觉得反正怎么也跑不了要吐，连晚饭都没敢吃几口，可不想依旧吐得要死要活，最后还是被送进了医疗室。

第二天是如此，第三天、第四天……仍是这般。

莫莉的生活就像是进入了一种简单模式：上午体能训练，累得要死要活；下午全凭自学，看到贝寒就心慌意乱；晚上抗眩晕训练，吐得死去活来，然后被送进医疗室。

她一直屏蔽贝寒的授课，贝寒对此也没有任何表示，莫莉心中忐忑的同时又暗自庆幸，觉得只要熬过十天，等授课教官布朗上校回来，她就不用每天面对贝寒了。

不想第七天的时候却出现了变化，贝寒没有来授课，授课台上换了新的教官。众人惊讶之余，纷纷猜测贝寒缺课的缘故，他一向守信，言出必行，既说了要代课十天，若无重大原因，绝不会半路改变。

不过大家并没有疑惑太久，晚饭时候，基地智能系统就向大家传达了联盟舰队最新的军报：在谈判无效之后，联盟政府已正式宣布向改造人开战。

餐厅里先是沉默，随即便爆出了欢呼声，天狼战队是联盟最锐利的剑，它渴望着战斗与荣光，嗜血，才是它压在骨子里的本性。

也是在同一天，莫莉久违的大姨妈终于造访了。

莫莉先用卫生纸救了急，然后十分尴尬地向“常在”提出了需求——她需要姨妈巾。可叫人想不到的是基地里根本就没有储备这一物资，天狼战队的女性队员比起男性毫不逊色，无论体能还是智商，而其中很重要的一个原因就是她们从来不用招待大姨妈。

“常在”的拟人性已经非常高，声音里带着真诚的歉意：“抱歉，莫莉，我无法满足你的要求。基地常规物资储备里没有你要的东西，我需要向基地后勤部打报告，请他们从联盟舰队总部调配。”

一条姨妈巾竟然要惊动后勤部，然后转到联盟舰队总部去！莫莉简直要崩溃，问道：“这么点东西犯得着向后勤部打报告吗？不可以偷偷地从外面买回来吗？”

“常在”答道：“不可以，军中要按章办事，再小的东西，也需要走流程。”

莫莉无语，呆呆地抱着枕头坐在床边，过了好半晌，才又可怜兮兮地问：“没有别的办法吗？我不想搞得尽人皆知。”

“那就需要得到基地指挥部的特批，这样就可以跳过后勤部，直接从基地外购入。”

基地指挥部的特批说白了就是贝寒的特批，莫莉听到这个回答简直想死，她没脸去向贝寒要这个特批，索性就去找雷奥，直接提出了自己的要求：“你还是给我注射避孕剂吧。”

雷奥有些惊讶，等清楚了事情缘由，却是忍不住笑了起来，眼见着莫莉要恼怒了，他这才强自忍住了笑，说道：“你先回去，这事不用你操心了，我来处理。哦，对了，你晚上不用再去受训，我会替你向教官请假。”

莫莉信了他的话，直接回宿舍去等消息，不料没等到姨妈巾，却等到了尤利安的通讯：“莫莉小姐，贝寒将军请您来基地指挥部一趟。”

莫莉听到这话先是一愣，心中冒出来的第一个念头是完蛋了，雷奥这个骗子，一定是他向基地指挥部提交了申请，为了几包姨妈巾去向贝寒要指挥官特批了。

尤利安听不到她的回应，问道：“莫莉小姐？请问您有在听吗？”

“在听，在听。”莫莉回神，忙应声，停了一下，又忍不住问道，“可以不去吗？能不能向贝寒将军解释一下，我……”

“这是命令，”尤利安笑着打断莫莉的话，“我们是军人，莫莉小姐。”

潜台词就是：我们是军人，要以服从命令为天职。

莫莉沉默了一下，再不好说什么，只得应道：“好的，我马上过去。”

她坐悬浮车过去，进基地总指挥部就像是进刑场，时时刻刻都恨不得转身逃走。为了姨妈巾向指挥官申请特批，这简直太丢人了！更关键的是，这位指挥官还是贝寒，她简直无法想象他会用什么样的眼神看自己。

贝寒正在与基地的高级军官开会，尤利安将莫莉暂时安排在会议室外的招待区，微笑说道：“请您稍候。”

莫莉点了点头，拘谨地在沙发上坐下，心中充满忐忑与羞惭，脑子里不停地模拟一会儿与贝寒见面的情景，他有可能会说什么，然后，她该如何应对。

过了好久，会议室的门才被从内打开，一行军官从内鱼贯而出，有男有女，但都身姿挺拔，英姿飒爽。莫莉忙起身立正站好，目送众人离开，又等片刻，尤利安就前来通知她道：“莫莉小姐，将军可以见您了。”

莫莉不觉深吸了口气，这才提步往会议室内走去，可就算她已经做好了充足的心理建设，在见到贝寒的第一眼，她的脸还是不由自主地涨红了。

偌大的会议室内并无他人，贝寒正独自立在模拟屏前观看敌我双方战备介绍，听见脚步声回头看了一眼，目光落在莫莉身上时稍稍一顿，鼻翼似是微微翕动了下，随即，他好看的眉头就轻轻皱了起来。

莫莉猜他可能是觉得她麻烦，或者是可笑，所以才会不耐烦地皱起眉头来。她不由得更尴尬，强自镇定着向贝寒行了军礼：“将军，您好！”

贝寒回过身来看向莫莉，目光中带着审视。

莫莉不敢直视他的眼睛，只把视线放空，不等他开口，就机械地把腹中过了好多遍的稿子念了出来：“将军，我想这是一个误会，我已向雷奥上校明确表示不需要向您申请特批，他可能是误解了我的意思，所以才会向您提出这个申请。我现在请求撤销这个申请。”

贝寒眼中飞快地闪过一丝疑惑，面上却是不动声色，问莫莉道：“撤销申请？为什么要撤销申请？”

莫莉实在是难堪，艰难地张了张嘴，答道：“我已经决定注射避孕剂，所以，所以，以后也用不到那个东西了，没有必要再费力去买，而这一次，这一次……”

# 第十八章

# 假面舞会

贝寒仍是盯着她看，缓缓地点了点头，鼓励她道：“继续。”

莫莉咬了咬牙，索性一口气把话说完：“这一次凑合一下生理期也就过去了，实在不行还可以去打止血针。”

她话音刚落，基地智能系统的电子音就响了起来：“贝寒将军，联盟回归岛人联合会再一次发来通讯请求，要求与莫莉小姐直接对话。”

莫莉听得一愣，愕然地看向贝寒。

贝寒目光微闪，淡淡说道：“因为已经正式与改造人宣战，基地很快就会开赴前线，回归岛人联合会要求与你直接对话，我想可能是劝说你退出战队，以确保人身安全。”

这消息叫莫莉十分意外，一时都忘记了之前的尴尬，有些紧张地问贝寒道：“退出战队？我真的可以退出战队吗？”

贝寒双手插入裤兜，身体轻轻倚向旁侧的会议桌，抬眼看她，答道：“如果舰队司令部真的允许你离开，就不会把雷奥上校也送到这里来。”

这句话就如同一盆冷水兜头而下，顿时把莫莉心头腾起的那点微末希望完全浇灭了。她心中明了，勉强地笑笑：“所以，只是走个形式，是吗？”

贝寒眸光深处却似有些异样的情感一闪而过，他默默看了她片刻，开口说道：“莫莉，你和联盟舰队签订的是A级绝密协议，纵使我放你离开基地，并把你安全送达波斐克，他们也不会给你真正的自由。回归岛人联合会只是个空架子，珍稀并不等同于尊贵，更无至上的权力。”

莫莉垂眼，点头道：“我知道，谢谢您的提醒，我知道该怎么做的。”

贝寒看她两眼，这才吩咐智能系统道：“接通回归岛人联合会的通讯。”

全息影像通讯很快被接通，一个年约五旬的男子出现在莫莉身前不远处：“你好，莫莉小姐。”

莫莉在纪念日晚宴上曾见过这人，她礼貌地和他打过招呼，向他表达了自己要留在基地的坚定意愿。通讯并未持续太长时间，她主动要求结束了对话，转身看向贝寒，询问道：“将军，请问我是否可以离开了？”

贝寒没有立刻回答，定定地看向莫莉，突然问道：“为什么要屏蔽我的授课？”

莫莉被他问了个措手不及，一下子紧张起来：“呃？”

“讨厌我到这个程度吗？”贝寒又问，他盯着她看，很是有一种锲而不舍的精神，“能否告诉我，我到底是哪里惹你如此厌恶？”

“哦，不，我并不讨厌您。我，我……”莫莉赶紧说道，可接下来却又词穷，不知该如何解释这件事，总不好说自己一见着他的面就满脑子乱七八糟的杂念，搅得她无心上课。

贝寒像是能读懂她的心思，很善解人意地替她接下去：“既然不是讨厌我，那就是我叫你感到心烦意乱，无心听课了，是吗？所以与其受我干扰，不如选择屏蔽，自己静心读书，这样也许更有效率。”

慌乱之中，莫莉顾不上细想，急忙点头，道：“是，是这样的。”

待话一出口，她这才意识到不妥，不觉又羞又窘，又改口道：“不，不是，贝寒将军，我只是因为自己智商太低，无论如何也跟不上授课进度，所以才选择了授课屏蔽，并无其他原因。”

贝寒唇角微不可见地往上勾了勾，低声道：“智商的确够低，这倒是真的。”

语气中似有几分讥诮，更多的却又像是调笑。

莫莉正怀疑是不是自己幻听了的时候，贝寒已从桌边直起身来：“你可以回去了。”他重回模拟屏前去看改造人的战略部署，却又没头没脑地说道，“情绪紧张会使得肾上腺素分泌增加，由此导致血压升高，心跳加快，从而引起出血量的增大。”

莫莉觉得自己每次见到贝寒，智商就不大够用，怎么也跟不上他的思维。她站在那里不知该如何应对，贝寒回头看她，剑眉微扬，问道：“听不懂？”

莫莉虽然窘迫，却依旧诚实地点了点头。

贝寒说道：“我是说自从进门，你的情绪就很紧张，这样对你的身体不好，难道你都没有感觉到，你的出血量增大了吗？”

莫莉这才明白他的意思，只觉耳膜“嗡”的一下，好似满身的血都往脸上涌去，顿时涨了个满脸通红。

贝寒却仍是面不改色，又道：“先去医疗室，补充些血浆再回宿舍。”

他叫了尤利安进来，吩咐他送莫莉出去。

莫莉脑子里一团乱，红着脸跟在尤利安身后出了指挥部，乘坐了悬浮车离开，刚进新训部就接到了雷奥的通讯，叫她去医疗室。联想到贝寒最后说的那句话，她想也不想地一口回绝：“不去，我根本不需要补充血浆。”

简直就是笑话，还没听说过因为大姨妈来了就去输血的呢！

不料雷奥却惊讶，奇道：“什么补充血浆？你失血很严重吗？”

莫莉愣了一愣，问雷奥道：“请问叫我过去是有什么事情吗？”

“哦，你要的东西已经有了，你过来取。”

无论如何，姨妈巾还是需要的。莫莉赶紧去了医疗室，眼瞧着雷奥从柜子里拿了两大包东西放到她面前，介绍道：“一包是卫生巾，一包是卫生棉条，都是我按照书上的样式仿制的，看你喜欢哪一种。你试用一下，有什么不合适的地方，我还可以给你改进。”

“你自己仿制的？”莫莉惊叹，顾不上尴尬，翻了一片出来看，又不禁赞道，“真是太厉害了，竟然这个也能做出来，早知道这样，何必还要去向指挥部要特批……”说到这里，她忽地意识到不对，抬眼直直地看向雷奥，紧张问道，“上校，你并没有向贝寒将军申请特批，是吗？”

“没有。”雷奥答道，“我既然答应你了，自然不会去的。”

这个答案叫莫莉想死的心都有了，她都不知自己是如何抱着两大包卫生用品回的宿舍。谁知这还不算完，晚上临睡的时候，她又接到了贝寒的通讯，他声音平淡，只问她道：“你需要什么款型的？”

莫莉被问蒙了，呆了一呆这才意识到他问的是什么，慌乱之下，竟是一下子掐断了通讯。直到通讯器里传来空音，她这才反应过来自己做了什么，差点儿被自己蠢哭。幸好通讯器再未响起，给了她做鸵鸟的机会，只不停地催眠自己，权当今天的事从没发生过。

因雷奥已给她请假，莫莉第二天也没去参加体能训练，如此一来，很快就引起了其他人的注意，待到中午吃饭的时候，许辰宇私下找到莫莉，问她道：“出什么事情了吗？”

只要不面对贝寒，莫莉在这些事情上还是有些小聪明的，她向许辰宇笑笑，答道："没事，医疗室的医官说我前些日子体力严重透支，要我最近休养一段时间，不要参加体能训练，以免对身体造成不可逆的伤害。"

这不全是假话，尤其是她前一阵子在抗眩晕训练中吃的苦头，整个新训营的人都有所耳闻。许辰宇不疑有他："没事就好，的确是不该拼得太过了。"

他看向莫莉，似是犹豫了一下，又问道："莫莉，你有没有想过退出天狼战队？"

莫莉对他的问题感到讶异，奇道："为什么会这样问？"

许辰宇弯着唇角向她微笑："因为战争。莫莉，战争不是实战模拟，更不是日常受训，有战争就有胜败，有生死，你是回归岛人，你们身上肩负的是人类的未来，不该再冒这样的风险。"

虽然莫莉也想离开基地，不过却只是出于趋利避害的本能，可没有什么要担负"人类未来"的觉悟。她被许辰宇说得颇觉不好意思，讷讷道："哪里就有这样重要了。"

许辰宇盯着莫莉的眼睛，又道："说实话，莫莉，我真的很不理解你为什么这样坚持留在这里，为了什么？"

她才不是要坚持留在这里，而是根本无法自由离开。莫莉笑笑，掩饰道："我自己也不知道具体原因，你可以把这理解成我的倔强，或者是不肯服输的精神？"

许辰宇静静看了她片刻，这才微笑着摇头，话语中却透出一些无奈："莫莉，我要是你，我会选择退出战队。"

莫莉向他笑了笑，没有说什么。

没过两天，莫莉宿舍的衣柜亮起了提示灯，初时她并未在意，还当是洗好的衣物被送了回来，不想打开衣柜，却看到里面堆满了姨妈巾和卫生棉条！莫莉不觉傻了眼，木愣愣地关上了柜门重又打开，见那些东西仍在，又伸出手去摸了摸，这才确定自己看到的不是幻觉。

基地智能系统给她传送来的这些东西，难道是贝寒特批，从基地外购入的？倒真是算得上样式齐全，款型众多……莫莉傻呆呆地站着，简直无法想象高冷的贝寒将军是如何在这样的一张购物单上签字的。

她正发傻，门外却传来敲门声，莫莉回过神来，慌慌张张地合上衣柜，走过去开门，见是林挚站在外面。“林挚？有事吗？”

林挚歪头向她笑笑，道：“没事，只是过来看看你。”

他这话说得怪异，莫莉不由得仔细打量了他一下，发现他身上穿的并不是他们日常的作训服，而是天狼战队正式的战服。莫莉眼中闪过疑惑，抬头看向林挚的眼睛，低声问道：“你要去哪里？”

林挚听得挑唇而笑，突然伸臂将莫莉拥入怀里，在她耳边低笑道：“真是个聪明的姑娘，以后谁要是再说你笨，我一定会狠狠地揍他。”他顿了一顿，才又低声道，“战队有作战任务，我被破格调入指挥部，马上就要随贝寒将军出征。莫莉，你等我回来，到时我给你做飞行搭档，一定能叫你顺利通过结业考试。”

他说罢，用力拍了拍莫莉的后背，毅然放开了她，后退着一步步离开。

莫莉呆了一呆，急忙出声叫道：“林挚！”

林挚停下步子，扬眉看她。

莫莉虽然心中莫名不安，面上却向他露出了一个灿烂的微笑：“保重！”

他也咧开嘴向她笑，又轻佻地向她打了一个飞吻，这才转身走了。

第二日早餐时候，基地战舰联队与特别行动队突然出征的消息就传进了新训营，米亚听了又是羡慕又是妒忌，忍不住与莫莉等人抱怨：“林挚也是新训营的受训队员，为什么他能去，我就不能去？就是因为他的父亲是首席执政官吗？”

“还因为他的太空作战技术比你好太多。”肖泽恩淡淡答道。

这话叫米亚无法反驳，林挚这人虽然风流放荡，个人能力却是极为优秀，除了在格斗上差米亚一些之外，其余科目比她只好不差，更别说米亚的短板太空作战技术。米亚有些不甘心，说道：“好吧，我承认他的确不错，不过，新训营里出色的人多了，可是为什么只有他一个被破格调走？”

肖泽恩依旧是面无表情：“因为他的父亲是首席执政官。”

米亚被他堵得没话说，朝天翻了个白眼。她转头，发现莫莉正在出神，伸手在她眼前晃了一晃，问道：“嘿！莫莉？你在想什么？”

莫莉回过神来，答道：“我在想林挚他们此刻在哪里。联盟不是才刚刚宣战吗？难道改造人已经打过来了吗？”

肖泽恩瞥了她一眼，似是有些意外，想了想，这才答道：“他们应该是在英仙旋臂。”

“英仙旋臂？为什么会去了那里？”莫莉听得惊愕，据她所知天狼战队的基地是在猎户旋臂的，虽然这两个旋臂同在银河系内，但是距离也远着呢。贝寒率军离开基地这样远，能量和物资补给怎么办？

旁边一直沉默的许辰宇突然说道：“因为那里有改造人的一个战备能源基地，如果能先摧毁那里，他们的力量会被大大削弱。”

这个时代，没什么比能源更重要，战争爆发的原因，其根源无非也是为了争夺能源。天狼战队属于特种作战舰队，一般不会参与常规战役，多是承担奇袭之类的作战任务，进攻敌方具有重要战略意义的基地或者聚集点。

莫莉能够想明白这一点，却还是忍不住为战队担心：“这样远……”

“不远。”肖泽恩神色平淡，不以为意，“从星象上看，基地应该也已经进入英仙旋臂，就在贝寒将军他们身后，从战队的作战半径来考虑，我们应该距离他们不远。”

天狼战队的基地属于星外基地，负担着战队的能量补给，位置会随着战队的出击任务而变化。虽然这种变化不会告知普通的官兵，但像肖泽恩这样的人，脑子里几乎装着整个银河系的信息，只通过晚间星象的细微变化，就可以推算出基地的大概位置。

如果说猎户旋臂多属于联盟的势力范围，那么英仙旋臂则是改造人的大本营，改造人的帝都阿德旺斯城，就位于英仙旋臂的一颗行星上。这样算来，天狼战队已算是深入敌后作战，孤立无援。莫莉忍不住问道：“林挚他们会有危险吗？”

米亚对他们的话题毫无兴趣，但是听到这话却立刻叫道：“哦！莫莉，你把心放回肚子里去！林挚不会有事的，因为贝寒将军是攻无不克、战无不胜的，他是我们的联盟之星！”

许辰宇闻言淡淡一笑，眼中有几分意味不明的深意：“是的，贝寒将军的确很厉害，大家都很信任他。”

不知道为什么，莫莉心中却总有些莫名的不安。

米亚不喜欢他们再继续这个话题：“好了，不要再说这些事情了，我们来说一下假面舞会的事情，好不好？”

虽然已经进入战时，可基地里的假面舞会却并未通知停止。天狼战队一向这样，之前就算是有作战任务，基地里的非作战人员还是该怎样就怎样，生活几乎不受影响。

不远处的一个梳着马尾的姑娘探过身来看许辰宇，问他道：“组长大人，这一次你会去吗？”

许辰宇似乎也极少去舞会，那姑娘这样一问，大家就都把目光投到了他身上，纷纷鼓动道：“去吧，组长大人，你可是我们第五组的灵魂。”

许辰宇爽快点头，道：“好，我去。”

米亚在一旁也用手肘碰了碰莫莉，说道：“莫莉，这一回你必须得去。要知道，这可是我们在新训营的最后一次舞会了，等以后分入各个作战队，恐怕大家就很难有机会再聚在一起了。”

莫莉干巴巴地笑，顾左右而言他：“怎么会没有机会再聚了呢？大家都在基地，会有很多机会见面啊！”

“一起去吧。”许辰宇突然说道，他望着莫莉微笑，“难得还有这样一次机会，大家可以聚在一起。不用担心，这么多人在一起，不会有事的。如果你不喜欢，还可以早点儿回来。”

他既然都这样说了，几乎身边所有的人又都在起哄，莫莉被逼得无法，只得应了下来。

“太棒了！”米亚站起身来欢呼，又把手压在莫莉肩膀上，一本正经地说道，“莫莉，你放心，我一定会把你装扮成整个舞会最耀眼的美人，叫他们谁也认不出！”

她这话还未落地，便引起了众人的哄笑，就连一向面容冷淡的肖泽恩也嗤笑道：“就凭你的审美？”

米亚差点儿恼羞成怒，挽起袖子就要去找肖泽恩的麻烦，莫莉吓得忙一把拉住了，安抚她道：“我相信你的审美，米亚，真的，我绝对相信。”

米亚这才暂时放过了肖泽恩，只指着他道：“你等着瞧，肖泽恩，我定要你大跌眼镜不可！”

到了休假日那天，米亚连晚饭都没吃就拉着莫莉去了假面舞会，早早地占下一个独立的化妆间。她把莫莉往一个圆形的感应台上推：“我早就打听过了，这台易容机效果最好，功能也最齐全。来，咱们先来试一试，看看你怎样装扮效果最好。”

说实话，莫莉有些不情愿，可是米亚实在太过热情，叫她不好拒绝，于是只能像个木偶人一样站在那里，任由着米亚在她身上尝试各种风格的装扮。发色、五官、衣装……不同的样式不同的搭配，全息影像模拟出来的效果几乎能以假乱真。

米亚折腾了很久，最后却有些丧气：“莫莉，你的身高太受限制，不管我给你做什么样的改变，大家只要一看你的身形，就会知道你是谁。”

这是没法解决的事情，虽然有各式的高跟鞋可以来弥补身高上的缺憾，可像莫莉这样身形娇小的女性，基地里十分少见，可辨识度实在太高。

米亚一遍遍翻看着之前的模拟图，试图选择一个最好的出来，又闲聊道：“我也就见过一个人身形和你相近，就是新训部负责智能监控的那个莉莉丝，那可是一个有名的荡妇，听说最近憋足了劲要勾搭组长呢。哦，对了，她和林挚还有一腿，你知道吗？”

莫莉自然知道，她第一次和林挚打交道，就是因为林挚把她当作了那个莉莉丝。她向米亚笑笑，说道：“米亚，我就这模样进去也挺好，反正又没有想着找个异性共度良宵，所以，不用改变模样。走，我们两个就这样去吧，反而更能叫他们意外。”

米亚终于被她说动，无可奈何地摊手：“好吧，就听你的！”

她们两个一起进入舞会大厅，那里已经有不少的人，欢快的音乐、迷离的灯光营造出灯红酒绿的太平盛世，丝毫不似在战中的模样。莫莉虽曾在外面的广场上见到过狂欢的人群，可这里面却还是第一次来，看着什么都觉得新奇。

“他们真的不会认出彼此吗？”莫莉惊讶地问。

米亚拨开人群，拉着莫莉往深处走，大声回答她的问题：“易容机只能改变细节，如果是很熟悉的人，还是可以认出来的，除非你把自己搞得太怪异。”

话音刚落，就有一个化了大浓妆的姑娘从她们身边走过，戴着爆炸式的红色假发，小巧的面庞上像是开了染料铺，五颜六色一团一团，叫人一眼看去连口鼻在哪里都要找不到了。莫莉看傻了眼，转过头傻愣愣地目送那姑娘走出去老远。

米亚对她这表现嗤之以鼻，拉着她挤到吧台，取了杯酒递过来："嘿！莫莉，请你收起这样一副没见过世面的模样，要知道我们两个可都没有易容，要是闹出了什么笑话，可是要被人取笑很多年的。"

莫莉不好意思地笑笑，低下头抿了一小口酒，刚想要问米亚怎么才能找到许辰宇他们，身边的米亚突然哎呀了一声，大力地拉了一下她的胳膊，叫道："莫莉，你看那边！"

莫莉吓了一跳，手中的酒差点儿被米亚拽洒了，她顺着米亚的目光看过去，就见不远处的廊柱背光处倚着一个身材娇小的女子，仰着精致的小下巴，正笑嘻嘻地与面前的俊美男子说话。

黑色过耳短发，略显苍白的面孔，瘦小的腰身，纤细的四肢……莫莉越看越觉得眼熟，直到米亚低声骂了句，道："她怎么和你长得一模一样？！"

# 第二十章

# 基地沦陷

莫莉这才突然意识到，远处的那个女子俨然就是另外一个自己。她一下子也愣了，奇道："怎么回事？"

米亚骂了一句脏话，低声咒骂道："一定是莉莉丝那个小荡妇。"

她们刚才还在化妆间里提起莉莉丝，整个新训营也就她的身高和莫莉接近，而且五官也有几分相似，不想竟以这种形式撞上了。莫莉惊愕过后，颇觉得有些无语，默默看了一会儿，问米亚道："难道还可以这样操作吗？用易容机把人装扮成另外一个真人？那岂不是会有很多冒名顶替的事情，产生很多纠纷？"

"当然可以用易容机把人装扮成另外一个真人，不过，这个人绝不能是战队里的人，因为所有战队队员的信息在机器里是被屏蔽的，就是为了避免产生纠纷。听说一开始也不是这样的，是因为有人假扮了贝寒将军，才会出了这样的措施。"

米亚说到这里，脸上竟还露出了失望的神情。

莫莉哭笑不得，一时竟不知说些什么好，她心中仍有不解，又问米亚道："既然这样，那莉莉丝为什么可以假扮我？"

"大概是自己手工化妆的吧，毕竟你们两个长得挺像的。"米亚分析道。

莫莉想不到还会有这样的事情发生，既觉可笑又觉气愤，更多的还是无奈，她想了一想，与米亚说道："那好吧，既然这样，那我干脆就先离开吧，我可不想与那个莉莉丝碰到一起，再叫人来猜谁真谁假，那情景太可笑了。"

不料米亚一把抓住了她，叫道："不行，你不能走！我们得先去找组长他们。"

找许辰宇？莫莉一时不解，问道："为什么？"

米亚给了她一个"你真白痴"的眼神，一边拉着她往人群里走，一边解释道："莉莉丝一直都对组长大人感兴趣，她今天这样做，主要目标一定是组长大人。林挚那个烂人也就算了，组长大人绝对不能落在她的手里，所以，我们必须早在她之前找出组长。"

她拉着莫莉在人群中穿梭，一心寻找许辰宇。可这么多的人，又都是装扮过的，哪里就能轻易找到了。两人找了大半天，莫莉都想放弃了，劝道："还是算了吧。"

米亚却是执着："先找肖泽恩，他那人最懒，每次都是一个模样。找到他就知道组长在哪里了，他们应该是一起来的。"

她们两个一路找过去，终于在后门附近找到了肖泽恩，却没有看到许辰宇的身影。

"我也在找他，"肖泽恩说道，眉头微微皱起，"我们是一起进来的，可是不一会儿就走散了。有人和我打招呼，我应了两句，再转身就看不到他了。"

舞会上这么多人，走散了也很正常。米亚没有在意，向肖泽恩问了许辰宇的装扮，就要三人分头去找。莫莉觉得这样做挺无聊，灵机一动，拉住了米亚，问道："你只是怕组长被莉莉丝勾引，是吗？"

"不是勾引，是欺骗！"米亚更正道。

莫莉不与她抠字眼："不管是什么，我都有一个更好的主意。

我们现在找组长不好找，可是找莉莉丝却容易，刚才不是还看到她了吗？如果你不放心，干脆就去守着莉莉丝，效果也是一样的，不是吗？”

“守株待兔？”米亚想了想，觉得莫莉说得很有道理。她并不想干涉许辰宇的私生活，她只是不想他被莉莉丝骗了而已。她不由得点头，赞道，“嘿！莫莉，你今天怎么这么聪明？”

莫莉笑笑不语，肖泽恩却是讥笑米亚，反问道：“难道不是你太笨？”

米亚横他一眼，不予理会，只招呼莫莉与她一起去找莉莉丝。莫莉听了忙摆手拒绝，又认真说道：“米亚，我是真心不喜欢这里，我想回去看书，再不努力，我恐怕真的不能和你们一起留在基地了。”

莫莉的成绩是真的差，她这样说，米亚也不好再强留：“那好吧，你回去吧，我和泽恩去看着莉莉丝。”

她说着就拽了肖泽恩走，莫莉看着他们两个的身影没入人群，这才转身从后门出来，穿过狭长的走廊，往交通站去乘坐悬浮车。走廊是半开放式的，面朝着一个小广场，穿过那里，便是基地的指挥部大楼。

与热闹的舞会大厅相比，这里冷清了很多，只在廊柱的隐蔽处有几对男女在喁喁细语，偶尔传出低低的调笑声，惹人遐思。莫莉听到那声音就觉脸红，埋低了头匆匆往前走，对面有来人与她错身而过，她下意识地转头看了一眼，却是不觉微微一愣。

贝寒，竟然是贝寒，可是他不是带军出征了吗？怎么还会在这里？

似是觉察到莫莉的目光，那男人步子微顿，回身向她看来，勾起唇角浅淡一笑。

莫莉一愣，突然意识到这是在假面舞会，他不会是贝寒，应该是别人假扮着来参加舞会的，就像是里面的那个“莫莉”。不过，这个男人装扮得可真像，简直都能以假乱真了，莫莉暗自惊叹，盯着那人，一时看得出神。

那个男人也在看她，目光中似有犹豫，迟疑了一下，突然转过身向她走了过来。

莫莉猛地回过神来，慌忙收回了视线，转过身匆匆往前走，一直冲到交通站那里才停下脚步，回头见那人并未追来，这才不觉长长地松了口气。她可不想再和贝寒有什么牵扯，哪怕这是个假的。

她坐上悬浮车回宿舍，因是假日，新训营并不限制学员的晚归，很多学员都还在舞会上没有回来，宿舍里很是安静。莫莉路过林挚门口时，不自觉地停下步子，转过身去在他房门上轻轻敲了两下。

里面自然是不会有回应，她觉得自己这行为真是幼稚可笑，忍不住笑了笑，这才转身回了自己宿舍。同往常一样，她并未急于休息，洗漱过后就坐在桌前看书，直到累得脑子都昏沉了，这才爬上床去睡觉。

这个假日仿佛普通得和以往没什么两样，直到刺耳的警报声把莫莉从睡梦中惊醒。

“敌袭警报！基地电磁壁垒遭到袭击！”“常在”的声音一反平时的温和，透着刺耳的尖厉，“请迅速更换作战服，做好战斗准备。”

莫莉脑子还昏沉着，身体却自动地从床上跃下，冲向衣柜。

壁柜的红色提示灯亮得醒目，里面已备好全套的战斗装备，包括防辐射保护服与几样便携式单兵武器。这个时候，平日超强度的训练效果便显现出来了，几乎不用思索，莫莉就熟练地穿好了保护服，做好了战斗准备。

“常在”的声音从屋内各个扬声器内响起，传达着基地的最新指令：“基地防御系统已经启动，请各作战人员迅速就位，非作战人员暂时原地待命。”

这个时候，不管外面发生什么事情，所有的人必须服从命令。

莫莉虽紧张无比，却也不敢私自行动。她冲到窗口，透过窗子往外看去，基地的防御武器已经开始反击，一道道粗壮的激光束从各个防御点射向空中，如同利剑刺穿黑幕。空中隐隐传来爆炸的轰鸣声，光点越来越多，夜空几乎被映成了暗灰色。

很快，就有无数的战斗舰从基地一冲飞天，避开激光束，没入灰暗的夜空之中。

“常在”的声音越发急促，指令也发生了变化：“电磁壁垒遭到严重破坏，基地即将失陷，请全体人员迅速前往救生舰，准备逃生。”

整个基地似乎已在隐隐晃动，莫莉什么也顾不上想，冲出门外，飞快地往外跑。走廊里已有其他的学员在逃散，电梯被弃用，大家纷纷冲向逃生通道。莫莉随众奔跑，顺着逃生梯滑出宿舍楼，直接进入位于地下的逃生通道。

她拼命地跑，可是速度还是比不上他人。米亚从后面追上来，抓住了她的胳膊，拉扯着她一同往前冲，口中问道：“组长呢？看到他了吗？”

“没有。”莫莉气喘吁吁地答道，她独自从宿舍里跑出来，一路上并未看到许辰宇。

再跑不远就看到了整齐地停在轨道上的一架架逃生舰，米亚却向肖泽恩喊道：“我们去找战斗舰，出去和那些浑蛋狠狠打一架！”

“闭嘴！”肖泽恩第一次喝骂米亚，他率先冲上了一架逃生舰，回转身来把莫莉拉了上去，又向着米亚厉声说道，“战队主力不在，基地根本无法对抗如此强度的进攻，改造人很快就能掌握制空权！你想叫我和莫莉陪着你一起去送死？”

米亚这才骂骂咧咧地跳了上来：“这帮畜生，趁着贝寒将军不在偷袭基地。等着吧，贝寒将军很快就会回来，到时候一定把改造人那些臭飞虫全都打下来！”

肖泽恩不理会她，只嘱咐莫莉小心，然后启动逃生舰，沿着轨道往出口处冲了过去。

一出地面，莫莉这才赫然发现外面已是变了一个世界，基地的电磁防护罩已被攻破，改造人庞大的母舰就悬停在夜空中，成建制的小型战斗器从内飞出，往基地俯冲而来，所过之处，爆炸声轰鸣，无数的联盟飞行器还未升空就被击中。

肖泽恩的飞行技术绝对高超，可即便这样还是很快就被击中，逃生舰平衡系统损坏，翻滚着往地面栽落下去。莫莉被安全装置牢牢地固定在座位上，可猛烈的撞击还是叫她一瞬间失去了意识。

再次醒来时，她已在逃生舰外，四周一片狼藉，远处仍不时地传来爆炸声。

肖泽恩在她旁边低声和米亚说着话："米亚，这情形很奇怪。基地的电磁隐形技术是最先进的，改造人却能这样精准地定位我们，这很不寻常。另外，他们偷袭基地，主要目的应该是断掉贝寒将军的后路，既然这样，完全可以使用超级能量武器，直接将基地击毁。哪怕是想留着基地迷惑贝寒将军，也可以使用中子弹直接大规模杀伤基地人员。"

他说话似乎有些费力，停下来深吸了口气，这才又继续说道："可是，他们也没有，可见，他们有所顾忌。"

米亚早已经杀红了眼，根本听不下去肖泽恩的分析，只不耐烦地说道："说这些没用的做什么！管他们怎么想，反正也是逃不了了，我们不如就冲出去，杀几个算几个！"

肖泽恩忙一把拉住了她，低声喝道："你别莽撞！也许我们还有机会逃出去！"

"真的？"米亚不信，回过头来看肖泽恩，无意间却看到莫莉醒来，不由得又惊又喜，口中却是骂道，"莫莉你这个废物，真是没用，撞一下也能晕这么久！”

莫莉撞到了头部，半个脑壳都是疼的，她勉强坐起身来，问道：“我们这是在哪里？”

“还在新训营里，逃生舰刚升空就被人揍下来了。”米亚大咧咧地笑，又道，“泽恩腿受伤了，还是我背着你逃到这里来的。”

“谢谢。”莫莉低声道谢，又去看肖泽恩，问道，“你腿伤得严重吗？”

肖泽恩面无表情地答道：“左侧胫骨骨折。”

莫莉听得一惊，刚要再问，旁边的米亚突然抬手示意他们两个噤声，低声道：“听，好像有人在叫莫莉。”

莫莉凝神听去，果然听见有人在叫她的名字，那声音由远及近，很快，许辰宇的身影就出现在远处，一声声地叫着莫莉的名字，往宿舍楼方向找去。

“是组长！”米亚比莫莉反应快很多，刚要起身叫许辰宇，却被肖泽恩一把捂住了嘴，低声喝道：“你怕改造人发现不了你，是吗？”

“那组长怎么办？”莫莉问道，许辰宇为了她冒险，她总不能不管不顾。

可还没等肖泽恩回答，远处一架坠落的逃生舰内，突然冲出一个纤细的身影，向着许辰宇那里跑了过去。莫莉与肖泽恩两个看到那身影都有些发愣，倒是米亚最先反应过来，低声骂道：“妈的！莉莉丝那个贱人！组长大人要救的是莫莉，她却趁机去占便宜！”

奔向许辰宇的，竟然是还扮作莫莉模样的莉莉丝。

米亚愤愤不平，莫莉却是松了口气，不管许辰宇救了谁，只要他们能安全，就是好事。可不料她这口气尚未吐尽，眼看着莉莉丝就要跑到许辰宇身边，事情却突生变故，不知从哪里突然射出一道粒子光束，直直地打在了莉莉丝的身上。

莉莉丝的身形一顿，几乎只是一瞬间，整个人便如同蒸发了一般，消失在空气中。

许辰宇手还伸向莉莉丝的方向，微怔之后迅速地卧倒滚向一旁，避过了随后而至的下一道粒子光束。几乎在同一时间，许多改造人士兵从四下里涌出，无数道激光射线对准了粒子光束的发射地。

有声音从发射地传出："不要杀我！"

莫莉与肖泽恩、米亚三人被这变故惊呆，几乎连呼吸都忘了，死死地盯着远处的发射地，就见一双手从那里举起，随后，雷奥从简单的掩体后缓缓站起身来，向着渐渐逼近的改造人微笑："我是联盟可穿越黑洞实验的主持者——雷奥·汉米尔顿上校，请别杀我。"

改造人士兵团团将雷奥围住，等待着上级军官的指令，可那军官却没看雷奥，反而向许辰宇那里疾步走过去，行了军礼，关切地问道："伊诺尔殿下，您没事吧？"

许辰宇已经站起身来，闻言只是淡淡点头，他站在那里，怔怔地看着"莫莉"消失的地方。

粒子光束武器威力太过骇人，可以在瞬间将目标蒸发，因此不论是在联盟还是改造人帝国，它都属于严格管制的武器，哪怕是在军中，也不允许配给单兵使用。可是，只是新训营医官的雷奥竟然有粒子光束手枪，而且，还用它射杀了"莫莉"。

过了片刻，许辰宇这才提步往雷奥这边走来，停在他身前，问道："为什么？"

雷奥双手扶在脑后，标准的投降姿势，可脸上却带着几分轻慢的笑意，他挑眉看向许辰宇，反问道："你问什么？什么为什么？"

许辰宇冷冷地看着他，重复问道："为什么？"

他身上散发出冰冷的杀意，这叫雷奥不由自主地敛起了嬉笑，下意识地站直了身体，沉默地看着他。

许辰宇忽地弯了弯唇角，又道："你以为我不敢杀你，是吗？"

雷奥缓缓摇头，正色道："你不是不敢，而是不会。我虽然不知道你是谁，可你既然能混入基地，并且一直潜伏到现在，这就说明你是一个冷静理智的人，你不会为了一时意气杀了我，不是吗？"

"你是这样认为的吗？"许辰宇轻笑，那笑容里已全不见往日的温和，"黑洞实验主持者……听起来的确像是很重要的人，可惜，我最讨厌你们那些所谓的科技进步。"

他竟然说出这样的话，叫雷奥也不由得有些紧张起来。

许辰宇打量他两眼，笑了笑，不疾不徐地问道："现在，可以给我一个理由了吗？为什么要杀莫莉？"

雷奥略一迟疑，答道："因为她是黑洞实验中唯一一个能够恢复意识的实验体。"

许辰宇明显怔了一下，片刻之后才低声喃喃道："原来是这样。"

他垂目站了片刻，一言不发地转身离开，径直上了旁边悬停的一架飞行器。雷奥有些意外，看了看许辰宇的背影，又去看面前的那个改造人军官。那军官往一旁侧了下头，示意他去上另外一架飞行器。雷奥没有反抗，顺从地被改造人带上了飞行器。

远处，莫莉他们虽然听不清许辰宇与雷奥都说了些什么，可只刚才发生的事情，已经把他们惊得呆滞，许辰宇和改造人是一伙的，而雷奥竟然射杀了"莫莉"！

肖泽恩一手紧紧捂着莫莉的嘴，另一只手却是死死地抱着米亚，直到那两架飞行器升空，这才慢慢地松开了她们两个，慢慢地吐出一口气来。

莫莉整个人都不受控制地战栗着，声音更是抖得语不成调："组长……是叛徒？"

# 第二十一章

# 沦为奴隶

“不是叛徒，应该是改造人的间谍。”肖泽恩低声纠正，同时又不觉有些疑惑，“是他向敌人传出了我们的位置吗？可基地的对外通讯都是屏蔽的，除非有指挥部的授权，否则根本无法与外界联系。他是怎么往外传递消息的？”

不知为何，莫莉眼前突然闪过了昨天夜里在舞会后门外见到的那个人。他有着和贝寒一样的面孔，却向她露出那样的笑容，现在想来，竟是和许辰宇的微笑极为相似。

肖泽恩眉头微皱，问出了和许辰宇一样的问题：“雷奥上校为什么要射杀你？”

雷奥为什么要杀她，莫莉隐约有些明白，可是，她却不能向肖泽恩他们说出来。她露出一丝苦笑，摇头道：“我也不知道。”

平时性子最火暴的米亚一直沉默着，肖泽恩有些担忧地看了她一眼：“米亚？”

米亚一直低着头，半晌后才一个字一个字地往外挤道：“我要杀了他，我一定要杀了他。”

肖泽恩用力握了握她的手，低声道：“冷静。”

可现在首要的事不是去杀许辰宇，而是怎么活着从这里逃出去。

基地已经沦陷，除了特别行动队营房那边还有零星的抵抗外，其余各处，改造人已是开始全面搜捕幸存的战队成员。莫莉他们躲藏的地方虽然隐蔽，可并不是安全之所，改造人早晚会搜到这里。

“想要逃走，只有一条路。”肖泽恩指着背后的那艘基地逃生舰，低声与莫莉和米亚两人说道，“这艘逃生舰只是平衡系统受损，动力系统损毁得并不厉害，应该是还可以飞上天的。一会儿，米亚，你带着莫莉偷偷潜伏到那边，离着改造人的战斗舰越近越好。”

距他们藏身地几十米的地方，分散停着几艘改造人的小型战斗舰，每艘附近只三两个士兵在看守。

肖泽恩一向冷漠寡言，此刻却细细叮嘱米亚：“一旦我启动逃生舰，米亚，你就马上出手抢夺他们的战斗舰，然后趁乱起飞。你记住，所有的飞行器构造原理都大同小异，制定坐标后，尽快把速度提升到超光速，进行跳跃性飞行，趁乱逃离这里……”

他话说得又快又急，别说莫莉，便是米亚都有些跟不上，不得不出声打断他：“泽恩，你说慢些，我快记不住了。”

肖泽恩盯着米亚，一字一句地说道：“米亚，这一回，你必须自己记住。”

是的，这一回，她必须自己记住，因为他无法再陪在她的身边。米亚看着肖泽恩，突然就红了眼圈，用力地点头：“好，你说。”

肖泽恩伸出手去，揉乱了她的短发，忽地笑了笑，轻声道：“真是个笨蛋！”

莫莉突然出声说道：“我去吧。”

米亚和肖泽恩俱是一愣，齐齐转头看向她。

莫莉向着他们两个咧嘴笑：“我说由我来引开他们的注意。”看到米亚欲要说话，莫莉先伸手止住了她，冷静说道，“你不能去，米亚。泽恩腿部受伤，没有你，我们两个甚至都无法潜伏到战斗舰那边去。”

她又看肖泽恩：“同样的道理，没有你，我和米亚就算能逃出基地，也逃脱不了改造人的追击，更别说在茫茫宇宙中逃生。”

所以，最好的搭配就是她在这里启动逃生舰吸引改造人的注意，米亚带着肖泽恩去抢夺战斗舰，然后由肖泽恩驾驶战斗舰逃离。

用她一个人的死，换来他们两个人生的希望。

“不行！”米亚和肖泽恩异口同声地说道。

“那要怎样呢？泽恩，你是最聪明的，你来告诉我，怎样才是最理智的选择。”莫莉看了看肖泽恩，又去看米亚，她用力弯起唇角，努力地露出微笑，又道，“不怕你们笑话我，我其实很怕死，可是，我更怕拖累着你们陪我一起死。”

米亚咬紧了牙关，肖泽恩也是沉着脸不说话。

莫莉又笑了笑，用欢快的语调说道：“嘿！也许情况没那么糟糕。也许，我们三个都不会死。你们忘记了吗？我是回归岛人啊，我很珍贵的！连组长都在找我，可见改造人是不会杀我的。只要我稍稍幸运些，别死在救生舰里，我就能活下来。”

“那更简单，莫莉，你不用管我们，你直接去向改造人投降吧，就像雷奥上校那样。”米亚说道。

莫莉怔了一怔，一时竟然不知该如何反驳米亚。

肖泽恩也低声说道：“就按照米亚说的办，你出去吧。”

米亚和肖泽恩一同盯着莫莉，似是在等着她的反应。可莫莉怎么可能出去！正如贝寒曾说过的那样，改造人会克隆出无数个她来进行黑洞实验，联盟就将面对灭顶之灾。

而这，也正是雷奥不顾一切地射杀她的原因。

远处的改造人渐渐往这边搜寻过来，已经没有时间可以用来浪费。

莫莉咬了咬牙，急声说道：“好，我告诉你们，我身上有个很大的秘密，不论是联盟还是改造人，他们都不会容许我再活下去！等待我的，只有死亡。而你们如果可以逃出去，就会叫我死得有点意义。”

米亚和肖泽恩将信将疑，却仍不肯抛下莫莉离开。

莫莉无奈之下，只得拔出手枪抵在自己的太阳穴上，要挟道：“走不走？”

米亚欲要上前夺枪，却被肖泽恩一把拉住了：“米亚，听莫莉的！”米亚迟疑了一下，终于妥协，拉过肖泽恩的手臂，将他背到自己身上，临出发前又转头深深地看了莫莉一眼，低声道：“莫莉，我会永远记住你！”

莫莉听得微笑，轻轻点头：“好。”

米亚背着肖泽恩从藏身处闪出，借助着不同的遮蔽物，神不知鬼不觉地往远处的改造人战斗舰潜伏过去。直到看不见他们两个的身影，莫莉这才挣扎着起身，小心翼翼地往逃生舰内摸了过去。

逃生舰不比别的战舰，它驾驶起来要简单得多，就算是莫莉，也知道如何启动它。只是这一次，它却不是用来逃生。莫莉在驾驶位坐好，深深地吸了口气，这才颤抖着手摁下了动力启动系统。逃生舰的舱体开始隐隐晃动，片刻之后，终于再一次起飞。

几乎是同一时间，改造人的母舰上，一位身着帝国军装的年轻男子迈入指挥中心，径直走向主控台。指挥舱内的所有军官齐刷刷地站起身来，向着他弯腰行礼。从这一刻起，他不再是天狼战队新训营的学员许辰宇，他是迪沃帝国的第二皇子——伊诺尔殿下。

舰队指挥官走上前来将舰队指挥权交出，伊诺尔沉默地看向整齐排列的虚拟屏，其上正显示着基地各处的战场实况：制空权已尽数落在帝国军手中，基地只余零星的地面反抗，有些区域，帝国士兵已经开始拉网式的战场清扫。

就在这时，角落里的一面显示屏上忽地亮起了警示信号，画面显示一架基地的逃生舰突然强行起飞，摇晃着在空中左突右击，看情形是意图逃窜。帝国军几艘战斗舰已随之升空，向那逃生舰追击过去。

这情形在战中并不算罕见，不过是漏网之鱼的垂死挣扎，伊诺尔只淡淡地瞥了一眼便移开了视线，谁知情况却突然生变，最先升空的那架帝国战斗舰猛地旋身，弃敌方的逃生舰不顾，反而向着己方的战斗舰猛烈开火。

事发突然，帝国战舰被打得措手不及，眨眼间就有两架战斗舰中弹，其余战斗舰忙弃了那艘逃生舰不顾，反过身来回击这架突然“叛变”的伙伴。可更叫人意想不到的是，那架战斗舰的飞行轨迹简直神出鬼没，几个超高难度的疾速翻转与旋身之后，竟冲出了包围圈，紧贴着基地建筑，冲出了基地屏蔽罩。

前线语音信息实时传来：一架HD-R2型战斗舰被敌方人员夺得，向M20星团方向逃窜，我军已派出战斗小队追击。

指挥中心的主显示屏画面早已切换过去，此刻画面上只剩下那架强行起飞的逃生舰，虽没有受到帝国战斗舰的攻击，可因之前就已经严重受损，在空中挣扎片刻，重又向着地面坠落下去。很显然，对方采取了声东击西的方式，逃生舰不过是引人注意的虚招。

伊诺尔面色微沉，说道：“那里是天狼战队的新训营，抢夺战斗舰的只能是战队学员。”

这话一出，指挥中心内不由得静默了片刻，众军官或多或少都觉得有些颜面无光。伊诺尔见状，却是浅浅一笑，又道：“天狼战队本就是联盟舰队最精锐的部队，便是其新训营内也藏龙卧虎，有三两个漏网之鱼也是正常。而且，我们在短短时间内就攻下了整个基地，已算是大获全胜。”

他说完，伸出右拳轻轻置于左胸，沉声说道：“天佑我皇！”

指挥中心内低落的气氛顿时得到扭转，众军官都像他那般动作，高声应和：“天佑我皇！”

除却在逃的那艘战斗舰，战斗基本已经结束，很快就有地面的战报传回，请示那些被俘的基地人员如何处置。伊诺尔沉默不语，那位前指挥官看了他一眼，提醒道：“殿下，按照惯例，被俘人员或是就地处决，或是送往阿德旺斯为奴。”

阿德旺斯是改造人帝国的都城所在，也是奴隶需求最大的地方，每年都有大量的奴隶被贩卖过去，供帝国的贵族们挑选。不过，除却一些特殊用途的，那些奴隶大多来自联盟的平民，很少是联盟军人，因为他们太过危险。

伊诺尔抿了抿唇角，淡淡说道：“给予他们简单救治，送回阿德旺斯吧。”

前指挥官闻言不觉有些失望，觉得这位皇子有点心慈手软。不过，他面上并未露出什么来，只应道：“是。”

同在英仙座旋臂，贝寒率领着天狼战队刚刚攻下了改造人的一个能源基地，抵抗虽然很激烈，可战斗却不算多么艰难，这叫贝寒感到有些意外。多年的战斗经历叫他的战场感觉极为敏锐，隐隐觉察到异样后，贝寒果断地下令彻底击毁这个能源基地，随即命战队立即全速回返。

结果战队尚在返程途中，就接到了后方基地遭到改造人偷袭的消息。战队诸军官闻讯又惊又怒，唯独贝寒此时却出人意料地冷静下来。他眉宇间极为淡漠，几乎不露一丝情绪，望着视窗外的星空默默出神了片刻，竟是下令战队更改航线，就近休整。

不得不说，这一命令理智得近乎冷酷。战队主力已经被贝寒带出，基地只是空壳，当前首要之事是将战队带至安全区域，避免受到伏击。所以，不论如何舍不下基地，现在都得暂时放弃。

联盟舰队总司令部的命令随后到达，也是严禁贝寒带队返回战队基地，命他带队返回猎户旋臂，尽快进入联盟军势力范围。

贝寒与联盟军总司令唐纳德上将进行了长达半个小时的对话，通讯刚刚结束，军情处长官莱恩就发来了通讯申请。因着距离太过遥远，信号消减得厉害，虚拟屏内的图像也有些模糊不清，莱恩一反往日的散漫模样，正色道："抱歉，贝寒，这次是我的责任。"

贝寒垂下眼帘，淡淡说道："现在不是说这些的时候，我想知道基地的战损情况，对方是什么部队？将领是谁？他们为何知道基地的精准位置？"

弄清这些问题是军情处的职责，莱恩点头，停了一停，又道："贝寒，请你保持克制，尽快带队返回，我不是怀疑你的能力，而是你的能源储备已经无法支持你进行一场大型战斗。"

贝寒沉默，过得片刻，这才应道："我知道。"

听他这般回答，莱恩不由得暗暗松了口气，想要再安慰贝寒几句，却又不知能说些什么，正踌躇间，听得贝寒突然问道："对方可是冲着雷奥和莫莉去的？"

莱恩想了一想，答道："目前还没这方面的情报传回。"

"如果有莫莉的消息，尽快告诉我。"贝寒轻声说道。

莱恩想要应一声"好"，却忽觉这个字发声有些困难。基地失陷，莫莉的死亡已经可以预见，就算没有死在战中，也会被雷奥人道毁灭，因为这曾是总司令部对雷奥下达的秘密军令。莱恩不知贝寒对莫莉有多深的感情，不过，只凭他愿意和莫莉发生关系，就可见莫莉在他那里不同于一般异性。

得不到莱恩的回答，贝寒微微挑眉看向他，平静的目光下暗藏着一丝凌厉。

“好。”莱恩勉强地扯了扯嘴角，犹豫了一下，终又忍不住说道，“不过，请不要抱太多希望。”

其实不光莱恩，就是莫莉自己，也没想着她还能继续活下去。所以当她在黑暗中缓缓睁开眼，最初的片刻，她真的有些恍惚，直到眼前忽地大亮，立在箱体外的异族士兵大声喝问她的名字，她这才意识到自己竟然还活着。

“莉莉丝。”莫莉鬼使神差地答道，她的嗓子沙哑得厉害，干干地吞了口唾液，再一次回答，“莉莉丝·米尔，基地新训营勤务人员。”

那士兵用激光将特殊标识直接打在了莫莉肩头，粗暴地将她从金属箱内扯了出来：“老实点，往前走，E19号箱体是你的。”

莫莉顺从地爬起身来，沿着狭窄的甬道往前，一直走了大约二十米，左侧那扇标着“E19”的金属门自动打开，露出里面仅有几米见方的狭小空间来。

“进去！”扩音器里传来冰冷的声音。

莫莉稍稍迟疑了一下，提步迈了进去。金属门在她身后闭合，四周光线迅速暗下来，莫莉背靠着墙壁缓缓坐倒，沉下心来思量眼下的境况。四周在隐隐震动，那她应该是在某艘飞船内，之前又看到甬道两边俱是排列紧密的金属门，那幸存下来的基地人员就不会只有她一个。

只是，他们这是要被带往哪里？

莫莉的疑问并未困惑她太久，没过几日，她所乘坐的飞船就降落在了某个星球上，莫莉和基地其他被俘人员一同被送入了奴隶市场，推到高台上由人叫卖。莫莉之前做过最坏的打算，她想过被杀，或者被带去实验室成为实验品，可她从未想过自己会沦落为奴隶。

更叫人可笑的是，她还是卖不出去的那一个。这一刻，莫莉竟不知道是该庆幸还是懊丧。

她手上脚上都被套着特质的金属圆环，巨大的磁力牢牢地将她锁在台上，任人打量。身边的奴隶贩子用力地抬起她的下颌，向台下人展示她的面孔："仔细瞧瞧，五官还是很精致的，绝对的联盟人，而且，还是货真价实的天狼战队队员。各位想一想，就像正版的错币一样，基因选择下出来的残次品，才更有收藏价值啊！千万不要再犹豫，过了这村可就没这店了！"

奴隶贩子舌灿莲花，终引得人竞价购买，只价钱却一直上不去，和前面的那些简直无法相比。奴隶贩子难免有些失望，正打算甩货一般将莫莉卖出时，有个年轻男子突然出了一个相当不错的价格。

奴隶贩子不觉精神一振，像是生怕对方反悔，忙落锤敲定，又问那人道："您是现在带走，还是送货上门？"

男子轻松一跃跳上台来，当场付清货币，淡淡说道："我带走。"

奴隶贩子乐得省事，把控制莫莉锁具的遥控器交给男子，奉承道："您好眼光，这一回绝对捡到漏儿了！"

男子勾了下唇角算是笑过，拉了莫莉的手臂便要离开，走了几步似嫌她动作迟缓，竟是长臂一捞将人打横抱了起来。这一举动引得现场许多人哄笑，男子不以为意，神态从容地抱着莫莉往外走去。

莫莉事先被注射过药物，嗓子暂时失声，发不出半点声音，甚至因为手脚都戴着锁具，连挣扎都不能，只能瞪大了眼睛惊恐地盯着近在咫尺的男子。

男子垂眼看了看她，忽地低声说道："别怕。"

他一开口，莫莉忽就闻到了淡淡的酒气。

# 第二十二章

神秘特工

被这样一个喝了酒的异族男人抱着，她的心得有多宽才会不怕？不过，他既然还知道出言安慰她，也说明这人起码不是穷凶极恶之辈。莫莉努力地劝慰着自己，想向他露出一个温顺的微笑，可是那笑容实在太过僵硬，看起来倒是有点像要哭了。

男子瞥到她这模样，唇角微不可见地勾了勾，说道："不错，很识时务。"

"识时务"是莫莉现在能做的最好的选择，环境已经这样恶劣，既然暂时无法逃脱，那么就只能迫使自己先去适应环境。况且，不论这男人买她回去做什么，关系融洽点总比剑拔弩张的好。

莫莉无法发声回应，就又奋力地扯了扯嘴角。

男子移开了目光，淡淡说道："笑不出来那就不要笑了。"

说话间，他已经走到了门口，忽然有个瘦小男人闪身出来拦住了他，叫道："这位先生，您买的这个奴隶转让给我，怎么样？"

莫莉转头看去，认出这人刚才也曾在台下喊过价，只是出价太低，很快就被压了下去，不想他现在竟然又追了过来。惊讶叫莫莉一时忘却了恐惧，她不禁抬头看向抱着自己的男人，想看看他会如何反应。

他扫了她一眼，这才抬眼看挡在身前的瘦小男人，冷漠说道：“不好。”

“十个！我多付给您十个曼尼！”小个子男人并不放弃，伸过两只手掌来比画，“你想想，只不过才几分钟，您就白白赚了十个曼尼，这个买卖很划算的。”

男子理都不理他，抱着莫莉径直往门外走，那小个子男人略犹豫了一下，又从后面追了上来，继续纠缠道：“加二十个，不能再多了，您刚才买下她也不过花了五十曼尼。”

曼尼是改造人帝国的流通货币，由一种稀有金属制成，存世量极少，七十个曼尼对于莫莉这样条件的一个奴隶，的确是一个不错的价格，要知道就是那些正式的战队队员，最高的也不过才卖了二百曼尼。

男子闻言脚下就停了停，微微眯了眼，问道：“你很想要她？”

小个子男人忙点了点头：“是的！”

男子冷然问道：“为什么？”

“因为她很乖顺！”小个子男人似是有些兴奋，双颊上有些泛红，不自觉地搓着双手，“刚才那么多奴隶，只有她是最乖顺的，丝毫没有反抗，很听话的样子。”

男子看了一眼莫莉，又看看小个子男人，讥诮着反问：“你确定她是乖顺，而不是没有力气反抗？”

小个子男人答不上来，张了张嘴，只又道：“不管她有没有力气，我只是觉得她这个样子的奴隶很可爱。先生，您看起来就是个贵族，家里一定不缺奴隶的，不如您把她转卖给我吧。怎么样？价格您来开，这样总行了吧？”

“我的确是不缺奴隶。”男子的声音有些冷，语速并不快，“不过，我也不缺钱。”

他说完，看也不看旁人一眼，抱着莫莉出了大门，直接上了一辆样式普通的悬浮车。

与联盟首府波斐克的干净整洁、秩序井然不同，帝都阿德旺斯繁华而混乱。这里有高耸入云的巍峨大楼，也有杂乱无章的低矮平房；有最先进的飞行器，也有最原始的马车；有装扮华美的绅士淑女，也有衣着破烂的流浪汉……

在这里仿佛没有规则，没有限定，一切都是任由着性子肆意而生。

像奴隶市场这样的场所一定是远离市中心的，悬浮车很快由大路拐入狭小的街道，行不多远便进入了一个幽静的院子，不大，里面种有几棵粗壮的老树，繁盛的树冠在半空中相接，几乎将整个院子都罩了进去，衬得院中那栋二层小楼如同精巧的玩具。

车子在门廊的台阶旁悬停，男子将莫莉抱下车，抬脚轻轻踢开大门，径直走了进去。房子里的装修复古而奢华，男子把莫莉放到壁炉前的椅子上，指尖拨了拨她肩头的衣服，看了眼刻在那里的标识，直起身来后退一步，倚着壁炉肆无忌惮地打量她。

莫莉强自做出镇定的样子，挺直了肩背，收紧着下颌，微垂下眼帘，任他打量。她装得几乎完美，可战栗的指尖却泄露了她内心的恐惧。

男子的视线从莫莉的手上重新移到她的脸庞，发出一声轻轻地嗤笑：“莫莉，你好像很紧张。”

莫莉猛地抬眼看过去，震惊地看着他。

在她的注视中，男子淡然开口道：“你好，莫莉少尉，我是联盟军总司令部军情处特工希瑞尔，奉莱恩长官的命令前来救援你。”

莫莉迟疑了几秒钟，这才缓缓地吐了一口长气出来，一直绷紧的神经突然松懈，叫她整个人像是脱力一般，不由自主地松垮下来。

自称希瑞尔的男子勾了勾唇角，从衣袋中掏出控制莫莉身上锁具的遥控器，指端轻轻一捏，那遥控器就碎了，他把它远远地投进了屋角的垃圾桶内，不紧不慢地说道："莫莉，虽然能得到你这样的信任我很高兴，不过，请你先不要过于乐观。也许，我们两个都无法逃出阿德旺斯，也许，你还会重新落入帝国军的手中。"

他唇角微勾，似笑非笑地看着莫莉："也许，对你来说，被刚才那只猴子买走才是最好的结果。"

莫莉愣了下，这才反应过来他所说的"猴子"是刚才要买她的那个小个子男人，可人家身材虽然瘦小些，人却很精悍，而且长得也不错，这人以"猴子"来称呼，真是有点刻薄了。她喉咙干渴得厉害，用力地吞咽下唾液，尝试着发声道："起码现在有了逃脱的希望，不是吗？"

希瑞尔定定看她两眼，从一旁倒了杯水过来递给她："喝水。"

在被困的这几天，他们只给了莫莉少量的营养液和水，以保证她身体最基础的消耗，其余一切皆无。她抖着手接过水杯，几乎是有些迫切地将那些水一口气饮尽，然后意犹未尽地舔着唇，伸手将水杯递出去，低声要求道："能再给我一杯水吗？"

希瑞尔的目光在她的唇上打了个转，重又给她倒了一杯水回来，正要交给她时，却忽地往回收了收，淡淡说道："慢点喝。"

莫莉忙点头，接过水杯后又忍不住大口往下灌，等喝了大半杯，眼睛余光看到希瑞尔一直盯着她看，这才突然意识到尴尬，控制着速度，一口一口地慢慢地将杯中的水喝完。

"还要吗？"希瑞尔淡淡问。

莫莉摇了摇头，可很快就又改了主意："麻烦您再给我一杯吧。"

希瑞尔又给她倒了一杯水，微微抿了抿唇角，突然问道："他们虐待你了？"

莫莉双手握住了水杯，微笑着摇了摇头，简单答道："还好。"

希瑞尔面色却突然有些阴沉，想了一下，又给莫莉拿了一小块蛋糕过来，放在盘子里递给她："如果饿得太久了，就少吃一点，等下一顿再吃。"

莫莉抬眼看了看他，主动问道："我们怎么逃离这里？什么时候可以走？"

"得等待机会。"希瑞尔答道，他微垂下眼帘，手上把玩着一个小小的金属酒盒，"而且，在这之前，还要先设法营救出雷奥上校。"

提到雷奥，莫莉不自觉地打了个寒战。

雷奥击毙莉莉丝的那一幕还清晰地留在她的脑海里，说实话，她直到现在都还有些无法接受这一事实。雷奥是她来到这个世界后第一个熟悉的人，尤其是到了基地之后，她不再是他的研究对象，两人的关系比之前好像更亲密了一些，莫莉以为他们已经是朋友，可不想他却能毫不犹豫地开枪将"她"击毙。

从理智上，莫莉完全能够理解雷奥这样做的理由，可是从感情上，她实在无法接受。

"其实，我很意外他们能叫你来救我。"莫莉弯了弯唇角，笑容却有些苦涩，"我以为，就算是找到我，他们给你的命令也是杀死我，用粒子光束，将我完全消除，连尸体都不留给改造人。"

希瑞尔默默看她片刻："你想得有些多了，莫莉少尉，尤其是现在这个时候。"

莫莉向他笑了笑，没有说话。

"我想你也许需要去休息一下。"希瑞尔站直了身体，暗示谈话已经结束，"你的房间在一楼仆人房，不过，为了安全起见，你真正要睡的房间在二楼东侧顶头。请你记清楚，因为我们可能需要在这里待好几天，万一有外人来，不要露馅。"

遥控器被希瑞尔破坏，莫莉手脚上的锁环已经失效，虽然她身体还有些虚弱，但是日常的行动却已经无碍。她慢慢地站起身来，把手中的盘子放到一边，又向着希瑞尔轻轻欠了下身致谢，这才沿着楼梯上了二楼。

东头的那个房间很大，看起来应该是主人的卧房，莫莉稍稍有些意外，在房间里略略转了下，然后进了洗浴室。里面一应俱全，除了高科技的人体清洁系统外，还有一个大大的浴缸放在角落里，叫人一眼看到，无法忽略。

莫莉迟疑了片刻，将浴缸里放满水泡了进去，这才算是真正放松下来。精神稍一松懈，她就有些昏昏欲睡，心中怕出事，忙强撑着爬出来，胡乱地裹上浴巾往外走，不想一开浴室门，竟闷头撞进了希瑞尔的怀中。

莫莉一惊，慌忙仰身后退，脚下一滑却是不受控制地往后砸了过去，亏得希瑞尔反应迅速，伸手在她腰间扶了一把，低声道："小心。"

他离得她极近，莫莉又闻到了那股淡淡的酒气，这气息叫她不由自主地脸红心跳，甚至，双腿都有些发软。这感觉太怪异，叫她心生警惕，不露痕迹地往后退了一步，背抵住房门，戒备地看向希瑞尔。

希瑞尔收回了手掌，淡淡解释道："我刚才在外面敲门，听不到你的回应，怕你在浴室里出事。"

"对不起，我可能是睡着了，没有听到。"莫莉下意识地用手掩住胸口，抓紧了身前的浴巾，瞧着希瑞尔没有离去的意思，只得委婉地说道，"请您在外面等我片刻，我换好衣服就出来。"

当着他的面，莫莉若无其事地关上了浴室房门。待门板紧紧闭合，她这才发觉自己的心跳已乱得不成样子，也不完全是由于惊吓，还有些说不清道不明的感觉，倒像是被那人身上的酒气熏得醉了，忍不住地心旌摇荡……她不由得暗骂自己荒唐，用凉水拍了拍脸颊，这才把心中的绮念压了下去。

浴室里并没有干净的衣服供她替换，扔在地上的短衫长裤还是她从奴隶市场穿回来的，早已经破烂不堪，无法上身。门外没有声响，莫莉不知道希瑞尔是否还在那里，迟疑了一下，重新裹好了身上的浴巾，这才又小心地打开了浴室门。

门外没了希瑞尔的身影，莫莉松了口气，快步走向衣橱，试图从里面找到一身可以穿的衣服。里面挂着不少男子衣衫，看大小应该是希瑞尔的。莫莉翻找了半天，最终拿出一套全新的衬衫长裤。衬衫还好，就是再肥大些也没关系，可裤子穿上了却有些行动不便，莫莉只得束紧裤腰，卷起裤腿，整理了半天，这才叫自己能够行动自如。

她打开卧室房门，希瑞尔正倚在走廊里，瞧她这个模样出来，似是有些意外，微微扬起了眉梢看她。莫莉有些尴尬，小声说道："一时找不到衣服，只好先从衣橱里拿了一套，没关系吧？"

"抱歉，是我疏忽了。"希瑞尔说道。

莫莉身上穿着这男人的衣服，总觉得莫名地尴尬，她避开了他的目光，垂目问道："请问您找我有事吗？"刚说了要她上楼休息，却又过来找她，显然是有事的。果然，就听希瑞尔说道："刚才有件事情忘了和你说，为了这几天的安全起见，你需要改变一下外貌特征。"

莫莉反应很快，立刻问道："是装成莉莉丝，还是其他人？"

"莉莉丝，以便和你肩上的标识相符。"希瑞尔答道，停了一停，又道，"除了更改外貌特征外，还要消除你手腕上的战队学员标识。"

莫莉闻言怔了下，抬起手腕来看那残存的半枚印记。这还是她刚进入天狼战队基地时被打上的，里面记录着她所有的个人信息，包括后来的受训信息。基地沦陷时，她身上多处受伤，这枚印记也遭到破坏，现在只剩下了半边。

哪怕只剩下一小块，可里面也可能残存着重要的信息，更关键的是，莉莉丝是基地勤务人员，她的手腕上是没有这种学员标识的。

“好的，什么时候弄？”莫莉问道。

她的果断叫希瑞尔稍稍意外，他看了莫莉一眼，沉声答道：“印记我来处理，更改外貌需要其他人来做，莱恩已经约了人，刚才，那人给了回信。”

莫莉这才明白他为何会突然来敲她的房门，想了一想，问道：“我们现在就去吗？”

希瑞尔缓缓摇头：“先处理印记，印记处理后需要一段时间恢复，否则没法出门。”

莫莉想也应该是这样，这印记留在她身上就像是颗随时可能会爆炸的炸弹，还是先处理掉比较好。

“你先去床上躺下，我去拿用具。”希瑞尔交代莫莉，他径直走进卧室，从柜子里取出医疗箱并一台小型的治疗机出来，一起都拿到了床边。

莫莉看他从医疗箱内拿出注射器、手术刀等器具，大概能猜到他的处理方式，应该是先剥掉她手腕上的那块皮肤，然后再用治疗机予以治疗。明知道治疗机可以很快修复她的伤口，可莫莉心里还是忍不住害怕，干干地吞了口吐沫，这才爬上床躺好，将手腕平伸到希瑞尔面前。

希瑞尔瞥她一眼，轻声道：“我会先给你注射麻醉剂，不会有痛感。”

便是不会痛，可神志清醒地看着自己的皮肤被血淋淋地剥离也是件极恐怖的事情，莫莉笑得有些勉强，为了转移注意力，就把目光放到了一旁的治疗机上，故作轻松地问道：“联盟生产的吗？在这里也得算是进口了吧？”

希瑞尔抿了抿唇角，漫不经心地答道：“算是吧。”

莫莉感到手腕上微微一痛，很快，那只手臂就失去了感觉，她不敢再看，赶紧把头转到另一侧，没话找话地问道：“看您好像很喜欢喝酒，是吗？”

希瑞尔的动作顿了一顿，淡淡答道：“个人习惯。”

“经常会来阿德旺斯执行任务吗？”

“不。”

“您这样的，得算是军情处的王牌特工了吧？”

“也许。”

他的每一个回答都很简短，显然是不想和她多说，莫莉只得讪讪地闭上了嘴。过了一会儿，她就听到了手术刀落到金属盘上的声音，紧接着，他脱掉手套，将那台治疗机拎过来，把她的手臂搭了过去。

莫莉忍不住转头去看，可刚一动，他的手掌就遮住了她的眼睛。

“别看。”他低声说道。

只短短两个字，却透露出难言的温柔和怜惜，莫莉不由得一怔，怀疑是自己产生了幻觉。

希瑞尔也似察觉出什么，突然沉默下来。

莫莉僵硬地扯了扯嘴角，涩着嗓子说玩笑话：“其实没关系的，我胆子很大，你不知道，我在基地上格斗课的时候，几乎每一节课都被人揍得吐血，骨折都是小伤呢。所以，这真的不算什么的。”

希瑞尔没有回答，莫莉清晰地感受到他掌心的温度，忽然感到很紧张，她下意识地深呼吸，却又闻到了那淡淡的酒气，那气息越来越浓，就好像他正向着她缓缓弯下身来。莫莉紧张地喘不过气来，想要躲避，可身体却仿佛失去了控制，不再听从她的指令。

她醺醺欲醉，脑子里却突然冒出了一个荒唐的念头，想就这样抬起头凑上去，亲吻他的唇。这念头一冒上来，把莫莉自己都吓坏了，她赶紧用力咬了一下自己的唇，趁着这下子刺痛，往一旁侧了侧头。

萦绕在她鼻端的气息忽地远去，遮着她眼睛的手也被拿开了，他依旧侧身坐在床边，像是从未动过一下，口气平常地问："是吗？你格斗技能很差？"

莫莉有些回不过神来，直到希瑞尔再次叫她的名字，这才反应过来，应道："的确挺差的。"

希瑞尔看她一眼，状似无意地问道："可据说你曾在格斗场上赢过贝塞将军。"

莫莉愣了愣，随即就忍不住笑了："那怎么可能呢？我的确是在格斗场上摔过他一个跟头，不过却是事出有因的，所谓的赢过贝塞将军，只是将军为了表示对我另一个队友的尊重而已。"

希瑞尔已经收拾好医疗箱，只将治疗机留在了床边："大概还需要半个小时你的伤口就能复原，我想你可以趁着这个时间休息一下。"他说着从床边站起身来，提着医疗箱打算离开，"我就在隔壁，有事情可以叫我。"

莫莉轻轻点头："谢谢。"

希瑞尔出去了，房间内只剩下莫莉一个，她本就已经极为疲惫，现在又躺在床上，刚刚闭上眼睛没一会儿，人就睡了过去。等她再醒来时，治疗机已经撤走了，希瑞尔就站在床边，低头和她说道："莫莉，我们该出发了。"

莫莉忙爬了起来，应道："好的。"

希瑞尔把一个衣袋丢给她，淡淡说道："换好衣服出来，我在外面等你。"

# 第二十三章

## 改头换面

衣袋里有一整套衣服，虽然样式简单，种类却是齐全，甚至连内衣都有。莫莉感觉怪怪的，但又说不出哪里不对劲，顾不上多想，急忙穿好衣服走了出去。希瑞尔正在楼梯口等她，见她出来，这才转身下了楼。

楼外已有悬浮车在等着，不是他们来时乘坐的那辆，比那辆更小些，看着也破旧了许多。希瑞尔没说往哪里去，莫莉也没问，车子驶出大门走了一段，没有汇入大道，反而是往更窄的巷子钻了进去，就这样七转八转地走了好久，车子才在一栋老建筑后停下来。

希瑞尔先下了车，伸手捉住了莫莉的手掌，带着她往楼内走去。里面很黑，走廊又长又窄，直到尽头才看到了电梯，小得仿佛只能容两人贴身而站。莫莉整个人都快埋进了希瑞尔的怀里，紧张得连呼吸都不敢。

幸亏电梯下降得很快，不一会儿就停住了。电梯门一打开，莫莉便迫不及待地先跳了出去，希瑞尔在她身后轻笑了一声，伸手拉住了她，低声嘲道："你肺活量倒是不小。"

莫莉愣了一下才明白他的意思，面上不觉一红，也不敢接他的话，只假作听不懂，问他道："改变相貌很难吗？可在基地我看大家易容都很容易啊。”

“那是在短时间内，除了染色的头发，五官的改变最多维持二十四小时，而且只能通过注射药物做到相似。”希瑞尔依旧拉着莫莉的手，快步往内走，“而这一次我们需要在这里待很久，有些场合你还要随我一起去。”

他们很快就走到了一道锈迹斑斑的铁门前，希瑞尔抬手在门上有节奏地敲了几下，片刻之后那门就打开了，一个面色苍白的中年男人从门后露出头来，警戒地扫量了一下他们，粗声问道：“你们找谁？”

“克洛博士。”希瑞尔答道，说着从衣兜里掏出一张卡片给那人递过去，“已经约好的。”

男人接过卡片仔细看了看，这才打开了门放莫莉他们进去，一边往工作室内走，一边和希瑞尔说道：“我这里需要现金结账，不接受一切信用货币。”

“明白。”希瑞尔掏了一袋子曼尼币出来，随手丢到一张工作台上，淡淡说道，“我也有个要求，必须完全一样，叫人丝毫看不出破绽来。”

男人刚把希瑞尔给他的那张卡片插入机器，在工作台前打出莉莉丝的全息影像来，又比照着莫莉的面庞仔细看了看：“五官比例本来就有些相似，做起来难度不大。”他说着，又回头去看希瑞尔，咧嘴笑道，“放心，绝对要比你这张脸效果好。”

希瑞尔步子微微顿了下，面无表情地说道：“那就好。”

身为特工人员，在任务中易容是很平常的事情，莫莉不觉如何意外，她抬起头来，怀着几分好奇去打量希瑞尔的面容。他的侧脸很好看，轮廓清晰，五官俊朗，好似他原本就是长成这样。

感觉到莫莉的注视，希瑞尔瞥向她，眉梢挑起一丝诧异。

莫莉忙收回了目光，转而去看虚拟屏幕，上面是莉莉丝的头部放大图，详细标记着五官的特征，甚至连其面颅骨的各项数据都有说明。莫莉仔细看了两眼，忍不住悄悄拉了下希瑞尔，小声说道："我和她的脸型还是不大一样的，真能做到完全一样吗？"

那个克洛博士的耳朵很灵，抢着回答道："岂止是脸型不大一样，身高也有差别，虽然你们五官有些相似，但完全是一个低配和一个高配的区别，想要做到完全一样，要动刀的地方也多了去了！"虚拟屏幕上出现了莫莉与莉莉丝的对比影像，他手中的激光笔在上面指指点点，"下颌骨需要削，鼻梁要垫，只面颅骨这里需要改动的地方就有十一处，肌肉组织也要调整……"

莫莉听得心惊胆战，手心里都冒了汗，她转过头去看希瑞尔，颤声问道："有必要这样吗？"

只在这里待几天，用得着这样大动干戈吗？而且这样一套做下来，"莫莉"岂不是真的变成"莉莉丝"了？

希瑞尔的眼眸幽深沉静，透不出内里丝毫的情绪。过得片刻，他轻声说道："不要害怕。"

莫莉勉强地笑了笑，没再说什么。

克洛博士一边指挥着机器人助手做术前准备，一边向希瑞尔打着包票："放心，我的作品就是X光机也查不出破绽来，绝对不会留下任何手术痕迹。不是我说，你们联盟的治疗机虽然方便，可程序化的东西太死板，细节处理也不好。你看，就这些简单的骨折愈合，这骨头上留了多少痕迹啊！哎？小姑娘，用不用我帮你处理一下？这个可以算你半价。"

莫莉已经躺在了手术台上，分明紧张得整个人都绷紧了，唇角上却带着不变的微笑，闻言轻轻点头："好啊，不过，还能再优惠点吗？"

这一次使用的是吸入式麻醉，麻醉剂随着莫莉的呼吸进入体内，意识不受控制地离她远去，在彻底沉入黑暗前，她像是听到一个低沉的声音在她耳边说道：“别怕。”

可是怎么能不害怕呢？莫莉想告诉那人说她其实很害怕，说她一点也不想变成莉莉丝，即便她们本来就有些相像，即便莉莉丝的五官比她更漂亮精致。可是，唇却像是重若千斤，不论她怎样努力都张不开嘴。于是，她只能默默告诉自己：就这样吧！

不管怎样，她起码还活着，而且还有希望继续活下去，不是吗？可是即便这样想，却仍是有泪珠不听话地从眼角流出来，缓缓地滚入鬓角里去。

“不要碰她！”克洛博士急声呵斥，又探过头瞧了一眼希瑞尔的指端，解释道，“这只是无意识地流泪，是身体的本能反应。嘿，你离她远一点，不要再碰她，否则我还得再重新给她消毒。”

希瑞尔在手术台旁站了片刻，这才往后退去，立在不远处，默默地看着克洛博士开始手术。手术极为烦琐复杂，虽然有两台高智能机器人在旁协助，克洛博士还是用了近七个小时才完成了手术。

等莫莉从昏迷中醒来，则已经是两天之后。

意识回归，经过最初的一阵迷茫，她很快发觉自己面上像是被什么糊住了，连眼睛都无法睁开。她不由得惊慌，下意识地伸手去摸，手刚刚抬起就被人握住了，只听见希瑞尔低声说道：“别怕，你脸上涂了一层类生物胶质，是为了促进伤口愈合的。”

有他在身旁，莫莉心神略定，尝试着发声：“好。”

虽然声音嘶哑得厉害，却是能说出话来，她意外之余又觉庆幸，默默躺了一会儿，突然发觉听不到希瑞尔的声音，不禁隐隐惊慌，忙出声问道：“您还在吗？”

“在。”希瑞尔应道。

他的声音离她很近，人应该就在床边，莫莉感到莫名的心安，想了一想，竟是问道："可以给我拿些东西来吃吗？我觉得肚子好像有些饿了。"

这两天她一直都有注射营养液，按理说是不应该感觉到饿的，希瑞尔闻言有些意外，不过还是站起身去取了一杯米糊过来，插好了软管递到莫莉唇边，说道："你现在只能吃流食，要等伤口完全愈合之后才可以正常饮食。"

他喂她喝了大半杯米糊，又换了杯清水给她，莫莉一小口一小口地慢慢喝完，向他轻声道谢："谢谢。"

"可以再睡一会儿，时间会过得比较容易。"希瑞尔淡淡说道。

莫莉轻轻点头，过得一会儿，却又问道："难道我的声音不用改变吗？"

"要使用药物慢慢调整。"希瑞尔答道。

这个答案叫莫莉吁了口气，不禁感叹道："不用动刀，真好。"

听到她这话，希瑞尔发出一声轻轻的嗤笑，反问她道："这有什么好？"

莫莉微笑，不知道是不是因为刚刚吃过了东西情绪正好，她颇有谈兴，不紧不慢地说道："好坏都是比较出来的呀，不会更坏，那就是一种好了。比如，最开始的时候你一天要被人打十次，等到后来，你每天只会被人打五次，这时候，你就会觉得很幸福了，是不是？"

希瑞尔一直不说话，不过莫莉本也没打算能得到他的回应，她只是想说话，说一些压在心中很久，一直不知能和谁说的话。

"疼吗？"希瑞尔突然问道。

"哦，还好，还可以忍受。"莫莉以为他在问她现在伤口疼不疼，又下意识地想要伸手去摸脸，却被希瑞尔的手挡住了。她忙把手放回体侧，过了一会儿，又问道，"这个生物胶什么时候可以揭下来？"

“还有大约一个小时。”

“揭下来后我的脸是不是就会完全和莉莉丝一样了？”莫莉又问。

“你和她最大的区别还在于眉目间的神态，这一点手术也无法办到，只能依靠你自己模仿。”希瑞尔淡淡回答，默了片刻，忽又问道，“你看起来好像并不抗拒变成另外一个毫不相干的人，为什么？”

莫莉想要皱眉，可刚起了这个念头就赶紧控制住了，她声音依旧平静，甚至带了几分甜美：“为了活下去啊。”

她不说，并不代表着她猜不到，做这个手术恐怕并不是为了她这几天的安全，而是他们想要彻底地抹去“莫莉”的存在。

从此以后，变成莉莉丝，用她的身份活下去。这世界上再没有莫莉，至少在世人眼中，来自回归岛的那个莫莉，参加了黑洞实验并且幸存下来的那个莫莉，已经死在了天狼战队的基地里，死在了研究员雷奥的枪下。

“你很怕死？”希瑞尔问道。

莫莉缓缓摇头，忍不住笑了：“怎么会呢？你不知道，选择活下去才是我做的最勇敢的事情。你呢？你做过的最勇敢的事情是什么？”

希瑞尔又是半晌沉默，声音忽然转冷，说道：“你话真多。”

“抱歉。”莫莉自己也意识到了，其实她和希瑞尔还很陌生，可不知道为什么，他却总是给她一种很熟悉的感觉。熟悉的陌生人，这种错觉叫她本能地觉得安全，从而信任他，甚至依赖他。

他没再继续刚才的话题，而是有些不耐烦地问道：“你到底要不要睡觉？”

莫莉刚刚醒来，脸上一直麻麻痒痒，哪里能睡得着。她听着希瑞尔口气不善，小心答道：“我好像有点睡不着。”

“那好，你保持清醒，我睡一会儿。”

他说着，竟就绕到了床的另一侧，在莫莉身边躺了下来。莫莉惊讶不已，然后还不等她回过神来，希瑞尔的呼吸已是渐渐平稳，像是真的睡过去了。

莫莉不敢动，也不敢出声，硬挺挺地躺在那里，独自一个人苦熬着时间。也不知道过了多久，她脸上的麻痒感觉终于渐渐没了。莫莉觉得可能是到时间了，脸上的生物胶可以揭下来了，她不想吵醒身边的希瑞尔，小心翼翼地抬起手来，自己慢慢地摸索着脸颊。

“还差五分钟。”

希瑞尔的声音突然在她耳边响起，莫莉吓了一跳，下意识地往旁边躲，却忘记了她本就躺在床边，再这样一动，整个人顿时往床下栽了过去。希瑞尔忙伸臂，一把将她捞回，嘴里却是忍不住问道：“莫莉，我很好奇，你还能再笨一点吗？”

莫莉面上还蒙着生物胶，看不到他的表情，不过从他的语气里也可以听出，他是在嘲笑她。她并不生气，讪讪答道：“也许能的。”

希瑞尔哼笑一声：“那可真不容易！”

这一回莫莉没了话，沉默了一会儿，问他道：“现在到时间了吗？”

“脸上很不舒服？”他问。

莫莉点头，诚实答道：“虽然不妨碍呼吸，可是就是觉得透不过气来。”

“你别动，我帮你揭下来。”希瑞尔说着，从一旁探过了身来。

她清晰地感觉到他的手指落在了她的脸上，沿着下颌骨轻轻滑动，像是在寻找胶体的边缘，而比这感觉更清晰的，是扑在她面上的，他温热的鼻息。

莫莉不自觉地屏住了气，然后就发现他的呼吸很轻，深浅几乎一致，像是有意在克制着呼吸。这个发现叫她感到更加紧张，为打破这叫人窒息的静默，慌乱之下，竟想也不想地问道：“你也很紧张吗？”

希瑞尔手上的动作微微一顿，却是问道：“你用了‘也’字，这么说来，你很紧张，是吗？”

莫莉没想到他能注意这么细微的差别，犹豫了一下，诚实答道：“的确很紧张。”

希瑞尔没再继续追问她为什么紧张，房间内重新安静下来，过了一会儿，他终于找到那生物胶的边缘，小心翼翼地揭起，将一层半透明的薄膜从莫莉脸上慢慢剥下，露出一张无可挑剔的精致容颜来。

莫莉试着睁开了眼，一眼看到希瑞尔微皱的眉头，吓得心中一紧：“怎么了？不会失败了吧？”

“没事，还不错。”希瑞尔淡淡答道，翻身坐起，从另一侧下了床。

莫莉又问：“我可以坐起来吗？”

希瑞尔回头看她一眼，答道：“完全没有问题，只要你不觉得勉强就好。”

她现在的确是全身无力，可这样躺着却叫她觉得更痛苦，莫莉咬紧了牙关，用手臂撑起身坐好，这才发现自己已经被移到了另外一个房间，四面墙上都没有窗子，屋内摆放着一些医疗器械，应该还是在克洛博士的地下工作室里。

“这是什么？”她问，伸出手小心地去摸固定在小腿上的金属套子。

“你与莉莉丝的身高差了两厘米，只能从小腿上找齐，所以进行了断骨再生手术。”希瑞尔答道。

莫莉心中有种突来的悲凉，不过那情绪很快就过去了，她一张脸都换成了莉莉丝的，又何必再去计较腿上这点区别。她翘了翘嘴角，用带着几分欣喜的语气说道：“我又长高了吗？那真是太好了！”

希瑞尔没说话，只是立在那里打量她。

莫莉避过了他的视线，又问道：“什么时候可以摘掉这套子？”

“术后的四十八小时。不过你之前已经睡了近四十个小时，估计等到中午，这个东西就可以除去了。”

“然后我就真正地变成莉莉丝了。”莫莉低声感叹，沉默片刻，又抬起头来向着希瑞尔微笑，玩笑道，“希瑞尔先生，你以后不能再叫我莫莉，要叫我莉莉丝了，请不要叫错名字啊。”

希瑞尔看她两眼：“好，不过，也请不要再叫我希瑞尔先生。”

莫莉愣了一愣：“那叫什么？”

“主人。”他不紧不慢地答道，“你是我买回来的奴隶，当然要称呼我主人。”

莫莉颇有些无语，她看出他是在开玩笑，可那得意的模样还是叫人可气，莫莉真想怼他几句，勉强忍住了，说道：“希瑞尔先生，您真幽默。”

希瑞尔淡淡一笑，没说什么，转身出去了。

中午时候，莫莉腿上的金属套被拆了下去，她终于可以从床上下来了。腿骨的增高拉长了韧带、肌肉甚至皮肤，双脚踩到地上的第一个感觉就是疼痛，她咬牙忍耐，来回走动了好久才勉强适应，然后做的第一件事就是去洗手间照镜子。

面对着镜子里面那个有些陌生的自己，莫莉愣愣地看了许久，这才缓缓低下头来，用手捧了水洗脸。出去时，希瑞尔正倚在门外等她，手里拿着一小盒酒，不紧不慢地喝着，看她出来淡淡瞥过来，目光落到她发红的眼睛上时微微顿了下。

“哦，洗脸的时候不小心进了水。”莫莉心虚解释。

希瑞尔又看她两眼，却没再说什么，只扬手把空酒盒丢进屋角的垃圾回收器，淡淡说道：“走吧。”

依旧是沿着来时的路出去，不过这一回他没有牵她的手，莫莉紧紧跟在他身后，坐进悬浮车的时候，忍不住问道：“怎么去救雷奥上校？”

“首先，去找到他。”希瑞尔并未急于发动车子，而是从衣兜里掏出一个锦盒来，递给莫莉。

莫莉纳闷地看了他一眼，将锦盒打开，却不由得吓了一跳，里面竟是一串项链，大大小小的蓝宝石被精致地镶嵌在一起，颜色深深浅浅，似是海面上翻起的浪花，美丽璀璨，夺人心魄。

“戴上它。”希瑞尔交代，不等莫莉发问，就又解释道，“一会儿有用。”

悬浮车从小巷中转出来，飞行高度陡然提高了许多，进入了一条车流滚滚的繁华大街。沿街的两侧几乎都是各式商铺，招牌大都奇形怪状，高低错落地闪烁着，让人目不暇接。莫莉第一次看到这样的情景，有点像土包子进城，总觉得眼睛不够用，直到悬浮车在一家店铺外停下，希瑞尔叫她下车，这才回过神来，慌慌张张地下了车。

这是一家从事珠宝设计的工作室，招牌上显眼的地方缀着“手工”两个字，莫莉知道像这样的店是专做高级定制的，人工设计制作，价格极其昂贵。希瑞尔并未急着往里走，而是转过身看向身后，莫莉顺着他的视线看过去，就见街心广场的正中区域正投放着一组全息影像。

她仔细看了看，猛然认出那是联盟与改造人帝国战争的战场实况。

“嘿，是在猎户座旋臂。”一个路人在他们身边停下，和希瑞尔攀谈，“他娘的，小打小闹这么久，总算是来场正经的了！要我说早该这样做了，和那帮子虚伪高傲的联盟人有什么好谈判的？眼看着都快长成一个模样，能上编号了，还当自己是血统纯正呢！我呸！”

男人恶狠狠地啐了一口，又转头扫了一眼希瑞尔和莫莉，目光落到莫莉面上的时候忽然停了停，他用力嗅了嗅空气，然后问希瑞尔道：“她是联盟人？”

# 第二十四章

# 致命吸引

莫莉听得心中一惊，顿时整个人都僵硬了。

希瑞尔反应倒是从容，伸臂将她拥进怀里，轻笑着答道：“是，前几天刚买的奴隶，这场战争的战俘，不错吧？”

莫莉本就满心紧张又惊又怕，又被他这样搂住，只觉得双腿一软，几乎站立不住。耳边传来他低低的笑声，她脸腾的一下子红了个透，红晕从脸颊一直延伸到颈下，大有一路红下去的势头。

“别怕，有我在。”希瑞尔在她耳边低语，抬起头来向那个陌生男人笑了笑，“你瞧，真是个敏感又害羞的小东西。”

那男人哈哈大笑了两声，羡慕道：“你可真是捡到宝贝了。”

希瑞尔向着那男人淡淡一笑，拥着莫莉往建筑物内走去。莫莉不知那陌生男人是否还在看他们，紧张得都快不会走路了，全靠希瑞尔一路揽着，这才能勉强跟上他的步伐。瞧着左右无人，她忍不住低声问道：“他怎么看出我是联盟人的？”

“很多改造人的嗅觉非常强大，可以轻易分辨出对方的气息是否是同类。”希瑞尔答道。

难道是因为引入了动物基因的缘故？莫莉不由得惊讶，走了没两步忽又想到另外一个问题上，忍不住问道：“你总是喝酒，是不是为了掩盖身上的气息？这样他们就发现不了你也是联盟人，是吗？”

希瑞尔的步子顿了一下，他发出一声轻轻的嗤笑，低下头看她，讥诮道：“谁告诉你我也是联盟人的？我的体内同样有着动物的基因，莫莉少尉，我可是改造人，货真价实的改造人。”

莫莉一愣，下意识地往后缩了缩身体。

这个反应像是刺激到了希瑞尔，他忽地停下步子，转身把她推到走廊的墙壁上，两只手臂松松地搭在墙上，把莫莉禁锢在他与墙壁之间狭小的空间里，低声问她道：“怎么，你害怕了？”

莫莉明明是有些害怕的，可听他这样问，性子里的那一点倔强却不知不觉地冒了头，她把脊梁挺得直直的，微扬着头，强硬地与他对视，说道：“您该叫我莉莉丝的。”

他像是讶异于她的表现，剑眉微微挑起，默默看她片刻，唇角便一点点地往上勾去，竟笑了起来。他起身放开了她，绅士一般向她道歉：“抱歉，莉莉丝，是我一时失态了。”

他向她微微颔首，转身大步往里走去。

这可真是个喜怒无常的人！莫莉暗自感叹，在原地站了站，赶紧从后面追了上去。

这家珠宝设计室的招牌虽然做得不小，可店铺没有临着街面，而是深藏在大楼里面。莫莉他们刚一进店门，店内立刻有店员迎上前来，问过了希瑞尔的姓名，便将他们领到了布置舒适的休息区，客气说道：“请您稍等片刻，阿伯特先生正在接待客人。”

希瑞尔在沙发上坐下来，挥挥手示意店员离开，自己伸手从旁边取了一份纸质的帝国时报来看。莫莉没做过奴隶，不知道这个时候她是该站着还是坐着，正迟疑着，就听希瑞尔淡淡吩咐道：“坐下。”

莫莉这才在他身旁坐下来，看到报纸上的头版便是介绍这场战争的，犹豫了一下，小声问他道：“战况如何？”

希瑞尔头也不抬，漫不经心地答道：“皇帝陛下庇佑，才刚开战不到半个月，帝国舰队就已经把战线推进到了猎户座旋臂。”

莫莉听得心中一紧，无论如何，她还是希望联盟可以赢得这场战争的，可现在看来，竟是改造人帝国取得了战场主动权。她抿了抿唇角，又问道：“那天狼战队呢，可有消息？”

希瑞尔这才抬眼看她，过了片刻，才说道：“我以为你很讨厌那个地方。”

正说着，那边设计室的房门从内打开，一个高瘦男子送了位中年贵妇出来，边走还边向她解释道：“格森夫人，我用我的人品向您保证，这已经是我能够找到的品质最好的天然蓝宝石了。”

希瑞尔不急不忙地站起身来，扬声和那个高瘦男子打招呼：“嘿，阿伯特先生，真是好久不见了。”

他的声音把阿伯特和那位格森夫人的目光都引了过来，阿伯特面上露出些许疑惑，可格森夫人的目光扫过莫莉身上时，却是明显一亮。她并未继续往外走，而是停在那里，侧过头低声问阿伯特道：“他是谁？”

阿伯特一脸纳闷，微微摇头，摊了摊手：“天知道他是谁！”

希瑞尔已经走到近前，他先向着格森夫人微微颔首示意，才又笑着与阿伯特说道：“我是希瑞尔啊，怎么？你不记得了吗？”

阿伯特微微张着嘴巴，显然还是不知道他是谁。

希瑞尔挑了挑眉，又提醒他道：“除了军方舰船，什么都敢抢的那个希瑞尔。”

阿伯特做出一副恍然大悟的模样，忙伸出手去和希瑞尔握手，寒暄道：“很久都没有您的消息了，您模样变化真是有点大，一时没有认出来，很是抱歉。”

这明显是客套话，就是模样变化再大，要真熟识，只听到名字也不该是这般一头雾水的样子。希瑞尔脸上露出不以为意的微笑：“你知道的，我经常要在帝国和联盟之间来回跑，他们那边的人都矫情，不得已，只能花钱去做了面部修整。怎么样？是不是英俊了很多？”

他的面容，和联盟那些进行过基因筛选的俊男美女们比，算不得突出，可在崇尚天然的阿德旺斯，却算是很英俊的。阿伯特笑了笑，奉承道：“充满了男性魅力。”

他们两个这样说话，已是有些冷落了格森夫人，不过她却没走，只立在那里听着他们两人的谈话。她是这家珠宝设计室的老主顾，阿伯特自然知道几分她的脾气，见状忙向她介绍希瑞尔：“哦，格森夫人，请容我向您介绍这位希瑞尔先生，呃，他是一位……探险家。”

“其实是个二道贩子。”希瑞尔微笑着纠正，“以前贩珠宝，贩奴隶，最近贩卖军火。当然，大多时候嫌买来卖去的太麻烦，会直接动手抢。”

如果真如他所说的，称呼“二道贩子”都是好听的，这分明就是宇宙强盗的行径。格森夫人惊愕地瞪大了眼，有些反应不过来：“希瑞尔先生，您真幽默。”

希瑞尔淡淡一笑，却是转而看向阿伯特。

阿伯特忙又介绍格森夫人，莫莉这才知道这位贵妇是帝国科学院院长的夫人，就见希瑞尔立刻肃了神色，极为绅士地轻握了一下格森夫人的手，正色道：“夫人，请向格森爵士转达我真挚的敬仰之情，若没有他，帝国的军队绝无能力与联盟军正面交战，更不可能把战线推进到猎户座旋臂去！”

格森爵士是帝国的科学院院长，近年来改造人的科技大进步离不开他，这是整个帝国的共识，格森夫人也为此非常自豪。希瑞尔的几句奉承话正好捧对了地方，格森夫人口中虽应着谦虚的话，可那骄傲的眼神却出卖了她的内心。

她并没有离去的意思，目光投向了希瑞尔身后的莫莉，试探着问道："请问这位是……"

"哦，是我前几天刚买的奴隶。"希瑞尔的回答与之前并无两样，很随意地把莫莉叫上前来，指着她颈上的项链与阿伯特说道，"阿伯特先生，我这次来是想请您重新设计一下这条项链。"

不等他再吩咐，莫莉就很配合地摘下了项链，双手托住了，小心地递给阿伯特。格森夫人听到说她是奴隶，本来一直在打量她，此刻也不由得被这项链吸引住了目光。阿伯特是行家，一眼就瞧出了这条链子上的蓝宝石非同一般，连忙接过去细看了看，不由得赞道："太美了，真是太美了。"

他分明是称赞宝石的美丽，可希瑞尔却故意误会他是在赞项链，道："哪里好看？我觉得现在这个样子简直难看极了，早几年弄到的，样式都陈旧了。"

"哦，是蓝宝石美丽。"阿伯特叫助手取了放大镜来，戴上了细细看那项链，惊叹，"纯天然的，却有这样的成色，真是罕见。"

希瑞尔这才露出笑容，有些得意地说道："您说的是这个啊，这只是算一般吧？我那里还有一些比这个品相更好的。"

这样的天然蓝宝石已是罕见，可他却说还有更好的。若是别人说了这话，一定会被认为是在吹牛，可希瑞尔说，格森夫人和阿伯特却都信了。不光是因为他的类似于强盗的身份，还有只看他能把这样一条项链随随便便戴在一个奴隶身上，可见定还有更好的。

格森夫人眼睛不由得一亮，不过，却没有急于向希瑞尔求购宝石，而是给阿伯特使了一个眼色，然后就提出了告辞。阿伯特心领神会，先送了她出去，回来后便把希瑞尔让进了贵宾室，玩笑般说道："您可是很久没有照顾我的生意了，请放心，我一定设计出叫您满意的作品。"

希瑞尔一反之前的绅士模样，懒散地倚坐在沙发上，无赖般说道："好了，老朋友，我们就不要相互绕圈子了。我知道你最近在寻找天然蓝宝石，而我来，也不是为了叫你设计这么一条破项链的。"

这话说得阿伯特一愣，过了片刻，这才小心地问道："您什么意思？"

希瑞尔轻慢地笑了笑，道："很简单，我可以给你提供极品天然蓝宝石，同时，把这条项链赠送给你作为酬谢。"

这话简直能够诱人犯罪，要知道现在科技进步，几乎什么样的宝石都可以人工仿制，可越是这样，却也越凸显出天然的珍贵。阿伯特贪婪地吞了吞口水，盯着希瑞尔问道："您想要的是什么呢？"

"介绍我与格森夫人认识，瞧，我刚才自己都已经铺了路，这个要求并不难。"希瑞尔答道。

阿伯特也知道这件事做起来并不难，很明显刚才希瑞尔已经成功地引起了格森夫人的注意。不过，事情越是容易就越叫他感觉到没底，他没有立刻答应，而是问道："为什么？您得告诉我原因。"

希瑞尔勾起唇角，微笑道："原因我刚才其实已经告诉你了，我最近在倒卖军火，有时候赶巧了，也会卖一些武器数据。所以，我需要和格森爵士搭上线。"

倒卖军火，这是个危险而又暴利的行当，而倒卖武器数据，尤其是在联盟与改造人帝国全面开战的情况下，更是暴利中的暴利。阿伯特终于心动，思量了片刻，咬牙道："好，我接受你这笔生意。"

"那我等你消息。"希瑞尔言罢站起身来，一直默默坐在他身边的莫莉也随着他起身。阿伯特见希瑞尔说这些话都不避讳她，便猜她的真实身份可能是其在联盟的合作者，于是笑着问希瑞尔道："这位小姐是您在联盟的助手吗？"

"哦，不。"希瑞尔摇头，回头看了一眼莫莉，"她倒真是我刚买的奴隶。”

阿伯特大吃一惊：“您竟这样信任一个刚买的奴隶？！”

希瑞尔依旧是摇头：“我不信任她，我只是喜欢她。”他微笑，唇角上带着男人之间才会懂的暗示，“没办法，最近实在是很迷恋她。”

在阿伯特不敢置信的眼神中，他伸臂揽住了莫莉的腰肢，带着她一路出了阿伯特的设计室。莫莉一直微垂着视线，表情平静，像个乖巧的娃娃。直到他们坐进悬浮车，车子飞入大街，她这才缓缓地吐出一口长气来。

希瑞尔连看都没看她：“怎么？连一句台词都没有，还紧张吗？”

莫莉没有理会他的嘲笑，咬着唇思量了一下，问道：“雷奥上校在科学院，是吗？”

从希瑞尔之前的举动，很容易就能猜到这个结论，他并未露出什么惊讶，道：“这个科学院里有改造人最重要的武器研究所，雷奥的身份已经泄露，最可能在的地方就是这里，或者，与其相关的地方。”

莫莉点了点头，沉默了一会儿，又问道：“真的有希瑞尔这个人，是吗？”

希瑞尔讶异地瞥了她一眼，讥诮道：“你的关注点还真是与众不同。”

“我只是比较好奇。”莫莉实话实说，甚至耸了耸肩，有些尴尬地说道，“再说我关注什么重要吗？生活已经很艰难，总得找点有趣的事情叫自己减轻一下压力。”

希瑞尔对此嗤之以鼻，过了一会儿，却是突然问道：“你在天狼战队基地时，找到过什么有趣的事？”

这句话却把莫莉问住了，她还真不知道在基地时有什么有趣的事。是超负荷的体能训练吗？还是上一次就进一次医疗室的格斗课？又或是不敢有丝毫放松，却依旧跟不上进度的战术课？她在基地这么久，唯一能感到轻松的可能就是每天的晚饭时候。一天的体能训练已经结束，而晚上的课程还没开始，旁边又有米亚叽叽喳喳，不停地说着贝寒将军如何英勇，贝寒将军如何英俊，贝寒将军散发的荷尔蒙如何强大，贝寒将军的衣领真是引人犯罪……

莫莉不自觉地翘了唇角，希瑞尔诧异地转过头看她，轻声问道：“想到了什么？”

莫莉的思绪还沉浸在回忆之中，随口答道：“哦，贝寒将军的衣领。”话说出口，她才猛地回过神来，待看到希瑞尔眼中的惊讶，顿时窘极，忙语无伦次地解释道，“啊，不，请不要误会，有趣的事不是贝寒将军。”

“我明白，是他的衣领。”希瑞尔神色略显古怪。

莫莉忙道：“不不不，也不是衣领。”

“那是他的什么？”希瑞尔又问。

“是他的——”莫莉差点儿咬到自己的舌头，赶紧绕开他的问题，解释道，“哦不不，压根儿就和贝寒将军没关系！而是，而是我有个战友很崇拜贝寒将军，她每天，哦，应该说是无时无刻不在……”

“好了。”希瑞尔打断了她，面无表情地回过了头去，“你没必要和我说这些，我对你的战友不感兴趣。”

“呃，对不起，我不该和您说这些。”莫莉刚才是窘迫，现在却是尴尬，她闭上了嘴，回过头去继续看车外繁华的大街。

场面好像一下子就冷了下来，希瑞尔也有些不自在，鬼使神差地伸手去解领口的搭扣，待指尖触到领结，这才意识到自己穿的只是普通的衣服。他动作顿了顿，却没收回手，直接将领结扯了下来。

莫莉发现了他的动作，微微转过头，目含诧异地瞥他。

“领结太紧了。”希瑞尔解释，不自然地笑笑，又没头没脑地说道，“刚才并不是对你的话题不感兴趣，我只是，对你朋友的想法不感兴趣。”

他话说得有点绕，不过莫莉却自认听懂了他的意思，她不是个小心眼的人，也不大爱记仇，虽然他刚才的反应叫她感到了尴尬，可现在他既然出言解释，她就觉得自己也不好给人摆脸子看。

她笑了笑：“明白，是我表达能力不好，说话总是语无伦次，又说不清楚事情。你又不认识我的朋友，自然对她的事情不感兴趣，我能理解的。”

希瑞尔不想她的理解竟是这样，这回是真无语了，愣愣地看着她，一时都忘记了观察路况。

前面有飞行器迎面而来，眼看着就要与他们相撞，悬浮车自动实行紧急规避，车身往左侧急速翻转了九十多度，莫莉虽然扣着安全装置，可由于自身反应不及，脑袋还是狠狠地撞在了车门上，眼泪立刻就下来了。

希瑞尔忙把悬浮车贴着街边停下，探过身来看莫莉的情况，问她道：“怎么样？伤到哪里了？”

莫莉双手抱着头，眼泪哗哗地流，可怜巴巴地说道：“撞到脑袋了，一定会起个大包的。”

她意识清醒，显然是伤得不严重，希瑞尔松了口气，再见她这样一副可怜模样，不觉又气又笑，反问她道：“你的飞行器驾驶课都白上了吗？不过是个侧旋九十度你都这样，要是遇到小行星群，你岂不是要顶上满头的包？”

话虽这样说着，他却拿开了她的手，用力地摁住了她被撞的地方，口中解释道：“这样按一会儿，就不会鼓肿包了。”

他的手摁在她的头侧，为方便用力，另一只手也罩在了另一侧，这样一来，就相当于他伸出双手捧住了她的头。两人面孔离得极近，近到彼此呼吸可闻。莫莉又闻到了他气息里的淡淡酒气，不受控制地脸红心跳，吓得她赶紧往后闪身，口中念道："我自己来，自己来就好。"

"别动！"希瑞尔低声说道，非但没有松开手，反而又把她往怀里带了下。

莫莉不敢再挣，可与他这样面对面对着实在太难熬，只得尽力地低头，把视线投向他的领口，却突然间发现，这比对着他的脸还要折磨人，他领口下的锁骨半遮半掩，线条完美得诱人犯罪，叫人恨不得扑上去咬上一口才好。

莫莉本就撞得有些晕的脑袋顿时觉得更晕，她想自己内心准是有些变态的，怎么就会对男人的脖颈这样着迷呢？先是贝寒，现在是希瑞尔，美色当前，什么道德廉耻都顾不得了，只想着凭着本能肆意行事。

她不敢再看，紧紧地闭上了眼睛，开始默默数秒计数，试图以此来分散精力，对抗心中那些乱七八糟的绮念。刚刚数到二十七，忽听到希瑞尔低低叫她的名字："莫莉？"

"嗯？"莫莉应了一声，声音颤颤地从嗓子眼里挤出来，连调子都变得婉转黏人。她自己都被吓了一跳，兔子一样惊慌地睁开了眼，抬头去看希瑞尔，却发现他已是闭上了眼，低头往她唇上吻了过来。

# 第二十五章

# 心慌意乱

莫莉愣了一下，待反应过来想要抽身后退，希瑞尔的唇已经触到了她，她只觉得脑子里轰的一声，像是炸开了一朵烟花，瞬间什么都忘记了。

他捂在她脑侧的手不知何时移到了她的脑后，另一只手却往下而来，搂住了她的腰。莫莉整个人被他的气息罩住，像是进入了宇宙空间，重力都消失了，身体带着她的心一同慢慢浮起，飘飘欲仙。

他在加深这个吻，却无其他的动作，莫莉倒是先觉得有些不满足了，她伸出双手从他的颈侧绕过去，捧住他的头用力地往后推去。她的力气对于希瑞尔来说其实是可以忽略不计的，可这举动却叫他误会她是在挣扎，希瑞尔愣了下，赶紧松开了她。

莫莉顿时反客为主，不等希瑞尔反应过来，就仰头往他的唇上吻了过去。反正都已经没有节操了，不如就放开了随心所欲吧。

希瑞尔先是惊讶，可很快就忍不住低低地闷哼了一声，她的唇柔软滚烫，舌尖灵巧滑嫩，每一次触碰都像是点到了他的心尖，叫人心痒难耐。

车内的温度迅速上升，眼看着情形就要失控，悬浮车顶上突然传过来“砰砰砰”的拍击声。莫莉惊得一跳，弹簧一般从座椅上弹了起来，整个人往后面撞去。希瑞尔面色一变，忙伸手去护她的头，可还是慢了一步，就听得“砰”的一声，莫莉的后脑勺重重地撞到了车门上。

希瑞尔一脸无奈，伸手去摸她的脑后，口中却是说道：“我现在相信了，你是真可以再笨一点的。”

莫莉这回真是撞得眼前发黑，可却也把火热的大脑给撞凉了些，她赶紧举起手臂挡住希瑞尔的手：“我没事，真的没事，外面有人砸车，先看外面！”

话音刚落，车顶上果然又传来“砰砰”两声，不过看那力度，应该只是为了引起他们的关注，并没什么危险性。希瑞尔却仍是沉了脸，看了莫莉两眼，这才回过身摁下了半截车窗，冷眼看向车外。

车外站着个高壮大汉，弯下腰看看希瑞尔，又往车内探了一眼：“很抱歉打扰您，先生，不过，你的车挡住了我的店门了。可以动一下吗？”

因为刚才停车时着急，希瑞尔并没有把悬浮车停进车位，果然是挡住了人家正在营业的店门。莫莉满脸涨红，偷偷地扯他的衣角，低声道：“快点道歉。”

希瑞尔却是回过头看她，反问道：“为什么要道歉？”

莫莉小声答道：“因为我们的确是影响到人家了啊。”

“可是他也打扰到我们了。”希瑞尔冷着脸说道，顿了下，又道，“还害你磕到了头。”

莫莉顿时无语，觉得这人真是霸道不讲理。外面的大汉还在看着他们，莫莉又羞又臊，不好意思地向他笑笑，探过身越过希瑞尔，和他说道：“抱歉，我们这就离开。”

那大汉也友善地向她笑了笑，往后退了一步，等着他们离开。

希瑞尔看到莫莉要生气，这才有些不情愿地启动了悬浮车，不想那大汉又走上前来，用指节轻叩了两下车窗，微笑着和希瑞尔说道：“先生，那边就有情侣酒店，服务很好。”说着，还好心地给希瑞尔指示了一下方向，“在车里虽然也很有情调，可毕竟空间狭小，很不方便，不是吗？”

希瑞尔顺着他指的方向看了一眼，淡淡说道：“谢谢。”

莫莉在车内听到这对话，羞得差点儿把头埋到座椅下面去，不想希瑞尔竟还转过头来，一本正经地问她道：“我们要去吗？”

“呵呵。”莫莉往后躲着身体，离着希瑞尔远远的，勉强笑了笑。

希瑞尔瞥了她一眼，回过头去开车，过得一会儿，却是突然问道：“你现在好像一点也不怕我。”

莫莉现在不怕他，倒是怕自己被色迷昏了头，再像刚才那样做出失控的事来。她有些不自然地揉了揉头侧，干笑道：“你是来救我的，又不是来害我的，再说了，一根绳上的蚂蚱，有什么好怕的？”

她的话倒是叫希瑞尔无法反驳，他颇有些无语，看了莫莉两眼，竟不知道能说些什么。

悬浮车很快由大街转入小巷，又行驶了没一会儿，莫莉觉得周围景色眼熟起来，再走片刻，车子果然拐入了他们之前住的那个小宅院。莫莉其实在这里待的时间很短，可再见却倍感亲切，不等车子停稳就下了车，熟门熟路地进了房子。

希瑞尔在后面不紧不慢地跟进来，轻轻地咳了一声，道：“其实这里比情侣酒店还要好，不是吗？”

莫莉刚穿过客厅走到楼梯口处，闻言差点儿没栽个跟头，回过头恼怒地瞪他：“希瑞尔先生，请不要再开玩笑了！”

“好的。”希瑞尔的唇角微微抿起，不像是生气，倒像是忍着几分笑意。他从她身边走过，不慌不忙地上了楼梯，头也不回地说道，“好好休息，我在你隔壁房间，床头上有铃，有事情可以叫我。”

莫莉傻愣愣地站在那里，直到他的身影消失在二楼，这才回过神来，自言自语道："是不是哪里出了问题？怎么总觉得哪里不对呢。"

她往楼上去，边走边伸手去揉脑袋，却不小心碰到了之前被磕到的地方，顿时疼得吸了口凉气，又小心地摸了摸那里，发现肿块足有鸡蛋般大小，忍不住嘟囔道："骗子！还说摁了就不会起包。"

旁边的房门突然被打开，希瑞尔站在门内，说道："那是因为摁的时间不够长。"

"哦，是吗？"莫莉呆呆地回了一句。

希瑞尔郑重其事地点头，又问道："要不要再帮你摁一会儿？"

"呃？"莫莉愣了下，"好啊。"

希瑞尔唇角微不可见地勾了勾，忍着笑向她走过来，刚要抬手来触她的头，莫莉却突然反应了过来，惊得差点儿一下子从地上蹦起来。"不用，不用了！"她羞红着脸往后躲，像被人追一般跑回了自己房间，待房门在身后合上，这才猛地用手捂住了嘴巴，她刚才都说了什么？天啊，她为什么不是个哑巴啊！

她掰着手指头数，一连数了几遍，和希瑞尔认识都不过三天，怎么就发展到这一步了呢？

莫莉想不明白，倚着房门站了好一会儿，激烈的心跳仍是无法平息，她有些心慌意乱，想思考些问题，却连个头绪都抓不到，最后只得学一学米亚，自我安慰道："去他的，爱怎样就怎样吧，反正又死不了人！"

她简单冲洗了一下，爬上床睡了个昏天暗地，再醒来时外面天色早就黑了，因为不清楚这个星球的昼夜时长，也不知道现在是几点，不过从肚子的饥饿程度来看，她应该是睡了不短的时间。

她没有使用床头的按铃，摸着黑下楼，试图去楼下餐厅里找些饱腹的东西，走到楼梯拐角的时候发现楼下光线时明时暗，客厅里竟是有人。

希瑞尔站在那里，神情专注地看着客厅中央的大虚拟屏，那里的影像在悄无声息地变换着，每一幅都是战争场面，不时有文字标注闪出，莫莉看了几眼，认出那是联盟与改造人帝国战争的最新战况解说。

他站得笔直，修长的身躯几乎绷成了一条线，像是一把出鞘的利剑。从没有像这一刻，莫莉如此强烈地感觉到他是一位铁血军人，甚至有那么一瞬间，她都看花了眼，觉得站在那儿的男人不是希瑞尔，而是天狼战队的指挥官贝寒。

她并未发出声响，可是男人还是察觉到了她的存在，转过头看向她，俊美的五官清晰而深刻，他不是贝寒将军，他是联盟特工希瑞尔。莫莉莫名松了口气，可心底某个地方却没由来地一空，不过那感觉消失得太快，倏地一闪，她还来不及抓住便已经无影无踪了。

希瑞尔抬手摘下耳侧的贴附式耳机，问她道："感到饿了吗？餐厅里准备的有晚餐。"

莫莉轻轻点头，脚下却没动地方，她又看了看那虚拟屏幕，轻声问他道："战况如何？"

希瑞尔回首瞥了一眼画面，答道："双方暂时在猎户座旋臂的夜枭星云区域僵持。"

莫莉不清楚夜枭星云到底在哪里，不过却知道猎户座旋臂是联盟的大本营，既然改造人已经打到了那里，可见联盟在战争中是处于攻势的。"联盟军在败退，是吗？"她不禁问道。

希瑞尔答道："也有可能是有意图的战略回缩。战争才刚刚开始，联盟还有很大的战略纵深，现在就下定论言之过早。"

莫莉心中略安，沿着楼梯走下来，站到他的身边，同他一起观看虚拟屏幕上的影像。

希瑞尔扫了她一眼，将节目的声音调成外放，又耐心地给她讲解道："这只是一档面向帝国公众的视频节目，对于战况的解说带有很大的偏向性。如果你只从这个视角看，会认为帝国舰队正高歌猛进，一路攻向人类的母星。"

人类的母星在猎户座旋臂，深处联盟腹地，那是人类的起源地，更是深烙在人类基因里的无法替代的精神象征。改造人被驱逐以来，一直向背离银河中心的方向扩散，后来占据了英仙座旋臂，并在这里立国。可他们从来没有放弃回归母星，更是以此作为毕生信念。

这是面向帝国的节目，难怪所有的画面都是改造人在进攻。莫莉恍然大悟，同时又为自己的蠢笨感到羞愧，她忍不住偷偷地瞄向身侧的希瑞尔，不想被他抓了个正着。

他看向她，目光中带着疑问。

她顿觉脸上发烫，忙故作从容地问道："为什么看不到天狼战队？之前基地就转移到了英仙座旋臂，他们不该在最前线吗？"

希瑞尔微微扬眉，似是对她的问题感到惊讶："天狼战队属于特种作战部队，很少参与这种大兵团级别的正面作战。"

只看他那表情，莫莉就知道自己一定又问了愚蠢的问题，为了弥补，她又结结巴巴地解释道："我，我知道这个，我只是担心战队的情况。基地被毁，战队将会失去能源补给，而且他们又深入敌后，情况将会很危险，对吧？"

希瑞尔不置可否，过得一会儿，才突然问道："你只是关心战队的安危，是吗？"

"呃？"她一时有些不大明白他为什么会这样问。

他看她两眼，又问道："有没有很担心的人呢？"

"有啊。"莫莉回答得很干脆。

她当然有很担心的人，有不知生死的米亚和肖泽恩，还有随战队出征的林挚，长着一张娃娃脸的副官尤利安……呃，那个傲慢冷漠的贝塞将军，他最好也不要出事，他可是战队的指挥官。

希瑞尔盯着她，追问道："是谁？"

"挺多的。"莫莉有些奇怪他为什么会执着于这个问题，不过还是好脾气地给他列举名字，"米亚，泽恩，林挚……"

不等她说完，他突然冷淡地打断了她："的确不少。"

她察觉到了他的不悦，却搞不懂缘由，只好把这归结到他的喜怒无常上去。明明刚才还很和谐的场面顿时冷了下来，两个人都有些不自在，过了一会儿，不约而同地瞥了对方一眼。

倒是像两个在闹别扭的小孩子。

莫莉忍不住笑了，主动打破僵局："要不要去吃些东西？"她问他，转身往餐厅的方向走。

希瑞尔没有回答，却在后面不紧不慢地跟了过去。

两人一前一后地进入餐厅坐好，家政机器人接收到信号，自动地将餐盘端上了桌，莫莉看了看面前丰富的、各式各样的食物，不觉很是惊喜，抬头问对面的希瑞尔说道："可以随意吃吗？"

新训部学员的一日三餐是按需配给，不过这个"需"不是个人主观需求，而是通过仪器测算的人体所需，所以，吃什么根本由不得你自己做主。莫莉在训练场上被折腾得最狠的那段时间，由于体能消耗过大，她的餐盘里主要就是蛋白质制品，各种肉类吃得她想吐。

希瑞尔看她一眼，像是猜透了她的心思，答道："可以随意，但是也必须补充足够的蛋白质。"

莫莉真后悔自己多嘴去问这个问题，忍不住耸了耸鼻子，不大情愿地应道："好吧。"

这还是她来到阿德旺斯后的第一顿正式的晚餐，虽然不能随心所欲，可总比在基地时好得多，这样一对比，她倒是又觉得满意起来，吃得兴致勃勃。她其实是个很能随遇而安，也很好满足的人，虽然未来对于她来说还是危机重重生死难测，可眼下能安坐在餐桌旁享受一顿美食，她已知足。

希瑞尔总是打量她，到后面索性停下了进食，只坐在那里静静看她。

莫莉后知后觉，饭吃了大半才发觉他一直在盯着自己看，顿时满身不自在，没话找话地问道："要喝点酒吗？"

她之前没少看到他喝酒，而且他身上也常带着淡淡的酒气，由此推断，他应该是个极爱饮酒的人，莫莉自认为这个话题找得很好，面带微笑地看向希瑞尔。

他看了看她，答道："喝酒会激发我的欲望。"

莫莉的笑容僵了几秒钟，这才反应过来，却怀疑是自己听错了话，不自觉地抬了抬眉毛："嗯？"

他又解释道："酒精不仅可以提高我的部分身体机能，还会促进男性荷尔蒙分泌，在激发自身欲望的同时，也会极大地增强对异性的吸引力。我倒是没什么，就怕给你带去困扰。"

"咳咳咳……"莫莉被自己的口水呛到了，咳得面红耳赤。

希瑞尔好整以暇地看着她，等她咳嗽得不那么厉害了，这才又不紧不慢地问道："要喝点酒吗？"

"不，还是不要了！"莫莉急忙回答道。

他勾了勾唇角，餐桌上重又静默下来，这一回莫莉打定了主意，绝不再多说一句话。

晚餐过后，两人离开餐厅重又回到了客厅。莫莉睡足了觉，精神头很好，正不知道接下来的时间如何安排，希瑞尔已是走过去，将一块芯片插入播放机，又招呼莫莉道："你过来，有些资料你需要看一下。"

他回到沙发旁坐下，拿出了一小瓶酒喝起来，见莫莉迟疑着不敢上前，斜睨了她一眼，解释道：“量很少，只是为了保持敏锐性，以便应付突发状况，我会克制。”

莫莉的心思被他戳破，尴尬地笑了笑，在沙发一角坐了下来，问他道：“什么资料？”

他不以为意，用遥控器打开了播放机，客厅中央的虚拟屏上显示出许多全息影像来：“有关莉莉丝的资料。她从出生到现在的所有记录，包括父母信息、出生地、成长经历，以及个人的一些喜好等。”

“按照莱恩的要求，你必须时刻处在我的绝对控制下，这就意味着，我无法把你独自安置在一个较为安全的地方，哪怕我去营救雷奥，你也不能离我左右。”希瑞尔看向莫莉，平淡地道，“所以，从现在开始，你需要完美地扮演莉莉丝的角色，模仿她的言行举止，瞒过所有的人，就算那个人是许辰宇。”

莫莉咬紧了唇，好一会儿才缓缓松开：“许辰宇是改造人，他们叫他伊诺尔殿下。”

“我知道。”希瑞尔面容平静无波，“他是改造人帝国的第二皇子，也是目前帝国舰队的前线指挥官。”

莫莉垂眼，沉默了片刻，轻声问道：“会遇到他吗？”

希瑞尔打量着她，反问道：“你想遇到他吗？”

“当然不想！”莫莉不假思索地答道。

希瑞尔淡淡一笑：“那正好，他眼下并不在阿德旺斯，但是，我们必须做好万全准备，帝国科学院离着皇宫很近，而且，据说格森爵士和皇族的关系很好，经常会有皇家成员出席他组织的聚会。”

这可真是太具有挑战性了！要知道在基地沦陷前那段时间，莉莉丝可是很迷恋许辰宇的，万一见到他，她该表现出愤怒还是花痴？不过，幸亏潜入基地的是许辰宇，而不是林挚，否则，就凭林挚和莉莉丝的“交情”，打死她也演不出来的。

莫莉很有苦中作乐的精神，她深吸了口气，抬眼看向希瑞尔：“好吧，我会尽力。”

莉莉丝的资料是经过莱恩精简过的，不算多，但也绝对不少，莫莉的阅读速度和记忆力都有欠缺，足足熬了一宿，这才勉强将各种信息记了个七七八八。希瑞尔动手将芯片毁去，又道：“先这样吧，你去休息一会儿，如果有记不清的，可以问我。”

莫莉点头，走上楼梯的时候却又停了下来，回过身看他，欲言又止。

希瑞尔抬眼，问她：“想说什么？”

“万一你失去了对我的绝对控制，你会怎么办？”她突然问道，面容看似镇定，可那握着扶栏的手却泄露了她内心的紧张。

他立在那里，微微抬着头看她，抿着嘴角不说话。

她又继续追问道：“如果，我说如果，我即将落入改造人手中，你也会将我人道消灭吗？”

就像雷奥上校那样，为了联盟，为了人类，毫不迟疑地杀掉了“她”，杀掉了“莫莉”？

希瑞尔盯着她看，眉头微微皱起，就在莫莉自嘲地笑了笑，即将要放弃等待答案的时候，他才淡淡说道：“抱歉，我从不考虑死后的事情，那在我的能力之外。”

莫莉手搭着楼梯扶手，静静地站在台阶上，半晌没有动静。

在问希瑞尔这个问题之前，她曾预想过两个答案——“是”或者“不”。无论得到哪个回答，她都已经做好了充分的心理准备，可却想不到他的回答会是这样。

他从不考虑死后的事情。这可以理解成他有无比强大的自信，自信只要他活着，她就会在他的绝对控制之下。同时，这句话却又传达出另外一个意思：他，至死也不会把她人道消灭，哪怕她即将落入改造人手中。

莫莉的眼圈突然有些发红，用微微发颤的声音问他道："希瑞尔，你知道我很笨，我可不可以再向你确认一下，你的意思是说不论未来怎样，你都不会为了联盟的利益而牺牲我，是吗？"

希瑞尔站得比她低，需要微微抬着头才能看向她，他没有直接回答这个问题，而是慢慢反问她道："你说呢？"

她看着他，终于忍不住笑了，先是唇角缓缓翘起，把笑意一点点往上堆积，攀到眼角，挂上眉梢，最后才布满了眼底。那双眸子似被突然点亮，刹那间熠熠生辉，却又清澈晶莹，似乎可以叫人一探到底，连内心都触手可及。

同样的一双眼睛，看进去却仿佛有着天壤之别，她不是莉莉丝，她是莫莉。

他不由得也慢慢弯起了嘴角，抬头看着她，轻声说道："莫莉，你的智商还真是……"

这话没能说完，因为莫莉已经猛地冲下楼梯向他身上扑了过来。他微微一愣，下意识地张开手臂接住她，拥她入怀。她双臂紧紧地环住他的脖颈，整个人都几乎挂在了他的身上，头深深地埋在他的肩窝，闷声说道："谢谢你，真的很谢谢你，我很感动。"

"所以对我投怀送抱？"他突然问道。

她身子僵了一下，满怀的伤感都被他的话吓了个干净，赶紧抬起头来，有些慌乱地和他解释："不，不，你误会了！"

"是吗？"他微微眯着眼睛打量她，不慌不忙地道，"可你扑到了我的怀里，手臂紧紧搂着我，双腿也缠到了我的身上。"

# 第二十六章

## 情难自禁

他每说一句，莫莉的脸就红上三分，待到后面，整张脸红得就像是块红布，瞧他还要继续说下去，吓得忙用手捂住了他的嘴，慌乱地叫道："你误会了！"

她想从他身上跳下来，可不料他却不肯松手，依旧那样用手托着她。她挣脱不开，又羞又窘，只好红着脸小声央求他道："求求你，放我下去吧。"

希瑞尔缓缓摇头，紧紧地盯着她，突然低下头来亲了亲她的掌心。莫莉如遭电击，愣了足足有好几秒，这才低呼一声撤开了手，仰身往后避去。他不得不腾出一只手来扶住她的后背，把她压向怀里，抱住她："别动。"

莫莉吓得顿时不敢再动，僵直着身体伏在他的怀里，欲哭无泪地解释道："希瑞尔，我刚才真的没别的意思，我只是……"

她只是太感动以至于冲动，所以才会想紧紧地拥抱他，她发誓自己绝无半点别的念头。

"我知道。"他缓缓地低下头来，在她颈侧深深地嗅了下，低声道，"你有没有动情我闻得出来。"

莫莉又是一僵，竟不知能说些什么好了。

他稍稍直起身来，似笑非笑地看着她，又解释道："改造人的嗅觉都很灵敏，可以嗅得出雌性是否已经动情。"

他离得她太近，温热的气息直扑她的口鼻，莫莉像是又被蛊惑了，不受控制地面红耳赤，口干舌燥。完了！她脑子里忍不住冒出这两个字来，他刚说过他可以闻得出来的，这下可真是有嘴也说不清了。

她用理智强行压抑心底的蠢蠢欲动，眼看着理智就要向欲望缴械投降的时候，希瑞尔却突然放下了她，他吻了下她的额头，往后退了几步，吩咐道："现在上楼去休息，有事情我会叫你。"

她大脑烧得早就当机了，立在那里傻愣愣地看着他，没动地方。

他只得又后退了两步，浅浅地勾起唇角，盯着她一个字一个字地说道："你要是再不走，可就走不了了。"

莫莉一下子涨红了脸，像是受惊的兔子一般，慌慌张张地往楼上跑了去，逃进了房间。

感情这事真是奇妙又神奇，处在这样危险的环境中，对着刚刚认识几天，连了解都谈不上的希瑞尔，莫莉却突然有了恋爱的感觉，心慌慌的，可又甜丝丝的，有时会莫名其妙地纠结，有时又会忍不住一个人傻笑。

她明明熬了夜，可此刻却不觉得困乏，躺在床上翻来覆去，最后只得用枕头紧紧地压住了自己的脑袋，命令自己道："莫莉，你真的是疯了，再不要想这些乱七八糟的了。睡觉！马上睡觉！"

可是，又哪里睡得着呢？

快到中午的时候，床头的小扩音器突然"叮咚"响了两声，紧接着，希瑞尔的声音从里面传了出来："莉莉丝，你要吃午饭吗？"

莫莉愣了一下，这才反应过来他是在叫自己，赶紧应道："要，要吃。"

"那穿好衣服下楼来。"他的声音低沉轻缓，隐约透出几分懒散，莫莉突然想他现在应该正坐在沙发里，嘴角上微微勾着几分笑意。

像是只为了验证自己的猜测，莫莉自动忘记了早上的事情，她冲进浴室胡乱洗了洗脸，对着镜子把苍白的面颊轻轻拍红，又将唇咬出血色，这才急匆匆地走出房门。等到了楼梯口，她却又收住了步子，深吸了口气，一步步地慢慢走下楼来。

希瑞尔果然正坐在沙发里，听见她的动静抬头看过来，问道："我们出去吃饭，怎么样？"

莫莉先是惊喜后又犹豫，最后迟疑着问道："会不会不安全？"

希瑞尔挑眉，道："莉莉丝，你应该对阿德旺斯的治安有信心，而且，就算你对阿德旺斯没有信心，你也该对我有信心。"

她忍不住笑了笑，率先往门口走过去，又回身问道："我们去哪里？"

"先去找个不错的餐厅吃饭，然后陪着你逛街，买首饰，买衣服。"他说着，从沙发上站起身来，在后面不紧不慢地跟上去，极为绅士地替她打开房门，却又在她从他身边走过时，凑到她耳边低声戏谑道，"按照剧本，你昨夜里取悦了我，所以，我今天的心情很好，带你去贵妇们经常光顾的奢侈品店买衣服。"

莫莉脸一下子红了个透，不过却没像早上那样逃走，而是停下步子侧过头看他，颇有些无奈地说道："希瑞尔，你这是调戏。"

"是吗？"他轻轻扬眉，似笑非笑地问道，"不应该叫挑逗吗？"

莫莉红着脸瞪他，咬着唇不说话。

他的眸色却渐渐深邃，低声喃喃道："莫莉，别这样……"话音消失在唇间，他就站在那里，一手扶着房门，一手垂在身侧，低下头吻住了她。

门廊外阳光浓烈而炙热，廊下却有着微凉的风，莫莉闭上了眼，仰起头迎接他轻柔的亲吻，鼓起勇气低声建议道："其实，我们也可以不用出去吃午饭。”

他停下来，微微抬起头看她。

莫莉羞涩地弯了弯唇角，又道：“其实也没必要完全按照剧本走，不是吗？”

她脸上带着微笑，心脏却紧张得怦怦直跳。可就在这时，门内的门铃却突然响了起来，两人不觉都是一惊，不约而同地看向门内。

“怎么回事？”莫莉问道。

“院门外有人。”希瑞尔低声答道，拉着她退回屋内。

门铃还是老旧的可视门铃，显示屏上正实时显示着院门口的情景，一个中年男人站在合金门外，态度客气地说道：“希瑞尔先生，我是格森夫人派来的，她命我送这封信给您。”

中年男人从怀里掏出一张硬皮信封来，在摄像头前晃了一下，塞进了门缝里，然后就转身离开了。

格森夫人竟然会派人送信过来！

莫莉有些惊讶，又见希瑞尔指挥家政机器人去门口取信，这才意识到这房子里的设施落后得简直不可思议，忍不住感叹道：“改造人的船舰和武器那样先进，为什么日常生活设施却这样落后？”

都什么时代了，竟然还要派人来送信！

“因为改造人喜欢。”希瑞尔斜靠在门上，漫不经心地回答道，“改造人是很矛盾的群体，他们掌握着先进科技，却又不愿舍弃旧有的生活方式，就比如他们明明能造出高速悬浮车、仿真机器人，可贵族们喜欢乘坐马车，使唤仆人和奴隶。”

莫莉微微皱眉：“的确很矛盾。”

“他们还有更矛盾的地方，改造人这一物种明明本身就是基因技术的产物，可他们却疯狂地迷恋天然，天然的宝石，天然的动植物，哦，还有天然的人类。”希瑞尔自嘲地扯了扯唇角，又道，“联盟人歧视改造人，改造人也瞧不上联盟人，其实说到底他们都是基因干预的产物，又有什么不同呢？”

说话间，机器人已经取了信回转，希瑞尔拿过信封，从里面抽出一张巴掌大的紫金色请柬来，扫了一眼后，轻笑道：“格森夫人请我们去参加酒会。”

在阿德旺斯，贵族阶层的各式酒会一向频繁，这当中又以格森夫人举办的“家庭招待会”最负盛名，来往的几乎都是帝国的顶尖人物，就连皇室成员也偶尔会参加。因此，能去一次格森夫人的酒会，在帝都可是极有面子的事。

这倒是挺像联盟成立纪念日的晚宴，只是规模没那么大。莫莉想起那次在晚宴上的遭遇就心有余悸，抿了抿唇，抬头问希瑞尔道：“会遇到危险吗？”

晚宴的时间就定在明天晚上，可见是早安排好的，只是临时又添上了希瑞尔而已，所以他们不会引人瞩目。希瑞尔道：“这次去只是先探查一下情况，而且，没听到许辰宇回来的消息，应该不会遇到，不会有什么危险。”

两人还都站在门口，他瞥她一眼，慢悠悠地问道：“是出去吃饭，还是，继续刚才的事情？”

勇气这东西也就是一口气的事，过去了，也就没了。莫莉现在可没了刚才的胆量，听他这话顿时就涨红了脸，慌慌张张地转身往外走：“吃饭，我们快去吃饭吧，我都饿透了！”

希瑞尔笑笑，没说什么，在后边不紧不慢地跟了过去。

午饭是在阿德旺斯一家出了名昂贵的餐厅吃的，两个人一顿饭花费了将近二百曼尼，而希瑞尔从奴隶市场买回莫莉也才不过用了五十曼尼。莫莉不禁咂舌，偷偷说道：“这一顿饭能买下四个我了。”

希瑞尔听得失笑，看了看她，轻声道：“是他们低估了你的价值。”

莫莉轻轻耸肩，不置可否，过得片刻又凑过来低声问他道："你说如果我们花的钱很多，莱恩长官会不会感到肉痛？联盟对军队费用的审计那么严，他的经费也不会很富裕吧？"

他抬眼看她，问道："你想做什么？"

莫莉咧开嘴向他笑笑："自然是想多花他点钱，不然太便宜他了。"

希瑞尔轻笑点头，道："好啊，我帮你。"

他们按照原定计划去逛街购物，直到天色黑透，吃过晚饭后又逛了好半天，这才满载而归。莫莉一直兴致勃勃，像是丝毫不觉疲惫，穿着又尖又细的高跟鞋依旧能够走得健步如飞，叫希瑞尔都忍不住感叹道："你要是一直能保持这样的体力，又何愁基地的体能训练。"

莫莉倚靠在座椅上，长长地舒了口气，叹道："我还从来没有像今天这样开心过，从来没有过，不管是在研究中心还是在基地。"

希瑞尔听得一怔，转过头看她。

莫莉面上露出微笑，直直地望着悬浮车外繁华的大街，轻声说道："如果，我是说如果，你真的是希瑞尔，而我也只是被俘的莉莉丝，那该多好。"

希瑞尔唇角往下沉了沉，回过头去驾驶悬浮车，过了一会儿，才忽地说道："真正的希瑞尔在联邦秘密监狱服刑。"

所以他不是真正的希瑞尔，而她，也不是被俘的莉莉丝。眼下的一切，不过是他们精心营造出来的幻景。莫莉压下了心中的伤感，有些僵硬地向他笑了笑，胡乱应付道："哦，是吗？那真是太不幸了。"

一种莫名的低落情绪突然笼罩在两人之间，叫他们不约而同地沉默下来，直到回到住处，两人都没再说什么话。莫莉上楼去休息，希瑞尔忽地叫住了她。他默默看着她，就在她以为他会说些什么的时候，他却只是说道："好好休息。"

"你也是。"莫莉说道，回过身噔噔噔地跑上了楼。

第二日她下楼时，希瑞尔依旧是在客厅观看阿德旺斯的视频节目，战争进展不大，双方仍在僵持，有战争评论家提出联盟的大规模败退有可能是一种阴谋，前线指挥官伊诺尔殿下已经放缓了进攻节奏，这代表着他似是觉察到了什么。

同时，还有人指出要警惕联盟的天狼特种作战队，其主力在天狼战队基地被袭后就失去了踪迹，那可是一头恶狼，必须要时刻提防。当然，也有嘉宾持有不同观点，认为天狼战队基地被毁，战队无法得到能源补给，很有可能已经被宇宙黑洞吞噬，消失在宇宙之中。

希瑞尔看着心情不错，唇角一直微微勾起，看见莫莉过来也只向她略略点头示意，轻声道："坐。"

莫莉关心战队的情况，所以就在一旁坐下了，听得格外认真。

节目里两派人物吵得很热闹，主持人都插不上嘴，眼看着场面就要失控，节目制作方不得不强行掐断了直播，插入了最新的情趣用品广告。

莫莉本正看得津津有味，不想画面突然一转就变了风格，不免接受不能，微张着唇，傻愣愣地又看了好几秒，这才看明白了，忙红着脸避开了视线，又见希瑞尔瞥她，反而故作镇定地与他闲聊道："改造人还蛮有想象力的，哈？"

希瑞尔看了几眼屏幕，表情有些怪异："你喜欢这种？"

"还好，还好。"莫莉根本不敢看那画面，胡乱应了两声，待瞧着希瑞尔神色不对，这才疑惑地去看那虚拟屏幕。全仿真的立体影像，真实得仿佛真人就在眼前……

画面太过震撼，她目瞪口呆，张大了嘴傻在那里，一时都没了反应。幸好视频节目很快变回了战况评论，莫莉回神，蹭的一下子从沙发上站起来："我去厨房里看看！"

她胡乱找了个借口逃走了，客厅里只剩下希瑞尔。节目开始播放战场集锦，本是很严肃的画面，可他看着看着，唇角却不由自主地往上翘，最后忍不住以拳遮口，一个人闷笑起来。

直到午餐时候，希瑞尔看到莫莉还有些忍俊不禁，她也多少瞧出了几分，懊恼之余又觉尴尬，连看都不敢看他，只闷头吃饭。他倒也没再拿上午的事情取笑，吃过饭后见她又想逃走，这才出声叫住她，提醒道："莉莉丝，我约了造型师下午过来给你做造型。"

格森夫人的酒会就在今天晚上，她需要跟着他一同去，当然需要化妆打扮。莫莉收整了一下心情，问他道："还需要我做什么别的准备吗？"

希瑞尔摇头，答道："你只需要做好莉莉丝。"

"做好莉莉丝"这个要求看似简单，实则很难。莉莉丝不是新训部学员，莫莉与她接触很少，不过却是久闻莉莉丝的大名，并在林挚房间里亲眼见识过她的放荡。莫莉一想到这个，就忍不住想要挠头，苦着脸应道："好吧，我尽量。"

因为酒会是在晚餐后，时间上很富裕，傍晚时候造型师才上门来，根据莫莉自身的特点将她打扮好，并向希瑞尔感叹道："虽然联盟的基因选择是十分可笑的行为，可也不得不承认，他们的五官就是比我们更精致一些。"

希瑞尔没兴趣与他闲谈，挥挥手打发走了他，然后站在那里，默默打量了莫莉一会儿，这才满意地点了点头，说道："我们走吧。"

他们这回又换了一辆悬浮车，比昨天出门时开的那辆还要奢华，不紧不忙地往阿德旺斯的城市中心去。随着车子往里深入，建筑物却渐渐稀疏起来，高度也越来越低。莫莉看得奇怪，正暗自诧异，就听希瑞尔淡淡解释道："皇宫周围不允许有过高的建筑，加之这一块区域住的都是贵族，他们追求返璞归真，所以也排斥高层建筑。"

车子越过一道标志线后就降落下来，贴着地面继续往内开，道路两旁开始看见一座座古朴的庄园式建筑，叫人忽生一种已经离开城市的错觉。在寸土寸金的阿德旺斯，还是在市中心，贵族们竟拥有着这样的住宅，可见他们的势力与财力是如何雄厚了。

悬浮车又往前开了一段，这才到了格森爵士的住所，希瑞尔没有急于下车，他从衣兜内掏出一只刻有希瑞尔姓氏的金色手环，倾过身给莫莉扣在腕上，低声解释道："不是所有的改造人都能靠嗅觉分辨出人种，不过，为了安全起见，还是戴着这个比较好，只是做个样子，里面的控制器已经被我去掉了。"

肩膀上有激光打印的名字，手环上刻有主人的姓氏，这是奴隶的象征，帝都的奴隶几乎全部如此，区别只是手环的材质不同而已。

莫莉并不在意这些，只是紧张接下来的酒会，她下车后先深深地吸了口气，这才面容坚毅地说道："我准备好了，出发吧。"

希瑞尔刚刚又喝过了酒，神态有些轻佻，伸臂虚虚揽住了莫莉的腰肢，拥着她往外走，口中却是轻笑道："莉莉丝现在应该是眉目含春，风情万种，而不是像你这样一脸坚毅，好像要去上战场。"

许是因为太过紧张，以至于莫莉都屏蔽掉了身边男人散发出的强大诱惑，她闻言急忙调整了一下面部表情，走了两步却忽又想起一个很重要的问题，赶紧低声问希瑞尔道："我是一直跟着你，还是独自去勾搭几个酒会上的男人？"

希瑞尔的笑容一僵，垂下眼看了看莫莉，她一脸严肃，眼中还藏着几分紧张，丝毫不像是在与他开玩笑，而是在正经征询他的意见。他顿觉无奈，扯了扯嘴角，答道："不用了。"

莫莉松了口气，脸上重新挤出妩媚的笑容，卖力地摇摆着腰肢，随着希瑞尔往前走去。可才又走了没多远，她又发现了新的问题："希瑞尔，你手臂搂得太紧啦，我都快扭不动啦。"

希瑞尔黑着脸答道："那就不要扭了。"

# 第二十七章

# 半真半假

不扭的是莫莉，莉莉丝走路她还是见过的，绝对的摇曳生姿。莫莉现在不好和他争辩这事，只好稍稍收敛了些。两人很快就走近了门廊，有个矮个子男仆上前来迎接，莫莉一眼扫到，心中顿时一惊，忙低下了头。

与她的反应相比，希瑞尔的表现则镇定了许多。其实他更早地发现了这男仆就是在奴隶市场想要买走莫莉的那个瘦小男人，却依旧面不改色地拥着莫莉继续前行，在莫莉低头的时候，还用手轻轻地拍了下她的臀部，似是安抚，又似提醒。

莫莉忙挺胸抬头，脸上带上妩媚的微笑，大胆地迎着那男仆的目光看了过去。

那男仆像是并没有认出她来，目光只在她的手腕处略顿了顿，然后就若无其事地移开了。不过，等看清希瑞尔的面容，他却微微怔了下，又迅速地转头去看莫莉。

莫莉心脏猛然一缩，就听希瑞尔冷傲地开口说道："请不要再打我奴隶的主意，我是不会将她转卖给你的。"

这话一出，莫莉整个人都不好了。瞧他刚才那么镇定，她还以为他有多么好的对策，原来就是这样坦然承认吗？那男仆显然也很意外，愣了一愣后，赶紧把视线从莫莉身上收回来，向希瑞尔说道：“哦，先生，您误会了。”

“希望只是个误会。”希瑞尔收紧手臂，将莫莉搂在身侧，又淡淡说道，“你可以去打听一下，那些敢和希瑞尔抢女人的家伙现在都在哪里。”

他的声音不大，气场却是有些骇人。许是因为体内都或多或少地混入了动物的基因，改造人的世界其实是个等级极为森严的社会，虽然近年来也有组织在大力提倡平等自由，不过，在绝对的力量前面，弱小者依旧毫无尊严可言。

那男仆忙低下头去，恭敬地说道：“尊敬的希瑞尔先生，请您原谅我之前的冒犯。”

希瑞尔缓缓点头，后面又有其他客人过来，就在莫莉以为他会就此罢休的时候，他却又做了一个出人意料的动作，伸手抬起莫莉的下巴，一本正经地问那男仆道：“你觉得她现在是不是比之前好看了许多？”

男仆一怔，有点不知该如何回答。莫莉那里已经是冷下脸来，淡淡说道：“希瑞尔先生，请您给我些尊重，哪怕只是一点点。”

希瑞尔轻声嗤笑，半真半假地感叹道：“联盟人就是这样骄傲，好吧，甜心，我向你道歉，谁叫我迷恋你呢。”他侧头向着身边围观的客人轻轻颔首示意，拥着莫莉从那男仆身边走过。

莫莉还是有些担心，等进了门厅，忍不住低声问道：“他会不会怀疑我的身份？”

“一个因主人的喜好而整容的奴隶？”希瑞尔轻轻挑眉，低头瞥了她一眼，道，“怀疑应该不会，不过，可能会因为我的霸道而对你产生同情。”

莫莉迟疑了一下，回头向那男仆望去，那人也在看她，目光对上她的，其中有些愣愣，也有些胆怯，更多的却是关切。她心中一动，缓缓地眨了下眼睛，翘起唇角向他笑了一笑。

“好了，你不用白费力气了。”希瑞尔似有不悦，不冷不热地说道，“那只猴子就是再同情你，也不敢对我做什么的。”

酒会的女主人格森夫人穿过人群迎过来，等看到希瑞尔身边的莫莉，脸上的热情就微微有些僵硬。阿德旺斯的贵族家里几乎都有奴隶，也有不少人会把奴隶当作情人，可是像希瑞尔这样把奴隶当作女伴带出来应酬的，却是少之又少了。

这种行为，说他放荡不羁那都是好听的。

希瑞尔对周遭的异样目光视而不见，先对格森夫人的邀请表示了感谢，又客气地说道：“听阿伯特说您是鉴赏天然蓝宝石的专家，是吗？我那里正好存着一些，不知是否可以请您帮忙给看一下。您知道的，我是个粗人，一向看不出这些东西有什么区别。”

格森夫人是天然蓝宝石的疯狂迷恋者，听到希瑞尔这话顿时忘记了莫莉的身份，微笑着答道：“当然可以，这是我的荣幸。希瑞尔先生，请跟我过来，我介绍格森爵士给您认识，他也对您的探险经历十分感兴趣呢。”

很显然，通过阿伯特这个中间人的帮忙，双方对彼此的目的已经心知肚明。格森夫人带着希瑞尔往楼上的小会客厅走，边走边笑着解释道：“格森总是喜欢说科学院里那些无趣的事情，我实在没办法，只好把他和他的那些朋友赶到楼上来了。”

说话间，他们已经来到了小会客厅门口，里面的人并不少，或坐或站地聚在一位中年男人周围，正在听他说着什么。格森夫人回过头向希瑞尔笑道：“你看，果然不出我所料，他们又在谈论战争和武器。”

她的声音惊动了里面的人，众人皆往门口看过来，就连坐在格森爵士对面的青年男子也回了头。格森夫人一眼看到他，立刻抛下了希瑞尔，快步走过去，又惊又喜地叫道：“天哪，伊诺尔殿下！您是什么时候回来的？”

莫莉走在最后，此刻还没看到里面的情形，不过只听到这个名字，她的身体就瞬间绷紧了。这果然是怕什么偏来什么！不是说不会遇到什么危险吗？那个男仆也就算了，可伊诺尔又是怎么回事？不是说他还在前线吗？为什么他会在阿德旺斯，还毫无征兆地出现在格森夫人的家庭招待会上？

莫莉真想掐着希瑞尔的脖子质问，问一问他们的情报工作到底是怎么做的！不过眼下这情形显然不给她这个机会，所以她只能暗中掐了希瑞尔的臂弯一把，然后抬着头镇定从容地追随着格森夫人的身影看了过去。

从沙发上起身的是个高挑瘦削的青年男子，一头浅金色短发，眉目俊朗深邃，唇角上带着惯常的笑意，正是莫莉十分熟悉的那个“许辰宇”。他微笑着和格森夫人寒暄，视线随意地扫过希瑞尔，直到落到莫莉身上时，神色才微微怔了一下。

莫莉早就全神戒备，赶紧瞪大眼睛，努力地表达着“不可思议”或者是“不敢置信”的内心活动。众人很快就觉察到他们两人的异样，就连格森夫人也回过头来，疑惑地看了莫莉一眼，又去看伊诺尔。

伊诺尔笑了笑，与莫莉打招呼道：“你好，莉莉丝。”

于是，众人的疑惑立刻就变成了惊讶。虽然大家都还不认识格森夫人带过来的这一对男女，不过，女人手腕上那明晃晃的金色手环已经标示了她的身份，她是一名奴隶。伊诺尔殿下竟然会认识这名不知道从哪里冒出来的女奴隶？

莫莉很想骂人，她一直觉得许辰宇见到基地里的人多少会有一些内疚的，毕竟是他欺骗并出卖了大家，害得无数人殒命，可现在看来是她想多了，他一点也没把那些事情放在心上，在看到因为他而被贩卖成为奴隶的莉莉丝，依旧能够笑得这样风轻云淡。

莫莉不知道如果是真正的莉莉丝站在这里会怎么做，她只盯着这位伊诺尔殿下，轻轻地吐出两个字来：“卑鄙。”

房间内顿时一静，在众人有所反应之前，希瑞尔一把将莫莉拨到了自己身后，然后向伊诺尔致歉：“对不起，殿下，这个女奴我还没有调教好，请您原谅她的无礼。”他说着，又向格森夫妇告辞，拉着莫莉匆匆离开了。

伊诺尔没什么表示，所以也没有人出面阻拦，他们一路顺畅地出了门，待坐进悬浮车内，莫莉才缓缓松了口气，轻声问希瑞尔道：“你是不是觉得我做错了？”

希瑞尔没有回答。

莫莉无声地笑了笑，慢慢说道：“可是我觉得自己没做错。没错，莉莉丝很风流，很放荡，可她也很爱那个基地，更爱那些活着或者死去的战友。我想如果是她，也许还会冲上去抽他一个耳光。只可惜我体能实在太差，如果真抽了，没准会露出马脚来。”

“你的反应很好。”希瑞尔说道，他看了眼莫莉，“你看，我们现在不是已经安全出来了吗？而且还为日后的接触创造了借口。”

就拿他们今天的失礼表现来看，日后自然是可以打着道歉的旗号再次登门的。莫莉点头表示认同：“是呀，我也是这么想的，我还真没信心能在他面前完美地扮演莉莉丝，与其留在这里提心吊胆，不如先设法离开。他不是前线指挥官吗？总不能一直留在帝都，是吧？”

希瑞尔沉默了片刻，突然没头没脑地问她道：“你很了解他？”

“算不上吧。”莫莉皱了皱眉头，“不过，我觉得他不会因为莉莉丝骂他一句‘卑鄙’就会为难她，起码在人前不会的。他那个人，呃，怎么说呢，你可以说他很有涵养，也可以说他很虚伪。”

希瑞尔哑然失笑，莫莉诧异地看他，问道：“怎么了？”

“没什么。”他轻笑着摇头，看她一直盯着自己，这才又解释道，“莫莉，我发现你其实也不算很笨。”

莫莉忍下了想向他翻个白眼的念头，干巴巴地扯了扯嘴角：“谢谢您的夸奖。”

希瑞尔笑笑，过了一会儿，又问道：“你猜伊诺尔接下来会做什么？”

莫莉想了想，猜测道：“会想把莉莉丝买回去，给她自由？毕竟是认识的人，而且，莉莉丝不是还曾经迷恋过他吗？以我对他的了解，他会这么做的。”

莫莉只是随口一说，不想还真叫她猜到了，就在第二日上午，希瑞尔刚刚把给格森夫妇的道歉信寄出去，伊诺尔殿下的侍卫官就亲自上门了，目的就是想要从希瑞尔手中买走莉莉丝。

“很抱歉，我不能答应。”希瑞尔坐在沙发上，傲慢的态度并未因对方是皇子殿下的侍卫官而有所改变，“莉莉丝是我在帝都的奴隶市场上通过合法的手续购买的，即便是皇帝陛下，也不能强迫我让出她的所有权。”

侍卫官不卑不亢地说道：“我想您可能是误会了，伊诺尔殿下只是想从您这里买走莉莉丝小姐，价钱可以由您来开。”

“是吗？”希瑞尔淡淡一笑，“可惜我从不缺钱。”

这样的对话显然没法继续下去，侍卫官只得笑了笑，站起身来向希瑞尔告辞。莫莉站在楼梯台阶上，垂着眼看他，突然问道：“请问，许辰宇是想把我买回去做奴隶吗？”

侍卫官解释道：“殿下只是想还给您自由。”

“还给我自由？”莫莉轻笑了一声，脸上是毫不掩饰的嘲讽，“什么样的自由？在阿德旺斯生活的自由？还是返回联盟的自由？”

她的问题咄咄逼人，侍卫官脸上的笑容慢慢散去：“莉莉丝小姐，请您不要拒绝殿下的善意……”

“可我不需要他的伪善！”莫莉冷声打断了他的话，她挺直了脊梁，缓缓地说道，“是他的背叛与出卖，才叫我和无数的同伴失去了自由，他现在却来说想要给我自由。请回去转告他，我不需要！”

侍卫官没再说什么，又向着莫莉轻轻欠了下身，便离开了。

莫莉一直站在楼梯上，过了好一会儿，直到确认那个侍卫官真的走了，这才抓着扶手低下身来，探头去看沙发上的希瑞尔，压低着声音问他道：“怎么样？怎么样？我的表现很不错吧？是不是既骄傲又冷漠？”

这些时日以来，她在他面前越来越显露出活泼的一面，与之前那个谨小慎微的莫莉截然不同，他忍不住翘了唇角，轻轻点头，赞道：“真是不错。当然，如果能用莫莉的身份说，效果可能会更好。”

这句话叫莫莉感到沮丧，她耸了下肩膀，在他对面坐下，说道：“希瑞尔，我们来讨论一下，到底怎样才能救出雷奥上校，再顺利地逃离阿德旺斯。”

希瑞尔敛起了唇边的笑意，定定地看向她，点头道：“好。”

莫莉抿了抿唇角，整理了一下自己的思路：“我认为以我们现在的情形，要想救出雷奥很难。”她抬眼看他，解释道，“我不是否定你的能力。”

他神色平静，身体倚向沙发的靠背，一只手搭在扶手上，食指指尖缓慢地敲击着皮面，淡淡说道：“继续。”

“莱恩给你的命令是我必须时刻处在你的绝对控制下，这就意味着你就算是去营救雷奥，也要将我带在身边，不是吗？”她弯了弯唇角，露出一抹自嘲，“如果换作其他的战队队员，她就算不能给你帮助，起码不会成为你的累赘，而我，我做不到。”

希瑞尔不说话，于是她就接着说下去：“我都能想到的事情，莱恩会想不到吗？可他为什么还会给你下这样的命令？为什么还要你来救我？与救我相比，难道不是像雷奥那样直接消灭我更简单一些吗？”

希瑞尔看着她，问道：“莫莉，这个事情你想了多久？”

她愣了下，轻声说道：“我知道和你们相比，我的确很笨。有些问题，我可能需要想很久才能想明白，甚至想了很久也想不明白，不过，这并不代表我不会去想。”

“你并不笨。”他打断了她的话，停了停，又道，“我为我之前曾说过的话向你表示歉意，大多时候，我只是在与你开玩笑。”

他说得这样正式，倒叫莫莉觉得有些不好意思，她忙笑了笑：“没关系的，我知道你没恶意，所以从来都没往心上去。”

希瑞尔噎了一下，面无表情地看了看她，道：“好吧，我收回我刚才的话。”

莫莉没说话，只咧嘴向他笑了笑。

希瑞尔无奈地笑笑，又看她片刻，突然问道：“莫莉，你心里其实一直都缺少安全感，害怕再次被舍弃，害怕被牺牲，是吗？”

“是的。”莫莉抬眼看着希瑞尔，不知该如何表达自己，“可我不是怕死，真的，不是怕死，我可以为战友牺牲自己，可以为联盟献出生命。可是，我怕，我怕从来没有人在意过我的生死，在大家的眼里我不是一个人，而只是一个实验品。”

希瑞尔换了一个坐姿，双肘撑在膝头，身体微微前倾，专注地看向她：“听着莫莉，这事本来不该告诉你，但是，你却需要清楚这件事情来了解自己的处境。在基地遇袭后的第三天，军情处就已经确定你并没有被雷奥人道消灭，这要感谢米亚和肖泽恩，他们很幸运地找到了天狼战队的主力战舰群，并带回了你的消息。”

“米亚他们没事？”莫莉惊喜地低呼，“那真是太好了！”

希瑞尔面上露出些许无奈：“莫莉，这不是重点。”

因为高兴，莫莉的眼睛亮晶晶的，她赶紧又坐下了，歉意地笑笑，道："对不起，你继续说吧。"

"你应该还记得，我是在奴隶市场买回的你，这说明什么？你有没有想过？"希瑞尔问她道。

莫莉的大脑飞快地转着，答道："说明你比我更早地到了阿德旺斯。"

"不错，还说明军情处提前就已经知道作为战俘，你们会被送往哪里，或者换一种说法，他们已经掌握了改造人运送战俘的航线。原本，司令部所做的准备并不是人员营救，而是使用星际导弹直接摧毁战俘舰。"

莫莉听得不寒而栗，这才该是司令部会做的事情，就像雷奥曾做过的选择一样，他们不允许她成为改造人的战俘，一旦她的存在会威胁联盟的安全，他们就会毫不犹豫地消除掉她，哪怕会有数百无辜陪她丧命。

希瑞尔的声音冷静如初："后来事情出现转机，司令部改变主意，允许我来救你。"他看她一眼，不露痕迹地纠正道，"命令我来阿德旺斯救你。"

莫莉的内心有些乱，所以并没有听出他那两句话的细微差别，她又习惯性地去咬嘴唇，然后问他道："司令部为什么会改变主意？"

"因为有人希望你活着，迫使司令部不得不改变主意。"希瑞尔盯着她的眼睛，一字一句地说道，"所以，莫莉，你不只是一个实验品，起码在有些人眼里，你不是。"

莫莉有些愣怔，一时不由得沉默，半晌后才又迫切地追问："是谁？是谁希望我活着又有能力迫使司令部改变主意？"

希瑞尔唇角一勾，微笑着摇了摇头："这我就不清楚了。"

莫莉盯着他，似是想要判断出真假，可他只是微笑，神色极为坦然，丝毫看不出破绽来。她想了想，只得又问他道："你来，主要就是为了救我，是吗？”

“为了保护你，同时设法营救雷奥。要进入科学院的机密研究室需要格森爵士的虹膜信息，所以，需要救援人员接近他，取得他的虹膜样本，然后再去机密研究室救人。这件事情只有我能做，因为科学院的门禁系统会进行基因识别，只有改造人才能进入。”

莫莉有些糊涂，问题好像又回到了原点，如果她一直跟在希瑞尔身边，将会成为他很大的负担，他几乎没有可能救出雷奥。

希瑞尔像是看出了她的疑惑：“不用太过担心，如果我没有料错，莱恩会有其他的方法叫你先行离开阿德旺斯。”

“我？我一个人吗？”莫莉惊愕地问道。

“是的，你一个人。”他点头，神色很平静，“我会继续留在这里营救雷奥。”

“什么方法？”她忍不住又问，“会有人来接应我们，是吗？”

希瑞尔答道：“到现在为止我还没有收到莱恩的任何消息。”

“那我们怎么办？”莫莉追问道。

希瑞尔笑了笑，慢条斯理地说道：“做我们之前做的事情，继续接近格森爵士，我是声名狼藉的宇宙强盗希瑞尔，而你是我买回来的奴隶莉莉丝，我很迷恋你，为了你连帝国的皇子殿下都得罪了。”

莫莉被他半真半假的回答搞得很无语，回答道：“好吧，我的主人，我会尽量配合您的。”

希瑞尔挑眉，反问道：“难道不该是取悦我吗？”

莫莉终于忍不住向他翻了一个白眼，气氛好像一下子就轻松了下来，两人再这样相对而坐就有些叫人觉得不自在。莫莉若无其事地站起身来，问希瑞尔道：“我饿了，得去餐厅找些东西吃，你要不要吃些？”

希瑞尔不说话，只是看着她笑。

莫莉回头看了他一眼，自顾自地说道：“好吧，我自己去吃。”

她借着这个借口，在餐厅里磨叽了很久，这才端着杯水出来，见他仍坐在客厅里看战况集锦，也就凑到一边看，问他道：“你很喜欢军事节目吗？”

他瞥了她一眼：“你想看别的节目？”

不知怎么的，莫莉突然就想到了那大尺度的广告，差点儿被水呛到，连忙解释道：“没有，我只是随口问一下。”

他似笑非笑地看了看她，没再说什么，回过头去继续观看节目。莫莉觉得自己这个时候应该起身上楼去，自己躲在房间里做什么都随便，可是，她却又有点舍不得，就想这样坐在希瑞尔身边，离他近一些，静静地陪着他。

中午的时候，格森夫人的回信就到了，她在信里很大度地接受了希瑞尔的道歉，并邀请他下午去家中喝茶。“这一回伊诺尔不会在了吧？”莫莉有些担心，皱了皱眉头，又道，“还有那个男仆，他总叫我感到很心虚。”

希瑞尔正在穿外套，闻言动作顿了顿，像是在认真思考着什么，说道：“如果现在杀掉他，反而可能会引起别人的注意，给我们带来更多的麻烦。”

莫莉虽然觉得那个男仆可能会是隐藏的危险，可并没有想要杀掉他，闻言忙摆手道：“我不是这个意思。”她一点儿也不想和他讨论这个问题，于是就岔开话题道，“格森爵士会在家吗？我们怎么才能取得他的虹膜样本？”

“这个有些麻烦，不过也不算太难。”希瑞尔一边给她介绍，一边带着她往外面走，两人乘上磁悬浮车，再次去拜访格森夫人。

车子穿过大街时，街心广场聚集了许多人和车，巨大的全息屏幕上正播放着最近的战况播报，帝国的一个战略要塞被袭，损失极为惨重，而偷袭者正是消失已久的联盟天狼战队。

## 第二十八章

## 交换战俘

希瑞尔将车子悬停在街边，望着街心的全息屏幕出神，莫莉也跟着他默默看了片刻，忍不住低声感叹道："这才是真正的天狼战队。"

希瑞尔冷声说道："这样的胜利毫无意义。"

莫莉颇有些惊讶地看向他，可他并没有解释的意思。悬浮车继续前行，沿着昨日他们曾走过的路，驶向格森夫人家。这一次，格森夫人站在门口迎接他们，又解释道："真是对不起，希瑞尔先生，格森刚刚被皇帝陛下召去了，他叫我代他向您表示歉意。"

希瑞尔看似随意地问格森夫人道："是因为战争的事情？我刚在路上看到了那个新闻。"

格森夫人点头，神色有些沉重："应该是的，战争的形势本来是一片大好的，突然发生了这样的事情，皇帝陛下一定会震怒，我想伊诺尔殿下免不了要受到责难。"她说着，忍不住气愤起来，恨恨骂道，"那些该死的联盟人！"

刚骂完，格森夫人就意识到自己失言了，嘴唇动了动，似是要向莫莉致歉，可最终却又紧紧闭上了嘴巴。她的教养虽然不允许她这样当面辱骂别人，但是，向一个来自联盟的奴隶道歉，她同样也做不到。

身为失去记忆的回归岛人，莫莉其实对联盟并没有太深的感情，并不觉得格森夫人这句话有多么难以忍受，可是，作为从内到外、从身体到灵魂都属于联盟的莉莉丝来说，她该是有所反应的。

莫莉低垂下眼帘，用抿紧唇角来表达她内心的不满。

场面一时有些尴尬，希瑞尔却仿若不觉，瞥了莫莉一眼，又看向格森夫人："夫人，我猜事情并没有您想的那样糟糕，我虽然不是军人，可因为职业原因没少和军方打交道，受到攻击的德分特要塞我可是跑过多次的，它的战略意义的确很重要，不过那却是在联盟军攻入英仙座旋臂的前提下，眼下的战场还远在猎户旋臂，德分特深入帝国腹地，就算是联盟军的精锐天狼战队也只是一击就走，不敢稍作停留。这场袭击，在我看来是毫无意义的，帝国至多只是颜面受损，并不会遭受到实际损害。"

"哦，希瑞尔先生，你还不知道，天狼战队可不是一击就走，你都不知道那个贝寒有多么狡猾！"格森夫人忍不住叫道。

"是吗？他还做什么了？"希瑞尔问，见格森夫人欲言又止，立刻就又换过了话题，笑道，"真是对不起，我不该和女士来讨论战争这么枯燥的问题，夫人，我想我们应该换一个话题，比如蓝宝石……"

他把早就准备好的一块蓝宝石拿了出来，格森夫人的眼睛顿时就亮了，仔细地品鉴了一番后，赞道："就是把它镶嵌到皇帝陛下的权杖上去，它都将会是最绚烂夺目的那枚。"

希瑞尔淡淡一笑，道："可是我却觉得把它佩戴在您的身上，这才是它最好的选择。"

格森夫人惊得几乎说不出话来："这……这怎么可能，这太贵重了。"

"夫人，请您一定要收下它，这是我为昨天的失礼行为向您表示的歉意。"希瑞尔态度极为坦诚，仿佛格森夫人若是不收下这块蓝宝石就是不接受他的道歉。

在这种情形下，格森夫人不得不“勉为其难”地接受了这份歉意，并亲自把它收了起来。这块完美的蓝宝石几乎是立即就起了作用，格森夫人的态度眼看着就热络了不少，捎带着对莫莉也客气了许多，开始以“莉莉丝小姐”来称呼她。

下午茶的气氛很好，格森夫人还诚恳地邀请希瑞尔留下来吃晚餐：“希瑞尔先生，格森出门时曾特意嘱咐过我，务必要留下您吃晚餐，他对您这些年的冒险经历十分感兴趣。”

希瑞尔只有得到格森爵士的虹膜信息才可能进入科学院，自然要设法接触格森爵士，于是只稍作推辞就应了下来。

直到傍晚，格森爵士才从外面回来，与他同来的还有帝国的第二皇子伊诺尔殿下，意料之外，却又在情理之中。再次见到他，莫莉镇定了许多，虽然依旧是沉着脸，却没再口出不逊，甚至还随着众人站起身来向着他微微屈膝，行了一个宫廷礼。

伊诺尔面上带着浅淡的微笑，向着她微微颔首，并没与她说话，而是和希瑞尔随意地聊了几句。希瑞尔应对得从容得体，态度谦恭却不卑微，颇得众人的好感。格森爵士忍不住用赞赏的口气说道：“希瑞尔先生，你真不像是一位冒险家，我简直无法想象你曾经打劫过联盟舰队的武装船舰。”

“谢谢您的夸赞，格森爵士。”希瑞尔闻言轻笑，道，“您不知道，为了使自己看起来不像一个恶名昭彰的大盗，我曾经下了多少苦功夫。”

他言辞幽默，把众人都逗乐了。

伊诺尔笑了笑，问他道：“不知希瑞尔先生有没有兴趣加入帝国的军队？”

他问得突然，众人均有些意外，希瑞尔沉吟了一下，这才答道：“殿下，如果有人在十年前这样问我，我一定会毫不犹豫地回答是，可是现在，我已经散漫惯了，再加入军队，只会叫我的长官头疼。所以，我想我也许可以通过别的途径来为帝国服务。”

就在这时，管家从外面进来向格森夫人禀报说晚餐已经准备好了，格森夫人借机起身，笑道：“我想我们可以边吃边聊，大家说呢？”

没有人反对这个提议，众人暂时放下了刚才谈论的问题，一同前往餐厅用餐。

莫莉虽然是奴隶，可却是希瑞尔带来的女伴，位置被安排在了希瑞尔与格森爵士的中间，与伊诺尔斜向而坐。她一直装着木头人，便是察觉到对面伊诺尔的目光时不时地落到她的身上，依旧是没有抬头，只低着头专注地吃着餐盘里的食物，一样一样的，每一样都仔细地吃干净，不剩分毫。

“莉莉丝。”伊诺尔突然出声唤她，声音不大，却把一桌人的目光都聚到了她的身上。莫莉这才抬头，神色淡漠地看向他。他扫了一眼她面前的餐盘，抬眼看向她，微笑着问道：“基地被袭前的那个晚上，你有去参加假面舞会吗？”

莫莉被他问得心中一惊，面上却不动声色，冷冷答道：“伊诺尔殿下，您该听说过的，新训营勤务部的莉莉丝是假面舞会的常客，几乎从不缺席。您问这个是什么意思？”

伊诺尔似是并不介意她的态度，道：“请别误会，我没有恶意，只是随口问一下。那天我也有去舞会上，只是没有看到你。”

他试探的意图已经十分明显，莫莉不知道自己做了什么会引起他的怀疑，却知道自己现在绝对不能露出半点的心虚。她微微扬着下颌看伊诺尔，道：“那真是庆幸，殿下，要知道以我当时对您的迷恋，如果看到了您，一定会整个晚上都纠缠着您的。话说回来，我之前也是眼瞎，怎么会觉得你比林挚更好呢？”

莫莉故意从鼻腔里发出一声嗤笑，斜睨了伊诺尔一眼，唇角上露出一丝暧昧："林挚，您应该还记得吧？也是你们分队的，那才真是个棒小伙，不论床上还是床下。"

她说着，还故意向伊诺尔风骚地眨了下眼睛："您懂的！"

伊诺尔唇边的笑容虽然还在，却已经有些僵硬，而格森夫妇早就惊得说不出话来，一片静默中，就听得"当啷"两声轻响，希瑞尔将手中的刀叉齐齐扔到了桌上，冷冷地哼笑了一声，自嘲道："没什么比听到自己的女人讨论其他男人的床上技术这事更叫人郁闷了。"

他转头看向莫莉，不悦道："莉莉丝，也许是我太宠你了，以至于叫你都忘记了自己的身份。"

莫莉这才面带不甘地低下头去，淡淡说道："对不起，主人，是我的错。"

话题就此打住，可事情发展到这一步，之前良好的气氛已经荡然无存，晚餐在尴尬中结束，希瑞尔寻了个借口带着莫莉离开。格森夫人送他们出门，一脸认真地说道："希瑞尔先生，虽然我们相识不久，可是我已经把您当成了挚友。请原谅我的冒昧，我认为您值得更好的、更纯洁的爱情，我很乐意介绍阿德旺斯的好姑娘给您认识。"

莫莉一直努力保持着面无表情，听到这话却差点儿破功，希瑞尔瞥了她一眼，这才笑着和格森夫人说道："我很感谢您的好心，如果需要，我会向您求助的。"

待悬浮车驶入街道，莫莉终于忍不住笑了起来："她一定是觉得我这个女奴糟蹋了你。"

希瑞尔不语，过得片刻，这才淡淡说道："莫莉，你今天应对得很好。"

他几乎从没主动赞过她，这叫莫莉难免受宠若惊，反问道："真的吗？你不知道，我当时实际上吓坏了，不知道他为什么会突然问起那个来，就怕他发现了什么，想着豁出去了，与其被他质问，还不如以攻为守。”

希瑞尔缓缓点头，忽地问道：“林挚的技术真的很好吗？”

这个弯拐得太急，差点儿把莫莉的思维给甩到轨道外。可再笨的女人也会有聪明的时候，尤其是在她在意的男人面前，莫莉只愣了一下，很快就反应过来，笑眯眯地看向希瑞尔，问他道：“你这个问题是问莫莉还是莉莉丝？”

希瑞尔淡淡答道：“问你。”

莫莉眼眸中闪过一丝狡黠：“真抱歉，我没法回答你这个问题，我不知道。”

希瑞尔没什么反应，莫莉有些惊讶，忍不住探过头去打量他的面容，隐约觉得他的唇角是微微翘起的。他伸出手把她的头轻轻推开，赶在她开口之前说道：“我想我已经知道战队袭击德分特的目的了。”

这分明就是有意转移话题，莫莉明明察觉到了，可还是被他的话题吸引，忍不住问道：“什么目的？”

他微不可见地勾了勾唇角，答道：“这要从德分特所处的位置说起。”

“德分特”这个名字莫莉还是今天第一次听到，银河系太大，当中能算得上战略要塞级别的地方实在太多，她又不像是肖泽恩，能把整个银河系都装在大脑里。她看一眼希瑞尔，坦然说道：“我只知道它是在英仙座旋臂，就这还是听你说的。”

“它离着阿德旺斯星球不远，算是帝都的门户，也正是因为如此，其战略意义极其重大。可这一切都是在主战场在英仙旋臂的前提下，也就是说，联盟军只有真正地打过来，德分特才重要。”

许是考虑到莫莉的接受能力，他的语速较慢，声音沉稳，不但确保莫莉能够理解，甚至给她留出了思考时间，她自然而然地接道：

“我明白了，就现在的情况来看，德分特远离主战场，所以，它的战略意义根本无从体现。可战队为什么还要袭击德分特呢？”

他转头扫了她一眼，答道：“格森夫人已经告诉了我们答案。”

莫莉一头雾水，见他还这样卖关子，不禁有些无奈：“她也许告诉了你，可却没告诉我。”

他闻言勾唇浅笑，耐心启发她道：“她说了，那个狡猾的贝寒将军不是一击就走，可战队又绝不可能在德分特多做停留，那么，他们还会做些什么呢？”

莫莉凝眉苦思，半晌后猜测道：“难道贝寒将军在德分特留下了什么陷阱？”

希瑞尔轻轻摇头：“冒着那么大的风险跑到敌方家门口做陷阱，那太愚蠢了。”

“没有留下东西，难道会是抢走了什么吗？”莫莉脑中灵机一现，目光炯炯地盯着他，“德分特离帝都这样近，又是军事基地，也许就藏着什么紧要的东西，比如改造人的秘密武器！”

她猜的虽然不对，可却也相差不远。

“是人。”希瑞尔说道，“正因为重要且离帝都近，也较为安全，所以那里成为军中镀金的好地方，很多帝国权贵的子弟都会选择在那里服兵役。战队这一次袭击德分特的目的，极有可能就是那些人。”

同样都是权贵子弟，这些改造人与林挚比起来，可就差得远了。莫莉暗自感叹，很快就有了新的疑问：“你是说贝寒将军从德分特抢走了很多改造人，而且这些人还是帝国的权贵子弟？为什么？战队这样做是为了什么？”

不等希瑞尔回答，她自己就已经得到答案，惊道：“交换！联盟是想用这些人来交换基地的被俘人员，是吗？”

“莫莉，到底是不是为了这个目的，也许很快就能知道了。”

果然不出他所料，没过几日，联盟政府就通过星际通讯向改造人帝国提出暂时停战，进行战俘交换的要求，要求用德分特战俘换回被改造人俘虏的天狼基地队员。

帝国媒体第一时间报道了这条新闻，并公布了被俘的帝国军人名单，这当中甚至包括了一名皇室成员，那是皇帝陛下的侄子，也是前帝国第一继承人，已经过世的爱德华殿下的唯一的儿子。

新闻播出的时候，希瑞尔正在研究帝国科学院的地形图，猜测所有的可能藏有防御设备的地点。客厅里的全息模拟屏一直开着，莫莉虽然早已有心理准备，可等看到联盟要求换回的被俘人员名单时，还是被惊住了：“有雷奥，他们竟然想把雷奥也换回去！”

希瑞尔似乎并未被这条新闻所吸引，大部分的注意力仍在眼前那如同迷宫一般的三维地图上，闻言只是淡淡说道：“他们想换回的只有你。”

莫莉愣了一下，很快就明白了他的意思，正如之前他们曾讨论过的那个问题，如果她一直跟在希瑞尔身边，只能拖累他，所以希瑞尔猜测莱恩会有其他的方法叫莫莉先离开阿德旺斯。

前方的道路突然出现光明，可不知怎的，莫莉却感觉不到丝毫喜悦，她定定看向希瑞尔，轻声问道：“所以，我们要分开，我独自返回联盟，而你会继续留在这里营救雷奥，是吗？”

他看着她，眸光沉稳而清凛，缓缓点头道：“如果顺利的话，应该是这样。”

也许是迫于民众的压力，也许是皇帝陛下想为已逝的兄长留下唯一的血脉，帝国迅速给出了回应，与联盟政府签订了临时停战协议，并同意进行战俘交换。

一切都在朝着莫莉他们预定的方向行进，政府工作人员很快找上门来，通知希瑞尔政府会用双倍的价格购回奴隶莉莉丝的所有权。为了与之前的言行一致，希瑞尔态度强硬地拒绝了这一要求，甚至，他还特意去向格森夫妇辞行，表示将要带着女奴莉莉丝离开阿德旺斯。

经过这些时日的交往，希瑞尔的慷慨已经完全征服了格森夫人，她把他当作了挚友，看他被个女奴迷昏头脑，自然是一心要挽救他，先是动之以情，再是晓之以理。在她苦口婆心的劝说下，希瑞尔的态度终于显露出松动，同时也表示了内心难言的苦闷。

为了安慰他，格森夫人拿出了收藏多年的佳酿，并特许因身体缘故而禁酒多年的格森爵士可以陪着希瑞尔喝上几杯。格森爵士本就极爱饮酒，这次好容易得到妻子允许，免不得要多喝几杯，再加上希瑞尔有意配合，两个人最后竟喝得酩酊大醉，挽着手爬上桌子高声唱起了帝国战歌。

格森夫人哭笑不得，指挥着仆人将两人从桌上搀扶下来，送他们去房间里休息，可不想他们两个却紧挽着手不肯分开，无奈之下只得将他们送进了一间休息室。莫莉见格森夫人有意留在休息室里照顾两个醉汉，想了一想，主动上前与她说道："夫人，请问我是否可以耽误您的时间，我想和您聊一聊。"

格森夫人略觉意外，诧异地问道："你想和我说什么？"

莫莉没有立即回答，她看了一眼醉得昏迷不醒的希瑞尔，又轻声道："夫人，我们去门外说好吗？有些话我不想叫他听到。"

格森夫人迟疑了一下，跟着她走到门外。莫莉回身把房门轻轻掩上，站在那里低头不语，眼看着格森夫人都等得不耐烦了，这才慢慢说道："夫人，我感激您之前说的那些话，谢谢您能劝希瑞尔先生放弃我的所有权。"

格森夫人一直不喜欢莫莉，只是碍于希瑞尔的面子才不得不勉强维持着基本的礼貌，现听她这样说，当下就不屑地瞥了她一眼，冷声道："莉莉丝小姐，我说那些话和你丝毫没有关系，我只是为了希瑞尔先生。"

为了给希瑞尔营造更多的时间，莫莉只想着尽可能地拖住格森夫人，她笑了笑，轻声慢语地说道："我知道的，但是我依旧很感激，如果没有您的这些话，也许我就不能顺利地回到联盟去。"

这真是个冷酷无情的女人！格森夫人心中替希瑞尔不值，更觉得他一腔深情错付，她忍不住气愤地质问莫莉道："他这样对你，你竟然一点儿都不感动吗？你要知道，如果没有他，也许你会被一个粗暴的主人买走，早就被教训了很多次，一直过着凄惨的生活！"

"夫人，"莫莉打断她的话，淡淡说道，"我是联盟人，而他是改造人。"

格森夫人气结，面带不忿，正不知该如何回应时，身后的房门却无声地打开了，希瑞尔斜倚在门框上，微眯着眼睛看莫莉，冷声说道："你放心，我会放你离开的。不过，莉莉丝，今天晚上你还是我的奴隶，现在，跟我回去。"

# 第二十九章

## 身不由己

他说完就拉着莫莉踉跄着往外走去，格森夫人生怕他出事，忙命人追过去照应。格森家的管家亲自开车将他们送回住处，把醉酒的希瑞尔一路扶进卧室，临走时又警告莫莉道：“小姐，您明天就可以重获自由了，我希望您今天晚上能够好好照顾希瑞尔先生，不要节外生枝。”

莫莉低垂着眼帘，从容答道：“先生，没有人能比我更希望今夜可以平安度过。”

管家告辞离去，莫莉面容平静地将他送到大门外，又在门廊下默默地站了片刻，这才转身回来，关紧房门之后，再按捺不住激动的心情，提起裙角就往里面跑去。她刚跑上楼梯，一眼就看到楼梯拐弯那里坐了一个人，正是本该醉倒在床上的希瑞尔。

她几步冲上去，看着他紧张地问道：“怎么样？搞到手了吗？”

他从袖口的暗兜里摸出一个指甲盖般大小的微型仪器来，答道：“所有的信息都已经在这里面。”

莫莉不由得松了口气，转身在他身旁的台阶上坐下。“我能帮你的也只有这些了，剩下的，只能全靠你自己了。”她感叹，过了一会儿，自己却又忍不住失笑，道，“说得好像我帮了你多大忙一样，其实，如果只有你一个人的话，也许你现在都已经把雷奥那家伙救出来了，对吧？”

希瑞尔不答，侧身斜靠在墙壁上，借着昏黄的灯光默默打量莫莉，突然问道：“你并不想回联盟，是吗？”

“怎么可能！我要是不想回联盟，干吗还一直跟着你？”莫莉掩饰地笑，卖力地咧开嘴角，露出完美的八颗牙齿给他看。

不知是因为他喝了太多的酒，还是她的笑容实在灿烂，他脑子一热，竟然不管不顾地说道：“如果你不愿意回去，我就送你离开。”

莫莉一下子愣住，怔怔地看着他。

他倾身过来盯着她，眼底似有两簇火焰在跳跃：“克洛博士既然可以把你从莫莉变成莉莉丝，就能把你从莉莉丝变成其他人。银河系这样大，总能找到一个地方让你安静生活。只要你想，那我就设法送你离开。”

是他送她离开，而不是他带着她离开……

“那你呢？”她问道。

希瑞尔别过了视线，重又往后倚靠过去，过得片刻，才轻声说道：“莫莉，我还有我的责任，还有许多人在等着我回去……对不起。”

莫莉翘起唇角，分明是想要笑的，可眼中却不受控制地湿热起来：“我很高兴，真的，你不用说对不起，希瑞尔，这已是我有生以来听到过的最好听的情话。你看，我都快要被你给哄哭了。”

他不觉怔住，缓缓抬起手来轻拭她眼角的泪珠，低声道：“哭起来总是这么丑。”

她又被他说得破涕为笑，咬着唇瞄他两眼，忽地飞身向他扑了过去，环住他的脖颈，低头往他唇上吻了过去。这是她第一次主动吻他……他张在体侧的双臂微微僵滞了下，很快就紧紧地拥住了她。

分不清到底是谁更热情一些，也不知道是谁掌握了主动权。她不可避免地受他微醺的气息影响，又因即将到来的分离而有放纵之心，而他对她渴望已久，一朝得愿，难免放纵。

两人尚在楼梯上就纠缠起来，他将她压倒在地毯上，听她呼痛，忙又抬起身来，不想她却借机一把将他翻到了身下，摁着他，盯着他那深不见底的眸子，慢慢地、一点点地低下头来，探出舌尖轻吻他的唇。

他从不知道她有这样的热情，可以大胆成这个样子。

其实，只要他轻轻一推，就能将她翻倒下去，可他却没反抗，强自克制着、隐忍着自己，顺从地躺在那里，身上的每一块肌肉都紧绷着，僵硬而滚烫，如同被火烤过的岩石。

她的唇缓缓下移，他的下颌、他滚动的喉结，最后在他的耳侧停留，用喑哑却又清晰的声音，一字一句地说道：“我不要你送我走，不要你为我冒险。我要回去，去面对我该面对的一切。你要去找我，我会等着你，一直等着你。因为……我爱你，希瑞尔。”

希瑞尔身体骤然一僵，半晌没有回应。

好一会儿，他才用手掌握住莫莉的肩头，缓缓将她推起，说道：“莫莉，我不是希瑞尔，我是军情处特工，这次营救行动过后，你所认识的这个希瑞尔将会从世界上消失，所以，他永远不可能再去找你。”

他的声音冷静得近乎漠然，仿佛在说一件与他、与她都无干系的事情。

莫莉一腔热情渐渐冷却，身体不受控制地微微发颤。她控制着情绪，努力微笑：“没关系的，不管是希瑞尔还是东瑞尔，只要是你就好。又或者，你告诉我你是谁，我去找你，好不好？我知道，你以前一定认识我，你也是天狼战队的人，是不是？”

他对天狼战队那样熟悉，他甚至知道林挚是谁，他不可能只是联盟特工！莫莉低下头去埋入他的胸口，哑着嗓子，央求一般低语：

“告诉我你是谁，哪怕只给我一点点线索，求你。”

他抿唇不语，只是静静地看她。这是他无声的回答。

“对不起，是我太贪心了。”莫莉低声说道，她慢慢坐直身体，垂下眼沉默了好一会儿，才能用平稳的声调问出下面的话，“还要继续吗？”

酒精的刺激，叫他的身体直到此刻仍是满涨着冲动，只要收紧手臂就能将她拥入怀中，可就这样简单的一个动作，他现在却无法完成。

莫莉咧嘴向他笑笑，从他身上爬起来，垂着头回自己房间，刚关上房门，猛听得楼梯那边传来一声巨响，她愣了一下冲出去看，就见石制的楼梯竟然折成了两半。希瑞尔站在楼下，在尘土弥漫中抬头看着她苦笑：“抱歉，可能是年久失修，明天我会找人过来修理。”

第二日，修理工还未上门，政府工作人员就先到了，同来的还有全副武装的帝国宪兵。莫莉拎着小行李箱从二楼卧房出来，身手利落地跳下折断的楼梯，头也不回地跟着宪兵走出房子。工作人员将一百曼尼币放到桌上，礼貌说道：“希瑞尔先生，谢谢您对政府工作的理解和支持。”

希瑞尔面色阴沉，将钱币丢回那名工作人员怀里：“我想送送她。”

这真不是一个合理的要求，可鉴于之前他恶劣的态度，工作人员并不想与他起冲突，于是向他解释道：“先生，战俘交换的事将由军方负责，我们的任务只是将她送到郊外的军用基地。”

“我知道，只是送她到那里。”希瑞尔冷声说道。

一架小型军用飞行器就悬停在院外，希瑞尔走进舱内时，莫莉已经在座位上坐好，看到他进来，面上不禁露出诧异之色。他没说话，径直走到她对面坐下，默默地注视着她，直到飞行器升入军用航道，这才问道："莉莉丝，我再问你一次，你确定自己要回联盟，是吗？"

莫莉听懂了他的暗示，她避开视线，想了一想，答道："是的，希瑞尔先生。"

由于航程短暂，飞行器很快就降落在军用基地，莫莉被宪兵带下飞行器，来自联盟政府的特派人员已经在外等候，上前对莫莉进行基因检测之后，这才命身后的士兵将其带往另一艘大型船舰。

这艘船舰带有醒目的联盟星际舰队标识，专为接基地战俘而来，在此停留八个小时后，将载着联盟战俘离开阿德旺斯星球，在帝国军方战舰的监控下前往英仙旋臂MF-21区域。那里靠近猎户旋臂，位于战区中央，也是双方经过协商后定下的战俘交换地点。

战争暂歇，整个宇宙的目光都被集中到战俘交换这件事上来。不管是联盟还是改造人帝国，新闻频道都在二十四小时不间断地播放着战俘交换的实时情况。

"由于军方基地禁止媒体进入，我们无从得知事态的最新进展，不过，早间有消息传出联盟特派人员已经到达阿德旺斯，并携带了大量基因检测设备，准备对每一名联盟战俘进行基因检测，以防帝国特工混入其中。"

"让我们插播一条最新消息，据帝国政府内部人员透露，截至今日下午四时，有记录的五百九十八名联盟战俘只收回五百六十一名，三十七名战俘已确认死亡，而众所周知，此前联盟政府给出的天狼战队基地失踪人员名单为七百二十四人……"

格森爵士家中，偌大的虚拟屏幕上又开始滚动播出联盟政府给出的失踪人员名单，伊诺尔把视线从显示屏上收回，看向格森爵士，问道："老师，我觉得很奇怪，联盟应该很清楚雷奥就算在我们手中，我们也不会把雷奥交出，为什么还要把他放进名单里？”

因为宿醉，格森爵士还有些头痛，听到这个问题并未仔细思考，一面揉着太阳穴，一面答道：“也许是存在侥幸心理，想碰一碰运气吧。”

见他这般，伊诺尔笑了一笑，温和说道：“老师，您不该贪杯的。”

格森爵士被他说得有些不好意思，忙转移话题道：“什么时候再去前线？”

伊诺尔于战中被皇帝陛下从前线突然诏回，外界一直猜测其因，更有甚者猜这与皇室内部权力争斗有关，可作为皇帝的好友，格森爵士却知道皇帝诏儿子回来只是因为想偷偷地给儿子过个生日。

第二皇子伊诺尔殿下自小远离帝都，鲜少出现在公众视线里，众人皆以为这位皇子遭皇帝厌弃，只有极少人知道他才是皇帝陛下最偏爱的儿子。

“这就要走了，一旦战俘交换完成，临时停战协议就会失效，我需要给联盟送一个惊喜。”伊诺尔笑笑，又解释道，“您是了解父亲的，他绝不能容忍帝国受到任何要挟，所以那些联盟战俘不能活着回到联盟。”

谈话间，门口传来敲门声，格森夫人从外面匆匆进来，先和伊诺尔打过了招呼，这才满面笑容地和丈夫说道：“管家回来了，说希瑞尔先生已经把那个莉莉丝交给了政府，我这颗心啊，总算是落了下来，还真怕他一时冲动再和工作人员起冲突。”

格森无法理解妻子对那个希瑞尔的热情，闻言只向着虚拟屏幕抬了抬下巴：“如果有冲突发生，那些新闻记者早就一窝蜂地过去了，哪里还用得着你专门派人去看？你们这些女人啊，脑子全都被漂亮衣服和珠宝占据了。说到这些，我还真觉得联盟女人更优秀些，虽然她们已经被改造得完全不像是女人。”

格森夫人心情很好，完全不理会丈夫语气中的嘲笑，只热情地邀请皇子殿下留下来吃晚餐。伊诺尔谢绝了她的好意，又坐了片刻，便起身告辞。皇宫距离格森家不远，时间又还充裕，伊诺尔没有乘车，命侍从在后面远远跟着，独自一人沿街缓步而行。

阿德旺斯已经入初秋，景色却还停留在盛夏时的模样。

科技的发展叫人类一步步远离母星，可无论走到哪里，他们都在尽可能地模仿着在母星时的生活，这从他们选择的聚居地就可以看出，无论是联盟政府所在的波斐克，还是帝都阿德旺斯，这两个星球的生态环境都与母星极为相似。

人类如何进步，总有永远也无法抛却的东西。

伊诺尔忽又想起了莫莉，那个来自回归岛的姑娘，她有着人类本初的种种缺陷与不足，也有着已被人类抛却的鲜活与真实。在基地的那段时日，她几乎吸引了他所有的目光，甚至曾一度叫他觉得自己会爱上她。

可她在他的眼前被人杀掉，而他却相救不及。莫莉奔向他的那幅画面深刻在他的脑海里，时不时地就会闪现，他有时忍不住会想，他不是来不及救她，而是在帝国与她之间，他毫不犹豫地选择了帝国。

出征在即，他已是一身戎装，军靴踩在地上发出咯吱咯吱的声音，轻微却扰人心神。有人从后面追过来，被侍从拦在了远处，伊诺尔听见动静回身看去，认出那个小个子男人是格森爵士家的仆人，便命侍从把他放了过来，微笑着问道："乔治，有什么事？"

皇子殿下能准确地叫出他的名字，这叫乔治感到十分激动，他向着伊诺尔深深行礼，双手将一本书擎到他面前，恭敬地答道："殿下，格森爵士命我将这本书给您送来，他说希望这本书可以伴着您攻下母星。"

这本厚厚的、已有些泛黄的纸质书籍，伊诺尔曾在格森爵士的书房中看到过，是一本介绍人类起源的古书。在他疯狂迷恋回归岛的少年时代，还曾向格森爵士借阅过这本书，并与之讨论过里面的内容。

伊诺尔接过书仔细收好：“请向老师转达我的谢意。”

乔治却没有要走的意思，站在那里欲言又止。

伊诺尔不觉轻轻挑眉，问道：“还有事？”

乔治很不好意思地笑笑，问道：“殿下，帝国攻下母星后，是不是还会像上次一样，会有很多联盟奴隶被送回帝都？”

伊诺尔露出浅淡的微笑，反问他道：“你想购买奴隶？”

小个子男人用力点点头，不知是因为紧张还是羞涩，脸色微微有些发红，话说得也有些磕巴：“就像，就像希瑞尔先生的莉莉丝那样的一个女奴。殿下，您不知道，其实是我先在奴隶市场看中莉莉丝的，只是被希瑞尔先生抢先买下了。”

“莉莉丝”这个名字引起了伊诺尔的兴趣，他弯唇笑笑：“莉莉丝长得的确很漂亮。”

“哦，不，我喜欢的不是她的漂亮，而是她的娇小和乖顺，其实，相较于她现在的美貌，我更喜欢她之前的样子。”

伊诺尔闻言一怔：“之前的样子？”

“是啊，虽然看着不如现在这般精致好看，但是却叫人觉得很舒服！”乔治答道。

几乎是在同一时刻，联盟战俘舰轰鸣着从帝都郊外的军事基地升空，以超光速冲出阿德旺斯的束缚，进入外太空的军用航道。它将在数架帝国战舰的“贴身陪伴”下前往英仙旋臂MF–21战区，在那里与帝国战俘舰擦肩而过，各自回到己方战舰的护卫区。

经过初时的颠簸之后，硕大的联盟战俘舰很快平稳下来，各部门指战人员迅速就位，工作有条不紊地展开，只片刻后，讯息就潮水一般涌进了位于战舰内核处的主指挥室。

“被锁定就被锁定吧，反正现在他们也不能把咱们怎么样。”说话的是个不到三十岁的青年军人，军装笔挺，可模样却有些散漫，他从座椅中起身，伸手拍了拍旁边副官的肩膀，道，“这里就先交给你了。”

青年不急不忙地走出去，穿过一道道安全门，径直走进一间不大的隔离室，笑嘻嘻地与里面的年轻姑娘打招呼：“嘿，亲爱的莫莉少尉，我们真是好久不见了呢！”

# 第三十章

## 大难不死

莫莉刚刚松开座椅上的安全扣，闻声看向门口，默默打量了来人片刻，说道："您好，莱恩长官。"

来人正是联盟舰队军情处长官莱恩，见莫莉一眼认出了自己，他诧异地挑高了眉毛，抬手去抚自己的脸颊："易容就这样失败吗？虽然只是短期易容，可也挨了好多针的，怎么一眼就被看穿了？"

他原本深棕色的头发已经换成了火红色，眉眼和脸型也变化颇大，如果只看面貌还真和原来半点不沾边，不过……莫莉瞥了他领口一眼，答道："长官，我在联盟舰队认识的人很少，而您是我见到过的唯一一个穿着军装却不肯系风纪扣的军人。"

莱恩讪讪地笑了笑，走到莫莉面前坐下，见她一直冷眼打量自己，忙向她解释道："莫莉少尉，我想我有必要向你解释一下，给雷奥的那个'人道消灭'的命令只是司令部的惯常用语，呃，就是走形式的东西。我向你发誓，我绝对没有想到他会这样死脑筋，竟然真的向你开枪。"

莫莉微微抿紧了嘴唇，默然不语。

莱恩无奈地耸了耸肩："好吧，看来你并不接受我的解释，我理解。"

莫莉垂目，沉默片刻后，轻声问道：“要把我送到哪里？研究中心吗？”

“哦，不！不是研究中心。”莱恩似笑非笑地看着她，向她挤了下眼睛，若有所指地说道，“莫莉少尉，你仍回天狼战队基地，回到贝塞那里，好好地生活。”

莫莉的重点全都放在了“基地”二字，脑中似有火花闪过，突然间就明白了，他们为什么会把她送到克洛博士那里，为什么会对她的身体大动干戈，为什么要把“莫莉”变成“莉莉丝”。

“以莉莉丝的身份，是吗？”她问。

“我知道这对你来说有些不公平，不过，为了联盟的安全，为了……”在莫莉平静的面容前，所有的解释都显得苍白无力，莱恩停下来，顿了顿，说道，“对不起，莫莉，现在只能这样，这也是为了你自己的安全。”

莫莉缓缓点头，突然问道：“希瑞尔呢？他是谁？”

“希瑞尔？”莱恩被她问得愣了下，但很快就又轻笑起来，“为什么会问这个？”

莫莉答道：“只是好奇。”

莱恩的笑容有些古怪：“他是联盟特工。”

两个人明摆着都不想说实话，这情形实在有些怪异。莱恩面上露出了无奈的神色，又道：“莫莉小姐，他的身份是联盟绝密，恕我不能相告。为了公平，我也不会追问你为什么想要知道他是谁，这样好吧？就让我们一起忘了这个人吧！”

这是一个狡猾得像狐狸般的男人。

莫莉看着他，又追问道：“长官，你们为什么要这样不嫌麻烦地来救我？为什么还要冒着风险叫我活下去？我对你们还有什么用处？”

“哦，莫莉小姐，联盟珍视每一位公民的生命，更别说您还是回归岛人。”莱恩夸张地叫道，见莫莉没什么反应，就又半真半假地抱怨道，“莫莉小姐，你以前可不是这个样子的，以前的你没有这么多问题，没有这么多为什么。”

“我以前以为老实听话就能活下去。”莫莉打断他的话，自嘲地笑笑，缓缓说道，“可事实证明那只是我美好的幻想。”

她这话中透出了太多的悲伤与无奈，莱恩听得动容，默默看了莫莉两眼，郑重道：“莫莉，之前的事情我不想再解释什么，不过以后的事情，我用人格向你保证，不会了，不会再发生那样的事情。”

他话说得很真诚，却仍是对她的问题避而不答。

莫莉已从希瑞尔那里得知联盟对她的态度是突然转变的，是有人想要她活下去，所以她才能逃脱死亡得到救援。可她不想把这事牵扯到希瑞尔身上去，不想给他带去一点点的麻烦与危险，她不得不暂时妥协：“好吧，长官，我接受您的安排。”

莱恩似是松了口气，唇边又泛出轻笑，刚要开口说话时警示器却突然响了，紧接着，副官就在通讯器内报告道：“长官，前方航道被封锁，改造人向我方发出严重警告，要求我们立刻停止前进。”

莱恩不由得皱眉：“这些可恶的改造人，又想搞什么？”

事情紧急，已经没有给他回主指挥室的时间，莱恩只得下令船舰停止前进，把信息传回远在猎户旋臂的联盟舰队司令部，又交代副官道：“把坐标传给天狼战队，同时向改造人发出问询，请他们给出合理的解释。”

对方很快就给出了解释，内容很简单：这是帝国舰队前线指挥官下达的命令。

莱恩与莫莉两个不由得对视了一眼，都从对方眼中看到了一丝凝重。为了缓和紧张的气氛，莱恩先笑了笑，故作轻松地问莫莉道：“是伊诺尔，你猜他想要做什么？”

莫莉没有回答，他起身往外走：“少尉，请你也跟过来吧。”

主指挥室内，副官一见莱恩回来立刻让开了位置，低声道：“长官，对方发来了绝密级的通讯要求，指定要与您通话。”

莱恩点了下头，抬了下手示意副官退出去，这才同意了通讯要求。信号被传输到主控台前的虚拟屏上，伊诺尔的身影慢慢清晰起来。“把莫莉留下，”他开门见山，直接提出了自己的要求，“我放你们离开。”

莱恩回首看了莫莉一眼，这才轻笑着说道：“殿下，您该清楚，我们来就是为着莫莉少尉，如果把她留下，我们回去没法交代。”

伊诺尔面容平静：“没法交代，总好过你们都死在这里。”

“您这是在要挟我。”莱恩微笑，说话不急不忙，“我承认，现在您的确可以很轻易地将我们击沉，不过那样，你们的战俘舰也将一样会变成宇宙的尘埃，您觉得这样的交换有意义吗？只是为了莫莉少尉？”

伊诺尔沉默了一下，回答：“是的，只是为了她。”

莱恩狡诈地笑了笑：“那我更不可能把她留给您。殿下，您现在就可以下令攻击我们了，我向您保证，这艘船舰上每一名联盟军人都愿意为联盟献出生命，包括莫莉少尉。”他又转头看向后方的莫莉，问道，“我说得没错吧，少尉？”

莫莉面沉如水，不肯搭腔，只向莱恩要求道：“长官，我想和伊诺尔殿下说几句话。”

莱恩略有些意外，沉吟了一下，把主控台前的通话位置让了出来，与莫莉擦肩而过时，才压低声音说道：“尽可能拖住他，给救援营造更多的时间，天狼战队就潜伏在不远处。”

莫莉微微颔首，来到主控台前站定，抬眼望着虚拟屏幕处的伊诺尔，轻声问道：“组长，你也想把我送进实验室吗？”

伊诺尔沉声答道："莫莉，我想救你。"

是的，这一次他只是想救她。

莫莉闻言翘起唇角浅浅一笑："联盟是宁肯我死，也不会放开我的。他们已经在基地杀过我一次，他们不会介意再杀我第二次，第三次……我只有在联盟，他们才允许我继续活下去。"

伊诺尔微微皱眉，抿唇不语。

莫莉又问道："组长，我现在问你最后一个问题，你到底是想我死还是想我活？"

这个问题，似乎一下子就把伊诺尔逼到了绝境。他良久不语，只默默地看着莫莉。莫莉也没说话，站在那里任由着他打量。一时间四周寂静无声，仿佛连空气都凝滞住了。

就在这时，莱恩耳侧的通讯器无声地闪动起来，他抬手摁下了接听键，倾听片刻后向着莫莉走了过去，双手摁住她的肩膀，看似随意地把她摁坐在座椅上，自己也就势坐到一旁，笑道："我想大家也许可以坐下来好好地聊一下。"

莫莉察觉到莱恩举动怪异，可尚未反应过来，座椅上的安全保护装置已经迅速启动，同一时刻，船舰猛地向下沉去，伴随着高速侧向旋身，瞬间逃离了预定的航道。主控台前的虚拟屏闪了一下，再亮起来时，里面的人已经换成了天狼战队的指挥官贝寒。

在天旋地转中，贝寒冷静淡漠的声音传了过来："战俘舰左侧翼将被击中，三十秒钟后舱体自动解体，主指挥室采用A-1程序飞行，我会为你们清除障碍。"

话音未落，船舰就遭受到了剧烈的撞击，虽然安全装置将莫莉牢牢地锁定在座椅上并加以保护，可她还是被震得眼前发黑、胸口欲炸。莱恩在一旁急声道："是高能粒子炮！船舰等不到三十秒就会被击毁！莫莉，手动操作船舰解体，控制器在你那边，快！"

新训部有门课程就叫飞行器驾驶及太空作战，是基地最重视的科目，下半期刚开的，课还是贝寒给上的，只可惜她当时避他如虎，除了第一节课从头认真听到尾，后面的都选择了授课屏蔽。

莫莉此刻后悔已晚，慌忙叫道：“我不会。”

莱恩恨自己刚才为什么没坐到主驾驶位：“把权限移交给我！”

操控板就在莫莉的右手边，可舰体被击中后的高速旋转导致她眼部供血不足，视线已经模糊，根本无法看清操控板。事情紧急，再拖下去舱体来不及自动解体就会被敌军击中，莱恩得不到她的应答，已伸手去摸自己的安全装置开关，打算解开束缚过去亲自操作。

“莫莉，听我指挥。”贝寒的声音再一次响起，即便是在这样的危急关头，依旧是冷静如常，“右手盖住操控板，食指曲起，敲击，归位，敲击，中指连击……”

“停下！”莱恩急声制止，“每艘船舰操控板都不一样！”

“继续！”贝寒冷声说道。

大脑严重缺血叫莫莉几欲昏厥，她下意识地选择了信任贝寒，如同提线木偶，完全听从着他的指挥，就在她的食指曲起用力敲下最后一个键后，整个战俘舰像是从内部炸裂，一瞬间分裂成无数个独立的密闭舱，向着四面八方迸射而去。

莱恩刚从座椅中解脱出来，突然提速引发的惯性一下子将他甩了出去，他的手死死地抓着座椅手柄，可腿却不知打到了什么地方，发出一声清晰的脆响。“这个浑蛋！”他咬牙，面孔因为疼痛而变得扭曲，再不见了以往的淡定。

下一道粗壮的高能粒子束紧随而至，却因船舰的解体而落在空处，只有几只密闭舱躲闪不及被光束边缘扫到，霎时汽化。这一变化叫帝国战舰有些措手不及，耽误了几秒钟后才将炮火分散开来，去攻击四下里逃窜的联盟密闭舱。

而这时，潜伏而来的天狼战队已鬼魅一般出现在他们身后，无数的轻型战斗舰成建制地扑上，密集的激光束割裂了星空，如同蛛网一般往帝国战舰罩了过来。帝国战舰不得不分出大部分火力与之对抗，如此一来，对莫莉他们的攻击又被削弱了许多。

只短短几十秒的时间，原本平静的世界就已乱作一团。

舱外处处都是耀眼的光柱，甚至有一些自己人的激光束都是紧擦着主指挥室而过。莱恩费尽了千辛万苦才又把自己重新固定到座椅上，见此情形忍不住喃喃低语：“疯子，天狼战队的人都是疯子。”

莫莉没能听清他这句话，A-1程序的飞行轨迹变幻莫测，好处是不易被敌军捕捉锁定，坏处是对舱内的战斗人员素质要求极高，以莫莉的渣体能，现在还能保持着意识清醒已是奇迹，也多亏了她在基地的最后那段时间的抗眩晕训练，晕了吐，吐了晕的训练方式叫她的致晕阈值高了许多。

这里离着改造人的帝都还很近，天狼战队能神不知鬼不觉地潜伏到这里已是奇迹，战斗必须尽快结束。莫莉所在的主指挥室眼看就要冲出帝国战舰的包围圈，不知是碰巧还是预谋已久，敌军终于从无数逃窜的密闭舱中找出了主指挥室并加以锁定。

飞行程序是既定的，想要临时改变飞行轨道十分困难，即将被击中的预警响个不停，莫莉已将嘴唇咬出了血，手指疯狂地敲击着控制板，试图改变主指挥室的下一个落点。莱恩的动作比她更迅疾，可他所坐的是副驾驶位，受权限所限，所有的操作都更为复杂。

敌军的高能粒子束已经发射，就在主指挥室被击中前的一瞬间，不知突然从哪里冒出来的战斗舰从上方贴住了它，以强劲的吸附力带着它往上翻转而去。粒子束几乎是紧擦着主指挥室的底部而过，尖锐的高能定向束流在合金板上留下深深的划痕。

所有人都被这惊险的一幕惊住，唯有虚拟屏上的贝寒声音平稳冷静："放弃控制权，林挚会带你们逃离战场。"

高能粒子束与主指挥室擦身而过，虽未对其造成致命的毁损，可产生的射线却开始破坏主指挥室的电子设备，虚拟屏的信号先是模糊，很快就彻底断掉了，紧接着，操控板等部件也开始失灵。

莱恩刚经历过一番生死之险，此刻出乎意外地镇定，还抽空向莫莉看了一眼，笑道："好吧，就叫我们把性命交到林少手上去吧！"

莫莉顾不上答他，她眼下的境况却比刚才还要糟糕，轻型战斗舰的航速远比密封舱要高，其翻转性能也更加强悍，这代表着她要承受更大的载荷。战斗舰不停地以高难度动作躲避敌军的炮火，载荷就快超过了莫莉的耐受极限，她眼前先是彻底变黑，紧接着，连意识也失去了……

仿佛过了足有一个世纪，也仿佛只是一眨眼的工夫，莫莉从黑暗中惊醒的时候，主指挥室内的一切已经归于平静，可她的世界还在旋转，数不清的莱恩站在她的面前，正用手轻拍她的脸颊："醒醒，莫莉，你的过载耐受力真是太差了！"

"闪，闪……"莫莉的唇舌都不大听使唤，她奋力挣脱莱恩的手，想往一侧转头。莱恩一时没能理解她的意思，非但没有松手，甚至还低头向她凑了过来，问道："你想说什么，莫莉？"

莫莉再控制不住，"哇"的一声往他脸上吐了过去。

莱恩的反应很快，迅速地松手往后抽身，可折了的那只脚到底影响了他的灵活性，头脸虽然躲过了，却仍是叫莫莉吐了一身。"哎呀！你这丫头！"他厌恶地挥动手掌，愤愤地瞪她，"你是故意的吧？"

胸口翻江倒海的感觉总算消散了些，莫莉不觉松了口气，这才顾上向莱恩道歉："对不起，我实在控制不住了，不过，长官，我刚才有提醒你的。"

莱恩不理她，只沉着脸解军装扣子，可还没等他把军装脱下来，主指挥室的舱门却是被打开了，一身战斗服的林挚从外面进来，吊儿郎当地倚在门边上，乐呵呵地问道："长官，需要帮忙吗？"

莫莉闻声想要回头，可脑袋刚转过去，眩晕感就又上来了，天和地立时又开始旋转起来，她不得不又闭上了眼。林挚已看清了她的模样，似是微微愣了一下，这才回头朝外喊道："丽娜，叫人进来帮忙。"

他一边说着，一边迈步往舱内走来，向单腿站在一旁的莱恩打了个敬礼，问道："长官，请问需要帮忙吗？"

莱恩没有立刻回答林挚的问话，上下打量了他一番后，微笑道："你的驾驶技术很好，谢谢你精准而及时的救援。"

林挚咧开嘴角，浑不在意地笑了笑，道："长官，我的驾驶技术的确不错，不过救援的精准和及时您应该感谢贝寒将军，是他给了我们精准的坐标和时刻。"

在那样激烈的战斗中，那样短的时间，竟能根据主指挥室的飞行程序算出他们的精准坐标，预判到改造人的攻击时间，并把这些信息变成指令下达给己方的战斗舰，这简直是非人类的反应速度。

莱恩似乎感到有些意外，不由得挑高了眉毛："是吗？那我得去向那小子说谢谢了。"

说话间，已有救援人员从外面进来架着莱恩往外面走。林挚犹豫了一下，这才解开了莫莉身上的安全装置，弯腰将她从座椅内抱起。因为眩晕，莫莉不敢长时间视物，只睁了下眼就赶紧闭上了，她把头往林挚肩头靠了靠，低声说道："林挚，你走稳些，我头晕。"

林挚闻言步子一顿，忍不住低头去打量她。

# 第三十一章

## 再见天狼

莱恩已在门口停下来，回身高声说道："莉莉丝，坚持一下，闭紧嘴巴先别说话，这样你会觉得舒服一些。"

虽然眩晕，可莫莉还是听懂了莱恩的暗示，林挚并不知道她的身份，很显然，他也将是她隐瞒身份的对象之一。莫莉突然感觉到了浓浓的倦意，甚至觉得未来都是一片黯淡，毫无希望。她轻轻地抿上了嘴，将头埋入林挚怀中，不再言语。

他们早已是在母舰之内，出了主指挥室就是母舰的起落场，四周已降落了不少密闭舱。联盟战俘舰的及时解体叫船舰内的绝大部分人员都幸存下来，并在战队的帮助下进入了前来接应的母舰。

莱恩一行人尚未走出起落场，就迎面遇到了天狼战队的少将指挥官贝寒，他从指挥室匆匆而来，直接走向莱恩，神色淡漠地说道："已经甩掉了改造人，不出意外，我们将安全进入猎户旋臂。"

莱恩坐在担架上，又恢复成那个从容淡定的军情处长官，他向着贝寒微笑，道："将军，你给了我们一个惊喜。我会向总司令部报告你的战绩，请妥善安置我接回的所有人员。虽然他们都曾是天狼战队的队员，不过在联盟对其进行审查之前，请不要接触他们中的任何一个。"

贝寒淡淡点头，应道：“好。”

他又面无表情地看向莫莉，似是犹豫了一下，才开口问道：“莫莉，你怎么样？”

“她也很好，放心吧。”莱恩赶在莫莉之前回答，又催促道，“将军，还是赶紧安排人员救治伤员吧。”

贝寒身后的副官尤利安立刻上前，向莱恩客气说道：“长官，请跟我来，将由我负责受伤人员的救治工作。”

联盟战俘舰的工作人员加上接回的战俘共计千余人，因准备充分，天狼战队又救援得力，幸存者足有八百多人，伤亡不算严重。联盟舰队司令部对这样的战果已是极为满意，在天狼战队刚刚进入猎户旋臂之后就高调宣告此次救援行动取得成功。

而与整个联盟的欢庆形成鲜明对比的，是帝国皇宫内压迫得人透不过气来的低压。

议政厅外，默然肃立的伊诺尔皇子等候多时，可皇帝陛下仍没有见他的意思。陪侍在一旁的军务处秘书长是深得皇帝陛下信任的心腹，一向谨言慎行，可此刻也忍不住低声说道：“殿下，您这次实在是太冲动了。战俘交换并不在您的权责范围内，贸然插手已是越权，这是陛下最为不喜的行为。”

伊诺尔浅浅微笑，轻声应道：“的确是我思虑不周。”

秘书长不禁叹了口气，缓缓摇头。

议政厅厚重的大门从内开启，帝国第一皇子安德烈昂首阔步地走出来，路过伊诺尔身前时却停住步子，转身看向他，讥诮道：“哈！我最亲爱的弟弟，这就是你送给联盟的惊喜吗？我想他们一定满意极了。”

按照帝国原本的计划，应当是在进行完战俘交换之后再对联盟战俘舰发动偷袭，可这突来的变故导致这一计划彻底破产，逃离帝国战舰控制的联盟战俘舰，根本不会再去英仙旋臂MF-21战区，所有的安排均已无用。

伊诺尔抿唇不语，面色平淡。

安德烈皇子冷冷一笑，正欲再讥诮这个弟弟几句，却有侍卫官从内出来传达皇帝陛下的旨意，他不得不暂时作罢，从鼻腔内发出一声不屑的冷哼，转身大步离开。

伊诺尔跟随侍卫官进入议政厅，在长桌旁站定，从容唤道：“父亲。”

面色阴郁的皇帝陛下抬眼看向儿子，冰冷无情的目光默默打量了他半晌，这才冷声说道：“我想从你这里听到一个合理的解释。”

伊诺尔的回答简单而直接：“没有什么好解释的，是我判断失误。”

“判断失误？”皇帝对这个答复嗤之以鼻，他弯唇轻笑，那笑容竟和伊诺尔有几分神似，只不带丝毫的温度，“事发前，你在和对方的指挥官进行通话，都说了些什么？还有，为什么要阻止战舰攻击对方？”

现在世人都以为是伊诺尔皇子下令阻拦联盟战俘舰，并予以攻击，却不知在联盟战俘舰猛地变向逃离航道时，他给帝国战舰下达的命令是禁止攻击，只可惜这个命令被帝国战舰拒绝执行，他们隶属帝都卫戍军，那是安德烈的部队。

“为什么？”皇帝再一次追问。

伊诺尔微垂眼帘，答道：“联盟战俘舰从降落在帝都再到离开，每一个时刻都是固定的，预定停留八个小时，就不多不少整整八个小时，哪怕有近三十名战俘死亡，他们也不予追究，仍是准时起飞。我怀疑对方这样守时是因为事前有所部署，担心途中会发生变故，所以想试探一下对方的指挥官。至于阻止战舰攻击对方，则是因为我方战俘还在对方掌控中，不想过度激怒对方。”

这个解释相当合理，皇帝认真打量儿子，似是在辨别他话中的真假。好一会儿，他面色才缓和了些：“既然怀疑，就该知会卫戍军，叫他们有所防备。”

“您知道的，安德烈一直……”伊诺尔淡淡一笑，欲言又止，最后却只说道，“事情未能确定，我不想引起他的误会。”

皇帝陛下的面色再一次阴沉下来，沉默不语。

伊诺尔看他一眼，建议道：“父亲，我想还是按计划出发，看能不能绕过MF-21战区潜入猎户旋臂，虽然战俘交换已经不可能，不过以联盟的虚伪，他们应该不会虐杀战俘，所以我们还有机会……”

皇帝抬手止住了他下面的话，淡淡说道：“对方刚刚已经宣布无条件释放战俘，我已安排战舰过去接应了。”

这个消息叫伊诺尔有些意外，不过却没有说什么，迟疑了一下，只低声道：“对不起，父亲，我令您失望了。”

皇帝似是感觉到了疲惫，缓缓闭目，又道：“伊诺尔，暂时放下这件事吧，我们的目标是人类的母星，而不是眼前的这一点点得失。”

“明白了。”伊诺尔郑重点头，见皇帝没有再说下去的意思，再次行了军礼之后，悄无声息地退出了议政厅。刚到门外，就有一名军官从外匆匆进来，凑到秘书长的耳畔低声禀报，秘书长面色顿变，甚至来不及和伊诺尔打招呼，就匆忙向议政厅内走去。

伊诺尔模糊听到了“科学院”“雷奥”几个词，心里大概猜到了些什么，却未做任何停留，只又继续往外走了去。他的侍卫官已在门廊外等候，见他出来急忙迎上前来，将一件黑色的军披风帮他系上，刚想要开口说话，却被伊诺尔的一个眼神止住。

侍卫官忙闭紧了嘴，沉默地跟在伊诺尔身后。直到两人出了皇宫走上街道，这才听得伊诺尔漫不经心地问道：“事情办得怎么样？”

侍卫官紧走两步，低声答道：“格森爵士家的仆人已经被处理了，车祸导致的高空坠落，已确定死亡。只是，那个希瑞尔却没能查到踪迹。”

伊诺尔淡淡一笑，道："他应该是去了科学院。算了，不要去管那些了，准备一下，我们去前线。"

帝都外的军用基地，随同伊诺尔皇子前往战区的帝国舰队早已经整装待发，而在阿德旺斯星球的另一侧，一架轻型战斗舰以其堪称神奇的飞行技术，不但甩掉了追击在后的数架战斗舰，甚至还闪过了阿德旺斯星球保卫体系的密集射击，冲入广袤无垠的星空中。

驾驶舱内响个不停的各种预警声终于渐渐停歇，副驾驶位上，被人揍得鼻青脸肿的雷奥愣愣地坐了好一会儿，这才突然发疯一般大笑起来，兴奋地叫道："逃出来了！我们竟然逃出来了！这简直就是一个奇迹！"

主驾驶位上的那个人毫无反应，面容依旧冷峻无波。

雷奥有些不解，试图用自己的喜悦感染他，便伸手过来搭上他的肩膀，笑道："兄弟，你是哪个舰队的？我还从未见过飞行技术比你更好的人！还有你的身手，太厉害了！真是太牛了！"

"放开。"他忽地冷声说道。

雷奥愣了一愣，收回了手，小心地观察着情况。主控屏上显示着战斗舰现在的坐标及飞行方向，他看了几眼，不觉一惊："我们要去死亡区域？"

死亡区域是整个银河系都知道的飞行禁区，航行条件极为恶劣，去那里基本上就只有一个下场——有去无回。

"穿过那里，可以直接到达联盟的NGC11星外基地。"那人冷然地扫了雷奥一眼，勾起唇角，反问他道，"否则你以为只靠这艘轻型战斗舰，我们就能躲过帝国舰队的围追堵截，顺利回到猎户旋臂？"

雷奥回答不上来，只好自嘲地笑了笑，道："好吧，反正怎么也是死，死前还能体验一把刺激也许不是坏事。"

说这话时他基本已经认为自己必死无疑，所以当他活着降落在联盟NGC11星外基地时，这才体会到了什么叫恍如隔世。又在一支战舰联队的护送下，他们终于顺利回到了联盟政府所在地。

护卫舰没有落地就直接返航，只有雷奥所乘坐的那艘战斗舰在一个秘密基地降落，前来接人的是舰队总司令部军情处长官莱恩，他命同来的副官将雷奥送回总司令部，待众人离开，这才大步走向那个刚刚从战舰上下来的男子，上去给了他一个热情的拥抱。

“辛苦了，兄弟！”莱恩低声说道。

男子面容冷漠，伸手把莱恩推离自己，问道：“她怎么样了？”

“她？”莱恩很快就反应过来他指的是谁，笑着回答，“她很好，放心。当你看到我的时候，你就该想到她毫发无伤。”

莱恩领着男子上了一辆密闭性极好的黑色悬浮车，车内就他们两人，待车子开动起来，他才轻笑着和男子说道：“我先带你去做相貌复原，肖泽恩已经在那里等着。哦，贝寒，那小子真是个能人，我觉得你应该把他调到身边去做个参谋官，你想不到他脑子里装了多少东西！”

真正的天狼战队指挥官贝寒一直保持着沉默，莱恩觉察到了异样，终于停了下来：“怎么了？”

贝寒沉默了片刻，这才平静说道：“当初莫莉签下的那份要求来战队的协议，是真实的，还是你们伪造的？”

悬浮车突然降落在路边，莱恩松开控制手柄，转过身来看他：“贝寒，你什么意思？你以为我会连你都骗了吗？”

“她当初为什么非要来天狼战队？”贝寒又问。

“我又不是她，我怎么知道！”莱恩忍不住叫冤，有些恼火地耙了耙头发，忽又看向贝寒，严肃问道，“你和我说实话，你和莫莉那小妞之间到底是怎么回事？她对你的身份知道了多少？”

贝寒答道：“她只知道我是联盟特工希瑞尔。”

“你确定？”莱恩眼中有怀疑，“她可是问过我希瑞尔是谁，难道不是对你的身份产生了怀疑？”

贝寒眉头微皱，脸上极为罕见地露出了苦恼之情，略一犹豫后，这才轻声答道：“她说她爱我。”

莱恩觉得自己一定是产生了幻听：“啊？”

贝寒用力抿了抿唇角：“她爱上了联盟特工希瑞尔。”

莱恩惊得张大了嘴巴，半晌没能说出话来，待他回过神，又不免觉得自己刚才的模样实在太蠢，于是赶紧扯出一个不以为意的轻笑，道：“嘿，伙计，你在和我开玩笑吗？”

贝寒不说话，只冷眼看着他。

莱恩饶有兴趣地挑了挑眉毛，又问：“那你呢？你什么想法？”

贝寒依旧保持着沉默，眼神却可疑地闪了一下。

身为军情处长官，莱恩除了心思缜密之外，察言观色的本事也不是虚的。他脸上的笑容终于维持不下去了：“贝寒，你听我说，爱情这东西是原始人才玩的把戏，爱来爱去纯属是折腾自己，只有回归岛人才喜欢这一套！我们是军人，铁血军人，我们的大脑必须一直冷静理智，绝不容许沾上那些黏黏糊糊的东西。”

贝寒面容冷漠，微垂着眼帘，没什么反应。

“哦，该死的纯情老男人！”莱恩不禁有些恼火，握拳敲了几下自己的额头，这才又转头看向贝寒，盯着他一本正经地说道，“伙计，我不反对你和那个小妞上床，只要不被人投诉，你们愿意怎么玩都没关系。我甚至觉得你该尝试更多不同类型的姑娘！知道吗？每个姑娘都有独特的迷人之处，不过，千万不要相信女人在床上说的情话，她们每个人都会说爱你，可这丝毫不耽误她们下了床再去找别人寻欢作乐。”

“闭嘴。”贝寒冷冷打断他的话。

莱恩停了下来，静静看他半晌，神情严肃地说道：“贝寒，你该知道这个问题的严重性，你的身份一旦泄露，就不仅仅是你一个人的事。”

贝寒沉默良久，这才低声应道：“我知道。”

联盟波斐克岛，莫莉在被单独隔离一周之后，终于又见到了天狼战队的人——战队指挥官贝寒。他穿一身黑色军装，银色衣扣仍是严整地从头扣到尾，站在那里淡淡说道：“我来接你回战队。”

和两人第一次见面时的情形有着惊人的相似，不过莫莉却没了那时的慌乱与忐忑，甚至连之前面对贝寒时的紧张和尴尬都淡了许多。她站起身来，平静应道：“好。”

室外的起落场上，一艘轻型战斗舰已经在等候，尾翼上的天狼战队标记清晰而醒目，莫莉忽地有些恍惚，不禁停住了脚步。走在她身前的贝寒也随之顿步，回首看向她，目光中带着询问。

莫莉忙道：“没事。”

贝寒看她两眼，转身走进战舰，莫莉深吸了口气，这才从后跟了进去。驾驶舱的工作人员均已就位，尤利安遵循惯例坐在前舱，看到莫莉时，脸上不禁露出微笑，热情地和她打招呼：“莉莉丝小姐，您好！”

贝寒的视线淡淡地瞥过去，尤利安下半截话就硬生生地吞了进去，他赶紧清了一下喉咙，请示道：“将军，是否可以起飞？”

贝寒扫了莫莉一眼，见她也已经坐好，这才冷着脸点了下头。

战斗舰昂头而起，再一次冲出了赫勒星的大气层。这一切仿佛都曾经发生过一遍，可一切又都不相同，莫莉转头看向舱外逐渐缩小的星球，突然想希瑞尔是否已经安全归来，现在的他在做着些什么，是否也会想起她？

也许，他很快就会把她忘掉……

船舰进入轨道后，前后舱之间的屏蔽罩就被打开了，后舱内只坐了贝寒与莫莉两人，一片寂静无声。莫莉脑子里想着希瑞尔，一直有些失神，过了好久才发现贝寒在默默打量她。她有些莫名的紧张，但很快就又坦然，迎着贝寒的视线看了过去，镇定地问道："将军，有什么事吗？"

贝寒面容沉静无波，一双黑眸却深不见底，透着些异样的情绪。他不得不垂了垂眼帘，这才能用惯常的、淡漠的声音说道："莫莉——"

"莉莉丝。"莫莉出言纠正，"将军，以后请叫我莉莉丝。"

贝寒似是有些错愕，愣愣地看了她片刻后，先别过头去缓缓地吐出一口气，才又回过头来，继续说道："莉莉丝，我想知道莱恩是否已经和你交代清楚，回到战队后你的去处。"

莉莉丝本尊是新训部的勤务人员，可随着基地被袭，新训部学员死伤严重，战中又不会有新学员进来，所以天狼战队的新训部已不复存在。不过，莱恩对莫莉的去处已做安排，那就是调入战队总指挥部，做一名文职人员。

在连真实身份也失去之后，莫莉对于这个安排已说不上好恶，现听贝寒提起，却错解了他的意思，于是答道："将军，请您放心，我会尽量不给您招惹麻烦。"

贝寒沉默了一下，这才淡定颔首："很好。"

他转过头去，单手撑住下颌，高冷地看向舱外，这一路再没说话。

天狼战队之前的星外基地已经被摧毁，新的基地还在建设中，战队接连进行了两场激烈的战斗，目前正在猎户座旋臂的一颗小行星上休整。战斗舰降落在驻地时正是傍晚，火红的恒星悬在天际，把整个舰队群都照得红彤彤的，如同刚刚沐浴过鲜血一般。

莫莉愣愣地站在舱门处，一时竟忘记了迈步。